COLLECTION FOLIO

Des nouvelles de *McSweeney's*

Récits américains

JONATHAN AMES, ZEV BOROW, KEVIN BROCKMEIER,
PAUL COLLINS, ANN CUMMINS, AMANDA DAVIS,
RICK MOODY, GEORGE SAUNDERS, WILLIAM T. VOLLMANN,
DAVID FOSTER WALLACE, SEAN WILSEY

Introduction de Dave Eggers

Traduit de l'américain
par Pierre Charras et Jean Pavans

Gallimard

Ces nouvelles ont paru originellement dans *McSweeney's. Nouvelles américaines*, volumes 1 et 2, publiés aux Éditions Gallimard en 2006.

L'introduction de Dave Eggers et les nouvelles de David Foster Wallace, George Saunders, Ann Cummins, William T. Vollmann, Zev Borow, Amanda Davis, Sean Wilsey et Rick Moody ont été traduites par Pierre Charras, et celles de Kevin Brockmeier, Jonathan Ames et Paul Collins par Jean Pavans.

Titre original :

THE BEST OF McSWEENEY'S

Introduction

Les États-Unis ont bien plus de revues littéraires que n'importe quel autre pays — je n'ai pas vérifié pour l'Afrique du Sud, l'Égypte et quelques autres, mais je pense que vous pouvez me faire confiance sur ce point — et je ne sais vraiment pas pourquoi. Il doit y avoir plus de cent revues littéraires de qualité ; j'entends par *de qualité* le fait qu'elles sont reliées comme de vrais livres et qu'elles respectent les normes les plus exigeantes en matière de rédaction, de présentation et de fabrication. Dans l'union, on ne trouve pas un seul État qui n'ait sa propre revue — cela va de la *Mississippi Review* à l'*Alaska Quarterly Review* et je n'en ai vu aucune qui fasse honte à son lectorat. Puis viennent, bien sûr, les classiques indépendants, ces revues qui depuis des décennies défrichent des terres inconnues et découvrent de nouveaux auteurs : la *Paris Review, Callaloo,*

Epoch, Story-Quarterly, Conjunctions, Grand Street. Comptez aussi quelques nouvelles venues, toutes excellentes : *Open City, 3rd Bed, Pineldyboz, Fence.* Si l'on ajoute à cela au bas mot vingt-cinq revues prestigieuses financées par des universités — depuis la *Kenyon Review* jusqu'à *Ploughshares* —, vous voyez ce que je veux dire. Et il ne s'agit là que des revues de première qualité ! Il en existe facilement un millier d'autres qui fonctionnent avec des moyens plus limités et des résultats plus modestes. Depuis longtemps, les habitants des États-Unis sont fous de nouvelles, et le fait que tant de revues puissent faire leur trou est stupéfiant.

Alors pourquoi ce pays aurait-il besoin d'un titre supplémentaire ? En réalité, il n'existe pas de raison valable. Je crois que la seule excuse que je puisse avancer, c'est d'abord que j'y voyais un projet intéressant, une forme nouvelle à explorer, un moyen d'échapper, pour moi et quelques amis, à une vie de vandalisme et de critique vindicative dans de petits journaux. Ensuite, il faut bien reconnaître qu'il restait un créneau dans ce domaine : en dépit de tout ce qui était publié, certaines formes littéraires restaient bizarrement sous-représentées. En particulier, rares étaient les revues qui accueillaient volontiers la fiction expérimentale et les essais ou reportages et, virtuellement, il n'existait aucun forum où l'humour littéraire pût se sentir chez lui.

Donc c'est de là que nous sommes partis. En réalité, *McSweeney's* a vu le jour alors que je peinais sur d'autres choses que j'étais censé faire, et que je négligeais tous mes devoirs supposés dans mon travail pour un magazine de luxe à New York. J'étais l'employé d'un magazine pour hommes, chargé de trouver des idées et de rédiger des articles, mais je ne faisais pratiquement rien de tout cela ; à la place, j'essayais de terminer mon premier livre. En même temps, chaque jour et chaque nuit, je remettais à plus tard l'écriture de ce livre. Et comme je voulais donner l'impression — à mes yeux avant tout — que j'accomplissais quelque chose, je me mis à réfléchir à une nouvelle revue trimestrielle.

J'étais arrivé de San Francisco l'année précédente, et mon initiation au monde des magazines de luxe avait été un choc à plus d'un titre. Des écrivains que je connaissais se voyaient refuser partout des textes superbes, ou se faisaient massacrer leurs articles pour toutes les raisons imaginables — trop long, trop difficile, trop opportun, pas assez opportun, trop de place accordée à un ver luisant géant.

J'ai donc envisagé la possibilité de lancer une nouvelle revue, constituée de ces textes rejetés par les autres magazines — un trimestriel de nouvelles orphelines. Simultanément, j'ai commencé à jouer avec les polices de caractères et les maquettes. Je collectionnais des pamphlets du XIXe siècle et des couvertures de livres anciens, et, au cours d'un voyage à Cuba, j'avais amassé des dizaines d'exemples, classiques espagnols et textes médicaux français et allemands, et peu à peu, en m'inspirant de ces livres archaïques, j'ai façonné l'image d'un nouveau magazine.

Ce que je voulais d'abord, c'était en simplifier l'aspect. J'avais vu trop souvent de superbes articles ou nouvelles mutilés pour laisser la place à des éléments décoratifs — photos, illustrations, citations, et même dessins humoristiques. Je voulais que ce nouveau magazine soit ouvert aux écrivains sans limitation d'espace ni de liberté. Contrairement à la maquette agressive de nombreuses publications, cette nouvelle revue ne proposerait pratiquement pas d'images et se cantonnerait à une seule police, très classique — en l'occurrence le Garamond 3. Le Garamond 3 a toujours été ma police préférée, car il garde belle allure sous toutes ses déclinaisons — italiques, minuscules, majuscules, caractères gras, justifiés ou non.

À peu près à la même époque, j'ai visité l'exposition de photos d'un certain Peter Garfield dans une petite galerie de Chelsea. Sur les photos, on aurait dit que des maisons volaient dans les airs, tombant du ciel comme si Dieu jetait du paradis les domiciles défectueux. L'effet était incroyable. J'ai acheté le catalogue, dans lequel figurait un entretien entre l'artiste et un historien d'art italien, ainsi que de nombreux documents montrant comment avaient été prises les photos de ces maisons en chute libre. On expliquait en détail comment ces constructions avaient été soulevées à l'aide d'un hélicoptère militaire avant d'être lâchées sur des champs déserts ; sur les photos, Garfield et son équipe avaient l'air sérieux et déterminés, et arboraient des casques de chantier.

Le seul détail suspect du catalogue résidait dans une petite précision en rabat de jaquette qui mentionnait : FABRIQUÉ EN ISLANDE.

Lorsque je finis par rencontrer l'artiste, il m'expliqua en riant de ma naïveté que j'étais victime d'un canular très élaboré. Il n'y avait pas d'hélicoptère, pas de maisons jetées du haut du ciel. Les maisons, comme il me le montra, étaient des maquettes d'environ dix centimètres de haut qu'il avait lancées en l'air et photographiées dans son jardin. En réalité, me dit-il, les seuls mots véridiques du catalogue étaient ceux qui m'avaient paru les plus suspects — à savoir que le volume avait été fabriqué en Islande.

C'est ainsi que cet imprimeur, les Presses Oddi à Reykjavík, est devenu celui du nouveau magazine avant même que j'aie commencé à travailler sérieusement dessus. Le nom est venu ensuite. Quand j'étais enfant, notre famille recevait périodiquement des lettres de quelqu'un qui se faisait appeler Timothy McSweeney et qui affirmait être un parent (le nom de jeune fille de ma mère était Adelaide McSweeney). Dans ses lettres qui étaient incohérentes et souvent dérangeantes, il incluait d'ordinaire des horaires de trains et d'avions, ainsi que de vagues itinéraires — il nous promettait toujours une visite (des retrouvailles !) pour bientôt.

Et voilà comment une revue de nouvelles rejetées par la famille de la littérature acceptable — si tant est qu'il y ait jamais eu un lien entre elles et cette dernière — fut baptisée *Timothy McSweeney's Quarterly Concern.*

Et si la première livraison contenait effectivement plusieurs nouvelles refusées ailleurs, nous avons bien vite abandonné cette conception étroite et, à partir du deuxième numéro, la plupart des textes que nous avons publiés ont été écrits pour nous. Une fois établies les bases du contenu de la revue, nous — nous formions alors une équipe de deux ou trois individus — avons commencé à nous intéresser à son aspect extérieur. Chaque numéro devait chercher à surpasser le précédent, à se réinventer. Le numéro un était assez simple, le deux a doublé la complexité de la couverture, le trois triplant celle du deux, tout en présentant une nouvelle de David Foster Wallace imprimée sur la tranche du volume. Pour chaque livraison, je faisais le trajet de Brooklyn à Reykjavík, afin d'interroger l'imprimeur sur ce qui était possible. Un dépliant en quadrichromie ? Un numéro en quatorze fascicules séparés, réunis dans un emboîtage en carton ?

Chaque fois, il répondait oui, et la complexité du numéro suivant est devenue une sorte de défi — le plus souvent, nous devions nous surpasser. C'est ainsi que le numéro quatre, le carton de fascicules, fut suivi par le numéro cinq, un gros volume relié avec quatre couvertures différentes et trois dépliants en couleurs. Le six offrait un CD de They Might Be Giants encarté dans chaque exemplaire, avec une chanson écrite spécialement pour accompagner chaque nouvelle. Le sept proposait à nouveau une collection de fascicules, mais cette fois maintenus ensemble par du carton et un élastique géant.

À quoi bon tant de chichis autour de la fabrication ? Pour une seule raison : voir ce qu'on peut faire. Chaque numéro doit représenter pour nous un nouveau défi ; il doit être mis en chantier comme si c'était le premier ou le dernier. Et il doit se rendre précieux. C'est-à-dire — nous l'avons toujours pensé, et nous continuons à le penser — que les livres doivent être beaux, et que, s'ils sont beaux, les gens seront plus enclins à les garder, à les exposer, à les toucher et à y revenir sans cesse. Nous sommes amoureux de leur dimension tactile et nous nous efforçons de récompenser les lecteurs qui aiment les tenir en main, les conserver, les poser par terre et les contempler.

Jusqu'ici, cette introduction s'est contentée de décrire l'aspect extérieur de la revue, alors que nous l'avons toujours considéré comme secondaire par rapport au travail des écrivains que nous avons eu la chance de publier. Mais ces deux aspects ne peuvent être facilement séparés. Si nous avons pu attirer tant de grands écrivains, c'est notamment parce que le contexte dans lequel leur travail était appelé à paraître était esthétiquement agréable et qu'il conférait à ce travail — fût-il humoristique — une certaine dignité.

Cela dit, nous avons eu la chance et le plaisir de pouvoir d'emblée composer et imprimer des textes de nos auteurs préférés, des gens qui étaient nos héros bien avant le moindre projet de revue, des gens comme George Saunders, Lydia Davis,

Rick Moody, Jonathan Lethem, William T. Vollmann et David Foster Wallace. En outre, nous avons eu le bonheur de publier les premières œuvres d'écrivains qui se faisaient tout juste un nom, ou dont la renommée a résulté de leur présence chez nous, des auteurs tels que Paul Collins, Rebecca Curtis, Ann Cummins, Arthur Bradford et même Zadie Smith, déjà bien connue à l'époque où nous l'avons publiée, mais pas comme nouvelliste.

À ce stade, il faudrait que je définisse haut et fort la cohérence esthétique de *McSweeney's*, ou même que j'établisse une liste stricte de nos goûts et dégoûts en matière de fiction. Or, même si nous avons manifesté certaines tendances au fil des ans, notre opinion générale est que rien ne réussit mieux à produire un art sans vie qu'une cohérence esthétique ou un quelconque manifeste dont les auteurs eux-mêmes se lassent au bout de quelques mois. Et si les premiers numéros étaient plus homogènes quant à la forme — ou du moins homogènes dans leur réticence envers la forme traditionnelle —, les numéros suivants ont privilégié des nouvelles plus longues, bien écrites, même si elles restaient traditionnelles du point de vue de la structure. Le numéro onze contient aussi bien des nouvelles expérimentales que traditionnelles, et présente un extrait de roman évoquant un singe parlant qui aspire à être Jésus — le tout agrémenté d'un DVD incluant diverses lectures d'auteurs allant de Joyce Carol Oates à T. C. Boyle.

Dans le présent volume on trouvera un large éventail des nouvelles que nous avons publiées, privilégiant celles qui ont survécu aux années, et qui sont à même de survivre à une traduction. Nous espérons qu'elles vous plairont.

Dave Eggers, 2004

Encore un exemple de la porosité de certaines limites

DAVID FOSTER WALLACE

C'est au moment où on me relâchait, vers la fin de 1996, que Maman a gagné son procès contre le fabricant et que, se précipitant chez le chirurgien esthétique, elle a utilisé les dommages et intérêts pour faire gommer ses pattes d'oie. Hélas, le praticien a bâclé son travail et affecté la musculature du visage, si bien qu'elle paraissait en permanence terrorisée. Vous voyez l'air qu'on peut avoir un dixième de seconde avant de se mettre à hurler ? Eh bien, c'était ça, Maman. Un infime dérapage du scalpel à droite ou à gauche au cours de l'opération et on se retrouve avec une tête à jouer la scène de la douche chez Hitchcock. Alors elle a décidé de recourir à un supplément de chirurgie esthétique pour essayer de corriger l'erreur. Mais le deuxième chirurgien a raté son coup lui aussi, aggravant encore l'expression terrifiée. Surtout autour de la bouche. Elle m'a demandé un avis sincère et j'ai senti que notre relation affective était en jeu. Il était indéniable que ses pattes d'oie appartenaient au passé, mais à présent son visage était un masque permanent de terreur panique. Elle ressemblait à Elsa Lanchester quand Elsa Lanchester pose les yeux pour la première fois sur son « promis » dans *La Fiancée de Frankenstein*, le classique de 1935. Après cette deuxième boulette, même les lunettes de soleil n'étaient plus d'un grand secours, car elles laissaient visibles la bouche béante ainsi que la distorsion du maxillaire, les tendons saillants du cou, et ainsi de suite. Voilà qu'elle s'était engagée dans un nouveau procès, et chaque fois qu'elle prenait le bus pour se rendre au cabinet de l'avocat du jour, je l'accompagnais. Nous nous installions à l'avant sur l'une des deux banquettes qui se font face en longueur, plutôt que de choisir des places dans le sens de la marche. Nous avions appris « à la dure » les inconvénients des sièges normaux tournés vers l'avant, à cause du regard que posaient sur nous certains passagers qui, en montant, accordaient aux voyageurs déjà assis un coup d'œil machinal tout en progressant dans l'allée centrale. Ils balayaient des yeux la mer de visages serrés et, tout à coup, ils tombaient sur celui de Maman, distendu par un cri silencieux, qui leur renvoyait leur regard avec une expression d'horreur atroce. Il y eut trois ou quatre incidents gênants avant que j'étudie le problème et que je me rabatte sur un choix de sièges plus judicieux. Rien dans les archives scientifiques n'explique de façon satisfaisante pourquoi les gens balayent les visages lorsqu'ils montent à bord, mais empiriquement je mets cela sur le compte d'un réflexe de défense commun à toute l'espèce. En plus, je ne suis pas le spécimen idéal à côté de qui s'asseoir quand on veut passer inaperçu, vu que, la plupart du temps, ma tête domine toutes les autres dans n'importe quelle foule. Physiquement, je suis un gros gabarit et j'ai un teint remarquablement coloré. En me voyant, on ne se douterait pas que j'ai un tel penchant pour les études. Sans compter les lunettes de ski et les épais gants de manutentionnaire qu'il n'est pas exclu, loin de là, de rencontrer sur d'autres passagers de bus, bien que jusque-là on n'en ait jamais recensé. Ce n'est pas que je me « réjouisse » de l'accompagner tandis qu'elle s'efforce de réfréner sa gêne pour ne pas ajouter encore de la terreur à son air d'effroi chronique, ni que je sois « enthousiaste » à l'idée de poireauter, trois fois par semaine, dans une salle d'attente faussement luxueuse, en parcourant le bulletin du Rotary. Ce n'est pas non plus que je manque d'occupations ou de centres d'intérêt. Mais, il n'y a rien à faire,

Maman a juré de se porter garante de moi, en tant que « tutrice », pendant ma période de liberté conditionnelle. Sauf que quiconque se pencherait un peu sur notre vie de famille depuis sa deuxième opération devrait bien reconnaître que les rôles sont inversés, vu que, étant donné l'apitoiement et la peur des gens, elle est absolument incapable de quitter la maison pour répondre aux convocations de l'avocat qui l'a embobinée sans ma présence et ma protection d'un bout à l'autre du long trajet. De plus, je n'ai jamais très bien supporté la lumière ni la chaleur du soleil. Cette fois, l'avocat flaire un gros coup dès qu'il parviendra à attirer Maman devant un tribunal afin qu'un jury constate par lui-même les ravages causés par la négligence des chirurgiens esthétiques. Et depuis mon procès j'ai toujours avec moi un attaché-case. De nos jours, on peut considérer l'attaché-case comme un « accessoire sémantique » visant à décourager les éventuels prédateurs. J'ai beau être pratiquement immunisé contre l'expression d'horreur persistante de Maman, je n'en suis pas moins incommodé par les réactions qu'affichent certaines personnes à notre vue. Le volant d'un bus n'a pas seulement une circonférence supérieure au volant de n'importe quel taxi, voiture particulière ou véhicule de patrouille policière connus de moi, mais en outre il est disposé plus horizontalement et le conducteur le manœuvre d'un large mouvement de tout le corps qui rappelle le geste par lequel, dans un accès soudain d'émotion, on fait valser tout ce qui est posé sur une table. Et la banquette perpendiculaire à l'avant du bus constitue un excellent observatoire pour voir le conducteur se battre avec sa machine. Non que j'aie le moindre grief envers ce garçon. Non qu'il existe une quelconque loi d'un État, d'un comté ou d'une municipalité limitant le choix des espèces ou décrétant d'une manière ou d'une autre qu'un élevage en nombre excessif constituerait un risque sanitaire ou une mise en danger de la vie d'autrui. Si le rendez-vous a lieu le matin, le chauffeur a placé son journal replié près du distributeur de tickets et il y jette des coups d'œil discrets aux feux rouges, même si ce n'est pas comme ça qu'il atteindra son quota quotidien de lecture. Il n'avait que neuf ans, ce qui a été constamment souligné, comme si sa jeunesse et son innocence renforçaient en quelque façon l'accusation de négligence dont j'étais l'objet. L'espèce asiatique la plus répandue n'a pas seulement les habituels signes abdominaux, mais un trait rouge le long du dos, « [...] comme une couture protubérante » justifiant son nom générique, « Dos à trait rouge ». Les tests l'ont confirmé, j'ai un goût pour l'étude, une capacité de concentration et de mémorisation que personne, même pas Maman, ne peut nier. La théorie que j'ai mise au point est que le conducteur du matin parcourt son journal et le replie avec lassitude avant de le replacer à côté du distributeur de tickets afin d'indiquer inconsciemment aux autres l'ennui et le mépris qu'il éprouve pour son labeur, et un psychologue médical ou légal pourrait diagnostiquer que le journal du chauffeur est un « appel au secours » inconscient. Notre siège habituel est la longue banquette perpendiculaire située du côté de la porte d'entrée, ce qui limite le risque que les nouveaux arrivants soient directement confrontés à son masque constant de terreur démente. Encore une leçon apprise « à la dure ». Le seul moment un peu comique fut celui où l'on ôta le pansement, après la première intervention, et où on lui présenta le miroir. D'abord on n'a pas su si la mimique d'effroi était une réaction bien naturelle à ce qu'elle voyait ou si c'était justement ce qu'elle voyait. Maman elle-même, qui est une vieille dame vaniteuse, amère et timide, mais un bon cœur, et qui, pour le dire brutalement, n'est pas une princesse de l'Intellect, fut d'abord incapable de déterminer si son expression de terreur abjecte était la réaction ou la cause et, dans le cas où ce ne serait qu'une réaction, une réaction à quoi, et ainsi de suite. Le chirurgien esthétique était penché, appuyé au mur blanc, le visage tourné vers la paroi dans une attitude qui signifiait que « Oui », il y avait « objectivement » un léger problème avec le résultat de cette opération. Le bus, c'est parce que nous n'avons pas de voiture, situation à laquelle ce nouvel avocat dit pouvoir amplement remédier. Tout était soigneusement et hermétiquement fermé, et le ministère public lui-même a admis que si le garçon n'avait pas été se balader sur le toit d'un garage appartenant à autrui, jamais il n'aurait été exposé à leur contact. Cet élément a pesé dans la libération conditionnelle. Parfois, c'est à demi drôle de voir, dans les transports en commun, les passagers qui aperçoivent son expression terrifiée se tourner par réflexe vers la fenêtre la plus proche pour découvrir ce qui a pu la faire réagir ainsi. Sa phobie du Phylum Arthropodae ne date pas d'hier, et c'est pour cela qu'elle refusait obstinément de pénétrer dans le garage et pouvait invoquer le « *ignorantia facti excusat* ». D'où aussi, et ça ne manque pas d'ironie, son obstination à vaporiser du R – d © malgré mes remarques exaspérées pour lui rappeler que ces espèces sont depuis longtemps insensibles à la resméthrine et à la d-trans allethrine, les deux agents actifs du R – d ©. Il faut admettre que les morsures de la « Veuve » offrent une mort peu enviable, car elles inoculent une neurotoxine, ce qui a conduit un médecin à déclarer dès 1933 : « Je ne me souviens pas d'avoir été le témoin de douleurs plus atroces dans aucun autre cas, médical ou chirurgical » mais, en revanche, la toxine indolore de la Loxoceles ou « Recluse » ne produit qu'une nécrose et une plaie à l'endroit de la morsure. Cependant, les Recluses manifestent une agressivité naturelle, contrairement aux Veuves qui n'attaquent pas, sauf lorsqu'on les dérange avec insistance. Comme il l'a fait. L'intérieur du bus est en plastique couleur chair avec les classiques publicités pour des services administratifs ou médicaux proliférant horizontalement au-dessus des fenêtres. L'aération varie selon certains critères, comme le taux de remplissage. Sa phobie atteint de telles proportions qu'elle transporterait un aérosol dans son sac à main si je ne le dénichais pas chaque fois avant de partir et si je ne disais pas : « Non ! » En deux ou trois accès navrants d'insensibilité, elle s'est attiré mes sarcasmes. J'allais l'emmener en bus jusqu'en ville, via Santa Monica, et la faire auditionner pour l'un de ces nombreux films dans lesquels des tas de « figurants » sont payés à regarder, soi-disant avec effroi, quelque effet spécial qu'on n'insérera que plus tard au montage grâce à la palette graphique. Ce que je regrette bien sincèrement car, après tout, je suis la seule personne sur qui elle puisse compter. De mon point de vue, il est tout de même un peu exagéré d'assimiler la fragilité d'un toit de garage vieux de vingt ans à un manque quelconque de prévoyance ou à un défaut d'entretien. En outre, Hitchcock et les autres grands cinéastes classiques ont obtenu des résultats terrifiants à l'aide d'effets spéciaux beaucoup moins sophistiqués. Sans parler du fait qu'il est entré dans la propriété sans autorisation et qu'il n'avait rien à faire là-haut. C'est dans le procès-verbal. Et on m'a reproché de ne pas avoir prévu qu'un intrus passerait à travers un morceau pourri du toit du garage, détruisant dans la foulée un coûteux terrarium de verre renforcé, et par suite écrasant ou dérangeant un grand nombre de spécimens, ce qui a évidemment entraîné la fuite desdits spécimens et leur dispersion dans le voisinage. Eh bien tout cela a été mis sur le compte d'une négligence de ma part. On ne s'étonnera pas qu'en matière de films d'épouvante, ma préférence aille aux « classiques ». Je refuse de déposer mon attaché-case dans le filet ou de le glisser sous le siège et je le garde sur mes genoux durant chacun de nos fréquents trajets. D'un bout à l'autre de l'interminable procédure, je m'en suis tenu à un profond regret bien naturel pour le garçon et sa famille, mais en répétant que l'horreur des événements consécutifs à sa chute ne justifiait en aucun cas une accusation hystérique et fantaisiste. Un avocat compétent aurait su traduire ce raisonnement en termes juridiques dans son rapport et dans sa plaidoirie « en audience ». Seulement, bien sûr, dans la réalité, les avocats se montrent efficaces si vous êtes l'agresseur, mais nuls si vous êtes la victime ; ce sont des parasites, la télévision par câble grouille de leurs publicités engageant le téléspectateur à attendre patiemment le moment idéal pour attaquer, « ... payé au pourcentage, pas de frais si vous êtes l'agresseur ! ». On les a vus sortir de partout après la première mésaventure de Maman. Personne ne sait exactement par quels mécanismes la neurotoxine peut causer une douleur si atroce chez les mammifères supérieurs, et tous se perdent en conjectures quant à la raison pour laquelle un venin serait à tel point surdosé chez ce spécimen unique mais largement répandu, dans le seul but de soumettre ses proies. La science elle-même est troublée par la lumineuse Veuve comme par la Recluse d'aspect plus banal. Sans compter ceux qui affirment qu'ils vont se battre pour vous jusqu'à leur dernier souffle mais qui ne sont que des charlatans ; comme ce soi-disant « spécialiste » de chez Oxnard que Maman a mis sur les rangs. Dans un contexte différent, toute cette hystérie aurait pu prêter à rire, parce que n'importe quelle zone aussi négligée que les environs de notre garage risque d'être infestée, avec toutes ces masures si mal tenues et si délabrées. Le désordre, c'est leur « élément » naturel, on en découvre de toutes les tailles dans les coins de caves, sous les étagères des buanderies, dans les placards à « linge », dans les innombrables interstices entre les détritus ou les touffes de mauvaises herbes. Et dans les angles des maisons, côté ombre. D'où le port des lunettes de ski et des gants de polyuréthane, indispensables jusque sous la douche où les encoignures peuvent être colonisées en quelques heures. Ou sur le chemin du bus qui fonce à toute vitesse, parmi les arbres à l'abri desquels les gens attendent naïvement. « Louez une échelle et inspectez l'envers des frondaisons ! » est-on tenté de leur crier par la fenêtre. Une fois qu'elles ont reconnu leur cible, elles se répandent presque partout, « dissimulées » au grand jour. Dans ce secteur et aux alentours, on trouvera aussi bien la famille assez exotique de la Veuve « rouge », dont la face ventrale en forme de sablier est brune ou noire, que l'une des deux familles « brunes » de l'hémisphère, venues du désert. Le rouge de la Veuve « rouge » n'a pas l'éclat fascinant de l'habituelle variété « noire », c'est plutôt un rouge terne ou mat, et ce sont des spécimens rares et les deux ont pu s'échapper lors de l'accident et on ne les a pas rattrapés. Ici, comme c'est souvent le cas au royaume des arthropodes, la femelle est dominante. Pour être tout à fait honnête, la douleur et les souffrances de Maman ont été quelque peu exagérées sur les documents de la plainte originale et, en réalité, elle tousse beaucoup moins en temps normal que pendant sa déposition. Loin de moi l'idée de mettre en doute ses déclarations. Mais du point de vue scientifique, il faudrait qu'un mammifère de grande taille inhale une énorme quantité de resméthrine ou de d-trans allethrine pour qu'il s'ensuive des dégâts permanents, ce qui explique la modestie des dommages et intérêts. Le fait est que moins d'un centimètre sépare un regard lisse et jeune de l'expression figée de Janet Leigh sous la douche dans le fameux classique du cinéma de 1960. L'attaché-case est aéré par de minuscules trous judicieusement pratiqués aux quatre coins, et deux douzaines et demie de cales de polystyrène disposées dans tout l'espace intérieur empêchent le contenu de pâtir des chocs éventuels. La difficulté avec cette nouvelle plainte, c'est de savoir avec exactitude comment répartir les responsabilités entre le premier chirurgien esthétique dont la négligence l'a dotée de ces yeux et de ce front effarés, et le second dont l'impitoyable boucherie prétendument « réparatrice » lui a laissé ce masque permanent de terreur abjecte et de douleur qui nous condamne à la confrontation avec le voyageur installé sur la banquette d'en face, derrière le siège du conducteur. Car lorsque Maman est assise ici, seul celui qui prend place sur la banquette qui nous fait face est confronté à son handicap. C'est ainsi que le malheureux individu devra endurer ce spectacle d'un bout à l'autre du trajet. Et s'« il » y est prédisposé par les conditions extérieures ou par son tempérament, il finira bien, à un moment ou à un autre, par penser que la « cause » de cette expression, c'est moi — du fait de ma grande taille, de mes signes distinctifs, etc. — et que je viens de kidnapper cette femme mûre terrorisée ou que je me suis conduit avec elle d'une manière menaçante, et il s'écriera : « Madame, est-ce que vous avez un problème ? » ou bien : « Mais laissez donc cette dame tranquille ! », tandis qu'elle s'enfouit le visage dans son écharpe, par gêne et par peur de ce qui peut suivre, mais pour toute parade, j'affiche un calme sourire et je lève mes mains gantées, l'air de dire, amusé et perplexe : « Comment savoir pourquoi les gens font telle ou telle tête, mon pauvre ami, alors évitons de tirer des conclusions hâtives sans avoir accès à toutes les pièces du dossier ! » La première stratégie de défense de Maman a été d'affirmer qu'un ouvrier de la chaîne de fabrication avait monté le vaporisateur à l'envers. Un cas exemplaire de négligence coupable. L'accord entre les parties dans son cinquième alinéa imposait de ne jamais mentionner le nom du produit ménager vaporisé. « La loi, c'est la loi », et j'ai bien l'intention de soutenir Maman en me pliant aux termes de ce document. Il faut bien l'admettre, à aucun moment il n'a été question d'utiliser l'argent des dommages et intérêts pour réparer le toit du garage ou pour réaménager l'intérieur saccagé. Plusieurs fois, je suis sorti avec des filles, mais le courant ne passait pas. Dans le domaine des sentiments, Maman est d'un cynisme sombre. Dernièrement, alors que le bus quittait Casitas Springs, comme je vérifiais distraitement mon attaché-case, j'ai vu, sortant d'un des trous d'aération, la mince extrémité d'une patte noire articulée. Elle bougeait légèrement et avait la même teinte éclatante que les autres spécimens. Elle tâtonnait au hasard, comme pour explorer l'extérieur. Invisible sur le noir banal de la mallette. Invisible pour Maman dont l'expression, je le dis avec un brin d'ironie, n'aurait d'ailleurs pas changé. Même si j'avais ouvert carrément l'attaché-case sur mes genoux, et si j'en avais renversé le contenu dans l'allée centrale, provoquant une dispersion rapide et une infestation instantanée de tout le secteur. Mais ce scénario catastrophe ne se produira que si nous nous trouvons confrontés à quelque couple de punks ou de faux durs installés sur la banquette opposée et qu'ils réagissent à l'effroi chronique de Maman par une mimique agressive ou une remarque hostile du genre : « Qu'est-ce que tu regardes, bordel ! » Et c'est, ironiquement, en vue d'une telle éventualité que je lui sers de garde du corps, avec ma taille imposante et mes lunettes de ski, et on sent que, derrière son rictus dément, elle croit vraiment que je suis en mesure de la protéger, et c'est très bien ainsi.

Quatre monologues officiels

GEORGE SAUNDERS

I. (Exhortation)

MÉMORANDUM
DATE : 6 avril
À : Collaborateurs
DE : Todd Bernie
OBJET : Compte rendu d'activité du mois de mars.

Je ne voudrais pas avoir l'air de vous supplier, même si dans un premier temps ça risque d'y ressembler (!). C'est très simple : nous avons un boulot à faire, nous avons tacitement accepté de le faire (est-ce que vous avez encaissé votre dernier salaire, moi oui, ha ha ha !). Nous avons également — pour être plus précis — accepté de le faire bien. Or nous savons tous qu'on fait mal son boulot quand on l'aborde de façon négative.

Supposons qu'on ait une étagère à nettoyer. Prenons cet exemple. Si on passe l'heure qui précède ce nettoyage à discuter de la méthode pour nettoyer une étagère, à se lamenter, à appréhender, à soupeser les implications morales d'un tel nettoyage, etc., le résultat, c'est qu'on rendra le nettoyage plus difficile qu'il ne l'est. Nous savons tous que cette étagère doit être nettoyée, vu le climat actuel, soit par vous soit par le type qui va vous remplacer et recevoir votre salaire, si bien que la question se ramène à ça : Est-ce que je veux nettoyer dans la joie, ou est-ce que je veux nettoyer dans la douleur ? Quelle solution serait plus profitable ? Pour moi ? Laquelle serait plus efficace pour atteindre mon but ? Et quel est mon but ? Être payé. Comment atteindre efficacement ce but ? Je nettoie cette étagère correctement et je la nettoie rapidement. Et quel état d'esprit va m'aider à nettoyer cette étagère correctement et rapidement ? La réponse est-elle : en négativant ? Par un état d'esprit négatif ? Vous savez parfaitement que non. C'est pourquoi le mot clé de ce mémo est : Positiver. C'est un état d'esprit positif qui vous permettra de nettoyer cette étagère vite et bien, et ainsi d'atteindre votre but, qui est d'être payé.

Qu'est-ce que j'essaie de vous dire ? Qu'il faut siffler en travaillant ? Peut-être. Imaginons qu'on ait à soulever une lourde carcasse, mettons une baleine morte. (Pardonnez-moi cette histoire d'étagère et de baleine, mais nous venons juste de rentrer de notre cottage de Reston Island, où il y avait 1° pas mal d'étagères sales et 2° oui, incroyable mais vrai, une baleine morte en train de pourrir, et Timmy, Vance et moi avons participé au nettoyage.) Supposons donc que vous deviez, vous et quelques-uns de vos collègues, charger la lourde carcasse d'une baleine morte sur le plateau d'un camion. Bien : on sait tous que c'est difficile. Et que ce serait encore plus dur avec une attitude négative. Ce que nous avons découvert, Timmy, Vance et moi, c'est que, même avec une attitude neutre, c'est déjà assez dur comme ça. Nous avons essayé de soulever cette baleine, avec une attitude neutre, Timmy, Vance et moi, ainsi qu'une dizaine de gens, mais rien à faire, la baleine ne voulait pas bouger, jusqu'à ce que tout à coup, un gars, un ancien marine, ait dit qu'il fallait que l'esprit triomphe de la matière et nous a rangés en cercle et incités à psalmodier. Ça nous a « dynamisés ». Désormais nous savions, comme dans l'analogie que j'ai développée plus haut, que nous avions un boulot à faire, et le projet nous excitait, et nous avons décidé de nous y atteler avec une attitude positive, et laissez-moi vous dire que c'était bien, c'était chouette, chouette quand la baleine a été soulevée du sol, grâce à nos efforts et à quelques longues sangles que ce marine avait dans sa camionnette, et laissez-moi vous dire que lorsque nous avons soulevé cette baleine morte et pourrissante et que nous l'avons chargée sur le plateau du camion avec tous ces inconnus, ça a été le moment le plus fort de notre séjour.

Qu'est-ce que j'essaie de vous dire ? J'essaie de vous dire (et de vous le dire avec ferveur, parce que c'est important) : essayons, autant que possible, de minimiser la rouspétance et les états d'âme concernant les tâches que nous avons parfois à accomplir ici et qui à première vue ne sont peut-être pas toujours plaisantes. J'essaie de vous dire : évitons de disséquer la moindre chose en termes moraux du style, bon, mauvais, neutre. C'est trop tard, depuis belle lurette. J'espère que chacun d'entre nous a résolu ce débat interne, il y a près d'un an, lorsque toute cette affaire a commencé. Nous avons choisi une voie, et puisque c'est cette voie que nous avons choisie, pour les meilleures raisons du monde (nous en sommes convenus il y a un an), est-ce que ça ne serait pas un peu suicidaire de perdre le bénéfice du chemin déjà parcouru pour cause d'hésitations névrotiques ? Est-ce que quelqu'un parmi vous a déjà utilisé un marteau-pilon ? Je sais que oui. Je sais que certains d'entre vous ont participé à l'aménagement du patio de Rick. N'est-ce pas excitant, au lieu de se retenir, de frapper encore et encore, en laissant faire la pesanteur ? Mes amis, ce que j'essaie de vous dire, c'est ça : laissons faire la pesanteur, ici, sur notre lieu de travail ; frapper, abandonnez-vous à ces penchants naturels que j'ai vus plus d'une fois libérer chez nombre d'entre vous une si belle énergie, et c'est cette énergie qui vous a galvanisés dans l'accomplissement des tâches assignées, avec vigueur et sans la moindre hésitation ni la moindre pensée névrotique. Vous vous souvenez de cette semaine d'octobre où Andy a pulvérisé les records en doublant son quota habituel ? Sans se soucier du reste, en oubliant pour un temps toute notion gnangnan de bien et de mal, etc., est-ce que ça ne valait pas le coup d'œil ? En soi et pour soi ? Je crois qu'au fond de nous-mêmes, on était tous un peu jaloux, non ? Bon sang, il tapait carrément, il y allait de bon cœur, et on lisait la jubilation sur son visage chaque fois qu'il passait devant nous pour prendre de nouveaux torchons. Et on restait tous plantés là : eh ben mon vieux, qu'est-ce que t'as bouffé ? Et ses résultats sont indiscutables. On peut les voir en salle de repos. Ils dominent tous les autres, et même si, depuis octobre, Andy n'a pas réussi à égaler cette performance, 1° personne ne le lui reproche, c'étaient des résultats miraculeux, et 2° je crois que même si Andy ne parvient jamais à reproduire un tel chiffre, longtemps, dans le secret de son cœur, il caressera le souvenir de cette énergie magnifique qui a jailli de lui au cours de ce mémorable mois d'octobre. Sincèrement, je ne crois pas qu'Andy aurait réalisé un aussi beau mois d'octobre s'il s'était dorloté ou laissé aller à des doutes ou à des hésitations névrotiques, qu'est-ce que vous en pensez ? Moi, j'en suis certain. Andy était totalement motivé, il n'était plus lui-même, ça se voyait sur son visage, peut-être à cause du bébé ? (Si c'est le cas, il faudrait que Janice ait un bébé toutes les semaines, ha ha !)

Quoi qu'il en soit, c'est grâce à ce mois d'octobre qu'Andy a de facto gagné sa place, c'est en tout cas mon avis, au Panthéon, et qu'il se retrouve désormais exempté de tout épluchage systématique de ses résultats, du moins par moi. Peu importe qu'il soit triste et replié sur lui-même (et je pense que chacun de nous a pu remarquer combien il est triste et replié sur lui-même depuis octobre), personne ne me prendra à surveiller ses résultats de trop près, même si je ne peux parler qu'en mon nom, il est toujours possible que d'autres se penchent sur cette chute surprenante des résultats d'Andy, même si j'espère du fond du cœur qu'il n'en est rien, ce ne serait pas juste et, vous pouvez me croire, si j'apprends quelque chose, j'en aviserai Andy sans détours, et si Andy est trop déprimé pour comprendre ce que je lui dis, je téléphonerai à Janice.

Et on veut savoir pourquoi Andy est tellement triste ? À mon avis, c'est parce qu'il s'est laissé gagner par la névrose et le doute face à ses actes du mois d'octobre — et, bon sang, est-ce que ça n'est pas une honte, est-ce que ce n'est pas du gâchis pour Andy de rester assis là, à remâcher ainsi son magnifique record d'octobre ? Est-ce que cette rumination peut améliorer la situation ? Est-ce que les actes accomplis par Andy, dans le cadre de la mission que je lui ai confiée pour la salle 6, peuvent être annulés par sa rumination, et est-ce que les chiffres affichés en salle de repos vont comme par magie se déprécier, et est-ce que les gens qui sortent de la salle 6 vont de nouveau se sentir bien ? Nous savons tous que non. Plus personne ne sort de la salle 6 en se sentant bien. Même vous, les gars, vous qui faites le nécessaire en salle 6, vous n'en sortez pas si fiers que ça, je le sais bien, j'ai moi-même fait en salle 6 certaines choses dont je ne suis pas trop fier, vous pouvez me croire, personne ne conteste que la salle 6 est un fardeau et que notre travail n'est pas simple. Mais nos supérieurs, ceux qui nous confient nos tâches, semblent penser que le travail que nous effectuons en salle 6 est non seulement ingrat mais important, et c'est pour ça, à mon avis, qu'ils se sont mis à examiner de si près nos performances. Et croyez-moi, si ce que vous voulez, c'est que la salle 6 soit un fardeau encore plus grand, il vous suffit de gamberger avant, pendant et après, là ça va vraiment craindre, et pire, avec toute cette gamberge vos résultats dégringoleront encore, et vous savez quoi : il n'en est pas question. On m'a informé en termes non équivoques, à la réunion de section, qu'il est exclu que nos chiffres continuent à chuter. J'ai expliqué (et il fallait être gonflé, vous pouvez me croire, étant donné le climat à la section) : Écoutez, mes gars sont fatigués, notre travail est pénible, à la fois physiquement et psychologiquement. Et à cet instant, croyez-moi, à la section, le silence était assourdissant. Et je pèse mes mots. Et j'ai eu droit à des regards pas très sympathiques. Et on m'a répété, en termes non équivoques, par la voix de Hugh Blanchert en personne, qu'il est exclu que nos chiffres baissent encore. Et on m'a demandé de vous rappeler — de nous rappeler, à nous tous, moi compris — que si nous ne sommes pas capables de nettoyer l'« étagère » qu'on nous a confiée, non seulement on s'adressera à quelqu'un d'autre pour nettoyer cette « étagère », mais nous risquons fort de nous retrouver, nous-mêmes, sur cette « étagère », d'être nous-mêmes cette « étagère », avec de nouveaux venus qui répandront sur nous toute leur belle énergie positive. Et je vous laisse imaginer vos regrets, à ce moment-là. On les lira sur votre visage, ces regrets, comme il nous arrive de les lire en salle 6, sur les visages des « étagères » qui sont « nettoyées » ; aussi je vous demande, du fond du cœur, de faire de votre mieux pour ne pas finir comme des « étagères » que nous, vos anciens collègues, ne pourrons que nettoyer, nettoyer, nettoyer en utilisant toute notre énergie positive, sans état d'âme, en salle 6.

Tout cela, on me l'a fait comprendre à la section et maintenant c'est à moi d'essayer de vous le faire comprendre.

Bon, je bavarde, mais je vous en prie, passez me voir à mon bureau. Si quelqu'un a des doutes, des doutes sur ce que nous faisons, je vous montrerai des photographies de cette baleine incroyable que mes fils et moi avons réussi à soulever grâce à notre énergie positive. Et évidemment cette information, je veux parler de l'information selon laquelle vous avez des doutes, et qui vous a poussés à venir me voir dans mon bureau, ne sortira pas de mon bureau, justement, même si je suis certain que cela va sans dire, pour n'importe lequel d'entre vous, vous qui me connaissez depuis toutes ces années.

Tout ira bien et tout ira bien, etc., etc.

Todd Bernie

Chef de service.

II. (Proposition d'aménagement)

Il est préférable, notre enquête préliminaire le montre, d'aménager un espace officiel, du genre couloir, vestibule, etc., que le groupe pourrait utiliser régulièrement. Le résultat de nos recherches établit qu'on devra privilégier le principe d'un espace carrelé, afin de prévenir d'éventuels dégâts causés aux murs et aux sols par le groupe appelé à utiliser cet espace. L'examen des documents publiés indique également qu'il conviendrait que cet espace de déplacement (et ci-dénommé par Ellis et autres « l'espace de Fenlen ») ne soit pas rectiligne, c'est-à-dire qu'il devrait comporter de fréquentes options de bifurcation (par exemple, des corridors latéraux et des carrefours) pour donner l'illusion de ce que Ellis appelle les « allées optionnelles ». D'après Gasgrave, Heller et associés, ce dispositif de circulation non linéaire et le choix opérationnel apparent qui en résulte, créeront une posture mentale « optimiste ». Selon

Ellis et associés, la posture mentale optimiste (définie par une suite typologique de Andrew-Brison qui associe « espoir », « résolution », « détermination » et « sens des responsabilités ») est moins préjudiciable à l'espace de Fenlen, et permet en même temps de meilleures conditions sanitaires au sein de la Communauté aléatoire, ce qui se traduira à terme par une baisse significative des frais médicaux hospitaliers.

Et donc, selon Ellis et autres, la formule « Communauté aléatoire optimiste » (CAO) désigne une Communauté aléatoire qui, en traversant un espace de Fenlen, maintient son quota de IEPN (Indicateur externe de pensées négatives) au-dessous de 3 par personne et par heure. Une Communauté aléatoire non optimiste (CANO) est caractérisée par le fait que ses valeurs IEPN restent constamment au-dessus de 3 par personne et par heure. Les IEPN sont calculés selon la méthode Reilly, à partir de données brutes recueillies par des employés qualifiés exerçant une surveillance interne depuis ce que l'on nomme des « cabines Amstel », petits modules équipés de miroirs sans tain et disposés à intervalles réguliers tout au long de l'espace de Fenlen.

Dans le devis ci-joint, la mise en place de quatre cabines Amstel a été prévue, ainsi que les nécessaires installations d'électricité et de ventilation.

Dans le cadre de notre évaluation, nous nous sommes également livrés à une étude statistique des IEPN dans quatre espaces de Fenlen distincts, selon la grille standard du Test pour étudiants, affinée par la méthode corrective Anders-Kiley récemment mise au point. Il est intéressant de noter que le composant le plus important de l'espace de Fenlen semble être celui que les publications actuelles désignent sous le nom de Dispositif de modulation du parcours (DMP).

Le DMP permet de brusques changements dans le tracé de l'espace de Fenlen lors des périodes pendant lesquelles la Communauté aléatoire traverse un autre secteur, assez éloigné, dudit espace de Fenlen. Le but du DMP est de prolonger ce que Elgin et autres nomment la « période de foi » à l'intérieur de l'espace de Fenlen ; c'est-à-dire la période durant laquelle les membres de la Communauté aléatoire, en évoluant dans le DMP nouvellement recomposé, ne sont pas conscients que cette section qu'ils sont en train de parcourir, ils l'ont déjà parcourue. Au contraire, le nouveau tracé les conduit à conclure que la section de l'espace de Fenlen qu'ils traversent est totalement inconnue et qu'elle n'a encore jamais été empruntée par quiconque, ce qui augmente d'autant leur espoir d'atteindre, à terme, ce que Allison et Dewitt ont baptisé la « destination idéale ». Sur certains sites, on offre une rapide présentation orale à la Communauté aléatoire juste avant que celle-ci ne pénètre dans l'espace de Fenlen, présentation pendant laquelle il est fortement sous-entendu, voire clairement signifié, que ses membres vont traverser l'espace de Fenlen pour parvenir à la destination idéale, qu'on leur décrit en détail, particulièrement ce qui concerne les améliorations en termes de chaud/froid, d'alimentation, de population/surpopulation, et/ou de danger perçu. Des « excuses » peuvent être exprimées pour tel ou tel regrettable incident advenu dans le passé. On peut aussi laisser entendre que les individus responsables de ces incidents ont été mis à la porte, etc., etc. De telles présentations se sont révélées extrêmement bénéfiques et ont notablement réduit les IEPN et prolongé la période de foi, et plusieurs chercheurs ont relevé l'enthousiasme remarquable avec lequel la Communauté aléatoire pénètre dans l'espace de Fenlen à la suite d'une présentation de ce type.

Dans le cas où Ed Terry Constructions souhaiterait optimiser son DMP grâce à cette présentation orale de pré-parcours, Judson et associés se fera un plaisir de fournir par écrit l'étude technique nécessaire, service dont ont déjà profité avec succès neuf sites du Nord-Est.

En tout état de cause, sous une forme ou sous une autre, un DMP est vivement conseillé. Lors d'une étude concernant un espace de Fenlen situé à Canton, New Jersey, dans une entreprise qui n'était pas équipée d'un DMP, on a constaté que, vers la fin de la première journée, la Communauté aléatoire était passée, en quelques heures, d'un CAO très haut (avec un IEPN très faible, de l'ordre de 0 à 2 par personne et par heure) à un CANO très fort (avec un IEPN atteignant 9 par personne et par heure). La découverte la plus frappante, dans ce dossier Canton, fut sans doute celle-ci : une fois que la Communauté aléatoire eut basculé d'un CAO dans un CANO (c'est-à-dire à l'expiration de la période de foi), les chiffres de l'IEPN ont grimpé dramatiquement et même catastrophiquement jusqu'au moment où, selon le surveillant d'une cabine Amstel, les IEPN se sont succédé à un rythme « rendant impossible tout calcul », un cas de figure classé « chaotique » (sur l'échelle d'Elliot), ce qui obligea à expulser les membres de la Communauté aléatoire de l'espace de Fenlen. En d'autres termes, dès que la Communauté aléatoire a perçu son parcours à l'intérieur de l'espace de Fenlen comme la traversée répétitive d'un même espace concret, le moral s'est rapidement effondré et, selon les données cliniques, n'a pu être rétabli. Inutile de préciser que l'évacuation forcée de l'espace de Fenlen entraîne des risques et des dépenses non négligeables, sans parler des perturbations inévitables de toutes les autres activités.

À l'inverse, depuis que le DMP a été introduit dans l'entreprise de Canton, aucune situation chaotique n'a été signalée, à une exception près, qui s'est révélée liée à un incendie sans gravité survenu à l'intérieur d'une des cabines Amstel.

La gamme des DMP disponibles se décline depuis les unités articulées manuellement (en fait, des panneaux à montage/démontage rapide coulissant sur des rainures scellés au sol) jusqu'aux modèles électroniques, sur rail, qui permettent une variété de configurations pratiquement infinie et sont d'ailleurs compatibles avec le logiciel ChangeSpace©. Le descriptif que nous proposons pour Ed Terry Constructions comprend les prix prévisionnels pour le DMP 6 Homeway modèle économique (panneaux coulissants) aussi bien que le DMP haut de gamme Casio 3288 (automatisé et piloté par informatique). Pour le modèle Homeway, nous avons inclus une estimation approximative des coûts de main-d'œuvre nécessaire à la manipulation imposée par les modifications du DMP. Dans le cadre de cette prévision, nous nous sommes basés sur sept changements quotidiens, avec quatre personnes mobilisées pour chacun de ces réaménagements. Ce chiffre correspond à un temps de parcours d'environ trois heures — évitant ainsi que la Communauté aléatoire ne tombe malencontreusement sur un réaménagement en cours, ce qui s'est déjà produit (cf. Percy et autres) et qui entraîne une réduction notable de la période de foi, pour des raisons évidentes.

Judson et associés est convaincu que la proposition jointe répond amplement aux désirs que vous avez exprimés dans votre demande de prestations du 9 janvier. Si vous souhaitez davantage de détails, n'hésitez pas à contacter Jim Warner ou moi-même. Nous espérons avoir bientôt de vos nouvelles et travailler avec vous sur cet excitant dossier en forme de défi, ainsi que sur tout autre projet que vous voudrez bien nous confier.

Très cordialement,

Mark Judson
Président-Directeur Général
Judson et associés

III. (Rappel amical)

Nous, au Dépeçage, prions par la présante les employés du Tri de s'abstenir de donner à la Poubelle des Graisses le nom de Poubelle Pizza Hut ;

vos gueules pendant le travail et bossez en silance en tâchant de profiter de ce que le bon Dieu vous a donné, aimez votre boulot, ça pourrait être pire et c'est pire pour bien des jens qui, eux, n'en ont pas, de boulot.

IV. (93 990)

Une étude poussée de toxicité a été menée pendant dix jours sur vingt singes cynocéphales mâles de 25 à 40 kg. On a séparé ces animaux en quatre groupes de cinq singes. Chacun des quatre groupes a reçu une dose quotidienne de Borazadine, administrée par intraveineuse à une concentration de 100, 250, 500 ou 10 000 mg par kilo et par jour.

À l'intérieur du groupe à forte concentration (10 000 mg/kg/jour), les effets ont été immédiats et catastrophiques, et il s'en est suivi le décès au cours des vingt premières minutes de tous les animaux sauf un. Les animaux 93 445 et 93 557, avant de mourir, ont été saisis de vomissements et ont présenté des signes de désorientation. Ces deux animaux sont entrés presque immédiatement en catatonie puis en agonie au cours de laquelle ils ont été euthanasiés. Les animaux 93 001 et 93 458 ont manifesté vomissements, anxiété, perte de l'orientation et griffures abdominales. Ces animaux sont eux aussi entrés très vite en catatonie puis en agonie avant d'être euthanasiés.

Un seul spécimen de ce groupe à dosage maximal, l'animal 93 990, un minuscule mâle de 26 kg, n'a pas semblé affecté par le traitement.

Tous les animaux décédés ont été retirés de la cage et autopsiés. Dans tous les cas, il est apparu que la mort était due à une insuffisance rénale.

On n'a remarqué aucun effet particulier au cours du Jour 1 chez les sujets des trois groupes dosés plus faiblement (c'est-à-dire à 100, 250 et 500 mg/kg/jour).

Au Jour 2, après une deuxième série d'injections, les animaux du groupe à 500 mg/kg/jour ont commencé à être pris de vomissements et, pour certains, à manifester de l'agressivité. Cette dernière se caractérisait le plus souvent par des cris perçants, avec ou sans tentatives de morsures. Certains animaux des deux groupes les plus faiblement dosés (100 et 250 mg/kg/jour) ont été pris de vomissements, et un spécimen du groupe à 250 mg/kg/jour (l'animal 93 002) a été victime de démangeaisons comparables à celles qui avaient affecté le groupe fortement dosé (c'est-à-dire trituration et grattement de l'abdomen, avec légères convulsions).

Vers la fin du Jour 3, trois des cinq animaux du groupe à 500 mg/kg/jour étaient entrés en catatonie et les deux autres étaient en proie à de fortes convulsions ponctuées de tentatives de morsures et de pincements de leurs semblables, le tout souvent accompagné de cris. On a observé une perte de poils, échelonnée de légère à très abondante, ainsi qu'un « jeu » avec les touffes résultantes. Ce « jeu » allait de la manipulation distraite à une dépense énergétique énorme. Il est à remarquer que ce comportement « ludique » est typique chez un animal de ce genre lorsqu'il est confronté à un animal plus petit, tel qu'un rongeur, comme induit par une curiosité naturelle. Il peut donc correspondre à une réaction hallucinatoire. On a observé que plusieurs animaux grimaçaient avec insistance en face des touffes de poils comme s'ils essayaient de provoquer de la peur chez ces dernières. On a noté que l'animal 93 110 du groupe à 500 mg/kg/jour est resté assis dans un coin de la cage à contempler son propre vomi pendant qu'un animal asymptomatique (93 222) semblait tenter d'éveiller son intérêt en lui tapotant le dos, puis en le frappant plus vigoureusement. Il est intéressant de relever que le seul survivant du groupe à fort dosage (le minuscule mâle 93 990), même au bout du deuxième jour, ne manifestait toujours aucun trouble. Bien que cet animal fût le plus menu dans le groupe à concentration maximale, il ne manifestait aucun symptôme. Ni vomissements, ni apathie, ni démangeaisons, ni anxiété, ni agressivité. Il n'avait pas non plus perdu ses poils. Bien qu'il n'y ait près de lui aucune touffe de poils (puisqu'il ne les avait pas perdus), on n'a pas vu pour autant cet animal « jouer » avec des objets présents dans la cage, tels que écuelle, selles, bouts de corde, etc. En revanche, on a constaté qu'il regardait fixement les gardiens à travers les barreaux et/ou qu'il battait rapidement en retraite lorsque ces gardiens pénétraient dans la cage avec leurs longs bâtons pour chercher sous certains objets (sièges, pneus-jouets) d'éventuelles touffes de poils ou selles liquides.

Vers le milieu du Jour 3, tous les animaux du groupe à 500 mg/kg/jour avaient succombé. Avant de décéder, ceux-ci ont présenté, en plus des effets sus-décrits, des symptômes allant de petits cris plaintifs à des mouvements rotatifs démentiels sur le sol, parfois accompagnés de hurlements et d'émission de bave. Après leur mort, les cinq animaux furent extraits de leur cage et autopsiés. On a constaté que, pour tous, une insuffisance rénale avait causé le décès. Il est intéressant de noter qu'avant de mourir, ces animaux n'ont pas passé par un stade catatonique, mais ont paru au contraire très alertes, respirant laborieusement et, dans plusieurs cas, se lançant dans des frénésies d'escalade. On a toutefois pu conclure que leur coordination avait été sensiblement affectée puisque les chutes, au cours de ces ascensions, étaient anormalement fréquentes. Après ces chutes, les réactions allaient de l'inertie totale à des signes de frustration, accompagnés ou nom d'autopunition (auto-morsures, arrachage de poils, mouvements saccadés de la tête).

Vers la fin du Jour 3, on a vu tous les animaux des deux groupes à faible dosage (250 et 100 mg/kg/jour) tomber dans une certaine détresse. Plusieurs étaient entrés en catatonie ; d'autres refusaient de s'alimenter ; la plupart produisaient des selles liquides vivement colorées ; d'autres étaient assis et mangeaient leurs selles en émettant des cris intermittents.

Les animaux 93 852, 93 881 et 93 777 du groupe à 250 mg/kg/jour, dans les heures qui précédèrent la mort, parurent connaître une brève période de regain de vigueur et d'activité, assortie de symptômes d'anxiété. Tout en titubant et en manifestant une certaine confusion, ils se grattaient les yeux avec les doigts. On les a vus se précipiter avec plus ou moins d'énergie contre les barreaux de la cage, après quoi ils ont traversé une phase d'agitation. On a constaté une perte totale ou partielle de la vue. Lorsqu'on agitait des drapeaux de couleurs vives devant ces animaux, certains ne réagissaient pas, alors que d'autres se mettaient à bombarder les gardiens de leurs selles.

Au Jour 4, vers midi, tous les animaux du groupe à 250 mg/kg/jour avaient succombé, été retirés des cages et autopsiés. Dans tous les cas, on a constaté que la mort était due à une insuffisance rénale.

Vers la fin du Jour 4, il ne restait plus que les cinq animaux à 100 mg/kg/jour ainsi que le minuscule mâle susmentionné appartenant au groupe à concentration maximale (93 990) qui ne présentait toujours pas le moindre symptôme. Cet animal ne manifestait toujours pas de vomissement, ni même de haut-le-cœur, ni nausée, ni perte de repères ou de motricité, ni aucun des autres symptômes déjà décrits. Cet animal continuait d'arpenter normalement la cage en ingérant une quantité normale de nourriture et d'eau et on a même pu remarquer qu'il avait légèrement grossi et qu'il grimpait inlassablement à la corde avec une belle assurance.

Le Jour 5, on constata que l'animal 93 444 du groupe à 100 mg/kg/jour était entré en agonie. Du fait de son état d'extrême faiblesse, on ne lui fit pas de nouvelle injection le matin. On préféra l'extraire de sa cage, l'euthanasier et l'autopsier.

On vit que la mort était consécutive à une insuffisance rénale. L'animal 93 887 (100 mg/kg/jour) a eu plusieurs pertes de conscience, basculant sur le flanc en grimaçant de douleur. Il est décédé à treize heures. On l'a sorti de sa cage et autopsié. On a vu que la mort était consécutive à une insuffisance rénale. Entre quinze heures et vingt heures, ce même jour, les animaux 93 254 et 93 006 du groupe à 100 mg/kg/jour ont succombé à très peu d'intervalle, blottis dans le coin nord-ouest de la grande cage. Les deux animaux avaient manifesté une respiration sifflante, empoignant et relâchant rapidement leurs parties génitales. On les a sortis tous deux de la cage et on les a autopsiés. Dans les deux cas, on a vu qu'une insuffisance rénale avait causé la mort.

Il ne restait plus que le spécimen 93 555 du groupe à 100 mg/kg/jour, et le spécimen 93 990, le minuscule mâle du groupe à dosage maximal. 93 555 présentait presque la totalité des symptômes susmentionnés, avec en plus, vers la fin du Jour 5, plusieurs phases durant lesquelles il s'est infligé des griffures et des contusions sur le cou et sur la face en essayant de s'emparer spasmodiquement de quelque chose situé au-delà des barreaux. Cet animal a développé également plusieurs séries de rotations rapides. Quelques-unes de ces séries se sont d'ailleurs terminées par une chute violente. Par deux fois, ces chutes ont entraîné la perte d'une dent. À l'occasion de l'une de ces pertes de dent, l'animal a manifesté l'enchaînement d'attitudes agressives déjà constatées face aux touffes de poils. En outre, dans ce cas précis, l'animal, après avoir un moment grogné en direction de sa dent, s'en est pris à elle et l'a avalée. Il fut décidé que, si de tels comportements se répétaient au cours du Jour 6, pour des raisons humanitaires l'animal serait euthanasié ; mais juste après vingt-trois heures, il a cessé toute agitation et est resté assis, sans énergie, sur ses propres déjections — avec des convulsions épisodiques. Aussi, du fait de l'amélioration de son état, a-t-on renoncé à l'achever.

Vers douze heures, le Jour 5, le minuscule mâle 93 990 ne montrait toujours aucun symptôme. On l'a observé alors qu'il se tenait dans le coin sud-est de la cage à fixer la porte. On a mis d'abord à tort cette attitude sur le compte d'un début de catatonie, mais lorsqu'on a introduit un bâton et qu'on en a appuyé l'extrémité sur son corps, il a battu en retraite avec un cri, ce qui fut jugé normal. On nota également que 93 990 semblait regarder parfois et/ou désigner la cage du groupe à faible dosage, c'est-à-dire la cage dans laquelle 93 555 était toujours assis sur ses déjections avec des contractions sporadiques.

Vers la fin du Jour 5, 93 990 ne manifestait toujours aucun symptôme et, en réalité, on l'a même vu manger de bon cœur la nourriture qu'on lui proposait et la pesée de midi du Jour 6 a confirmé le gain de poids déjà remarqué. De plus, il grimpait à la corde. D'autre part, il semblait parfois supplier. La supplique pouvait constituer, a-t-on pensé, un effet secondaire faiblement hallucinatoire. Cette attitude a déclenché un fou rire involontaire chez les gardiens, ce qui a poussé immédiatement l'animal à changer de comportement. Il s'est alors réfugié dans le coin nord-ouest de la cage où il est resté longuement assis, le dos tourné aux gardiens. Il fut décidé que, désormais, les gardiens se retiendraient de rire, de façon à voir objectivement combien de temps pouvait durer cette supplique si on ne l'interrompait pas.

À la suite des injections du matin, le Jour 6, le seul survivant du groupe à faible dosage (93 555), l'animal qui plus tôt avait attaqué et avalé sa dent avant de demeurer prostré sur ses selles, a succombé, après un épisode où, en plus de tous les symptômes déjà décrits, il avait essayé de se crever les yeux et de s'arracher des lambeaux de chair puis s'était calmé, accroupi, en respirant profondément. Cet animal, après avoir un temps gardé les yeux révulsés, est entré en agonie, est mort et a été autopsié. On a vu que la mort avait été causée par une insuffisance rénale. Comme on enlevait le corps de 93 555 de la cage, on a observé que 93 990 restait tranquillement assis, puis qu'il se retirait vers le fond de sa cage, c'est-à-dire à l'opposé de la porte où il s'est accroupi sur ses talons. Bientôt il s'est levé, s'est approché de son écuelle et s'est mis à manger de bon appétit, les yeux toujours fixés sur la porte.

Après l'injection du Jour 7, l'animal 93 990, désormais le seul survivant, ne montrait toujours aucun symptôme et mangeait et buvait vigoureusement.

Après l'injection du Jour 8, même constatation : cet animal ne montrait aucun symptôme et mangeait et buvait vigoureusement.

Le Jour 9, on décida de tester les effets d'une concentration extrêmement élevée de Borazadine en doublant le dosage, soit 20 000 mg/kg/jour. Ce nouveau dosage fut administré par intraveineuse au matin du Jour 9. On ne remarqua aucun effet. L'animal continuait à se déplacer dans sa cage et à manger et boire normalement. Il continuait aussi à scruter la porte et, de temps en temps, les autres cages, à présent vides. Il grimpait toujours autant à la corde. On a pu observer une courte supplique. Les gardiens se sont interdit de rire et le phénomène s'est poursuivi pendant environ 130 secondes. À la suite de cette supplique, on a introduit un bâton entre les barreaux et on a voulu piquer l'animal, mais celui-ci s'en est saisi. Lorsqu'un gardien est entré dans la cage pour reprendre le bâton, c'est lui qui fut piqué. À la suite de cet incident, on a décidé de ne pas reprendre le bâton mais de se procurer un bâton de secours à la réserve. Toutefois, comme il n'y en avait pas à la réserve, on a jugé préférable d'attendre et de récupérer le premier. Lorsque la récupération de ce bâton s'est révélée problématique, on a estimé avantageux que 93 990 en reste détenteur, car on pourrait ainsi étudier sa façon d'utiliser et/ou de manipuler ledit bâton et, par là, déterminer comment la Borazadine agissait sur sa motricité.

Le Jour 10, qui devait être le dernier jour de cette étude, après avoir constaté que l'animal 93 990 ne manifestait toujours pas la moindre perturbation, on a pris la décision de porter le dosage à 100 000 mg/kg/jour, dosage dix fois supérieur à celui qui s'était révélé presque immédiatement mortel pour chacun des autres animaux appartenant au groupe à dosage maximal. Cela a été jugé scientifiquement légitime. On a administré ce dosage à 3 heures le Jour 10. Il est à remarquer qu'aucun effet particulier n'a été constaté, en dehors de ceux liés à l'injection (par exemple de petites ampoules brillantes et violacées à l'endroit de la piqûre, associées à une accélération du rythme cardiaque et à une transpiration extrême, ainsi qu'une gesticulation de panique peu développée), mais tout cela a bientôt disparu, et on l'attribue davantage à la répétition des injections qu'à la Borazadine elle-même.

Tout au long du Jour 10, l'animal 93 990 a continué à ne présenter aucun symptôme. Il a bu et mangé normalement. Il se déplaçait énergiquement dans sa cage. Il grimpait à la corde. À la fin de la période d'étude, c'est-à-dire vers minuit le Jour 10, on n'avait observé aucun symptôme de quelque sorte que ce soit. Il est à noter que l'animal sautait partout dans la cage. Il a manié le bâton avec une bonne dextérité, supplié de temps en temps, crié avec violence contre les gardiens. En résumé, même avec un dosage dix fois supérieur à celui qui s'était révélé presque immédiatement mortel pour des animaux plus gros et plus lourds, 93 990 n'a pas manifesté le moindre symptôme. De tous les points de vue, même à ce dosage exceptionnellement élevé, cet animal paraissait normal, sain, indemne et vigoureux.

Vers dix heures, le Jour 11, 93 990 a été endormi par fléchette, retiré de sa cage, euthanasié et autopsié.

On n'a observé aucune trace de dommages dans les reins. On n'a observé aucun effet négatif de quelque sorte que ce soit. On a observé un gain de poids de trois kilos nets depuis le début de l'étude.

Tous les cadavres ont été évacués du site par benne à ordures médicale homologuée et éliminés par incinération.

La caravane de l'hypnotiseur

ANN CUMMINS

Un jour, dans un journal, une femme, Josephine, lut une annonce publicitaire : Désintoxication — Tous traitements — Hypnotisme — Massage psychique. Josephine fumait, et elle buvait pas mal aussi. Elle décida d'essayer l'hypnotiseur. Elle emmena sa fille avec elle.

L'hypnotiseur vivait et travaillait dans une caravane stationnée sur un terrain aménagé au pied de Stone Mountain. C'était un homme velu mais à la denture régulière et aux ongles manucurés. Chez lui, peu de meubles, un canapé en rotin, un fauteuil laineux. Ni bibelots, ni magazines.

« Sautons les préliminaires et allons droit au but, commença l'hypnotiseur. Est-ce que vous croyez en Dieu ?

— Oui, dit Josephine.

— À quoi est-ce qu'il ressemble ? »

Elle fut un peu déstabilisée.

« Est-ce qu'il a une barbe ?

— Oh, oui.

— Moi aussi, j'en ai une.

— C'est vrai.

— Et en plus, il a les cheveux longs et les yeux marron. »

Josephine songea que c'était possible.

Assez rapidement, l'hypnotiseur la convainquit qu'elle se trouvait en présence de Dieu.

« Est-ce que vous croyez que Dieu peut vous délivrer de vos péchés ? Êtes-vous disposée à accorder votre confiance au Seigneur ? »

Elle le croyait. Elle y était disposée.

« Alors, donnez-moi un gage.

— Un gage ?

— Une chose à laquelle vous attachez de la valeur. Votre sac à main, par exemple. »

La fille — elle s'appelait Irene — se mit à rire et une ombre passa sur le visage de l'hypnotiseur. Il jeta un coup d'œil à la jeune fille. Elle était jolie dans le genre racaille. Elle avait la figure maquillée en blanc et les paupières en vert. Ses cheveux étaient moitié rasés moitié teints en rouge, et il avait horreur de ça. Malgré tout, elle était maigrichonne. Il aimait les maigrichonnes et il ressentit un violent besoin de la faire entrer dans le jeu.

« Votre fille a raison de rire, dit-il. Un sac, ce n'est jamais qu'un objet. »

Josephine adressa un sourire à sa fille ; Irene écarquilla les yeux.

« Donnez-moi une chose à laquelle vous tenez vraiment », dit l'hypnotiseur.

Il fit un clin d'œil à la fille.

« Donnez-moi votre fille.

— Oui, M'man. Donne-moi à lui, dit Irene en riant de plus belle.

— Ma fille ? » se rembrunit Josephine.

Pour Josephine, Irene était la cause d'innombrables nuits d'insomnies et d'innombrables jours de tourments. Josephine considéra l'hypnotiseur qui se caressait la barbe, le regard sur la fille. À sa grande surprise, le visage de l'homme commença à se transformer — à perdre ses joues flasques et son nez grossier, à se lisser et à se tendre.

Tout à coup, elle étreignit Irene.

« Vous ne l'aurez pas ! » siffla-t-elle.

L'hypnotiseur haussa les sourcils, puis baissa les yeux vers ses pieds.

« Si elle a mal tourné, c'est entièrement ma faute, murmura-t-elle.

— C'est ce que je vois », murmura-t-il en retour.

Irene échappa à l'étreinte de sa mère. Elle était contente qu'on s'intéresse à elle. Mais ennuyée aussi. Elle se mit à agiter son pied avec nervosité. L'hypnotiseur se renfrogna. L'ennui, c'était mauvais. L'ennui, ça cassait l'ambiance. Il se passa la langue sur les dents, se pencha en avant, sourit à Josephine et dit :

« Donnez-moi votre nombril.

— Quoi ?

— Donnez-moi votre ombilic. »

La fille eut un sourire. Ah, c'était déjà mieux.

« Donnez-le-moi », murmura-t-il.

La femme inclina la tête. Elle releva sa chemise, écarta la ceinture de sa jupe, et regarda son nombril. Qu'est-ce qu'il voulait dire, le lui donner ? Est-ce que c'était comme quand on joue avec les enfants, qu'on fait semblant de leur enlever le nez ? Elle se tourna vers sa fille. Irene opina du chef. Oui, c'était comme avec les enfants. Josephine pouffa. Elle descendit la main et empoigna son nombril. Il se détacha. Elle l'examina. Il était plat comme une pièce de monnaie, mais bientôt le bord commença à se retrousser.

« Très bien », dit l'hypnotiseur.

Elle se le plaqua sur le ventre pour tenter de le recoller. Elle avait des bourdonnements dans les oreilles. Il ne voulait pas tenir.

« Seul Dieu peut le remettre en place, dit l'hypnotiseur. Vous voyez. Finalement, vous n'aviez pas vraiment confiance.

— Non », gémit-elle.

Le nombril était resté dans sa main droite. Elle

avait la gorge serrée et les tempes battantes. Elle avait envie de pleurer.

« Je vais en prendre le plus grand soin, parce que je pense qu'il a de la valeur pour vous. Vous m'entendez, Josephine ? Je vous crois. »

Elle le regarda.

« Vous me croyez ?

— Je vous crois et je crois en vous. »

Il dit cela avec une telle conviction qu'elle sentit sa gorge se dénouer et les larmes lui monter aux yeux.

« Faites-le-moi voir un moment, demanda-t-il.

— Voir ?

— Juste un moment.

— Pourquoi ?

— Pour le guérir. Il est en train de mourir. Regardez-le. »

Elle ouvrit la main. Le nombril s'était recroquevillé jusqu'à ne plus former qu'une petite boule. Brune et ridée. Sa main se mit à trembler violemment.

« Merci. »

Il posa ses mains sur la sienne.

« Voilà, voilà, dit-il. Ça y est, je l'ai. Tout va bien. »

Et il le caressa.

Elle observait attentivement. D'abord, elle ne vit aucune différence, mais bientôt elle eut l'impression que la couleur changeait. Est-ce que la couleur changeait ? Oui. La couleur pâlissait, et l'objet se déployait. Sous l'effet des caresses, il s'aplatissait à chaque passage pour retrouver sa forme originelle, et l'on aurait dit une sorte de petite pêche. Elle sourit. Il était en train de réussir.

« Bon, dit-il. Comment ça va ? Mieux ?

— Oui », murmura-t-elle.

Elle tendit la main, mais il ne le lui rendit pas.

« Il faut que je vous parle, Josephine.

— Oh », dit Josephine.

Elle se renfonça dans son siège. Elle savait que, quoi qu'il dise, ce serait vrai. Elle buvait trop. Elle fumait trop. Elle croisa les doigts sur son ventre. Sans son nombril, elle se sentait toute nue.

« Vous avez remarqué avec quelle facilité il s'est détaché de vous ? »

Elle avala sa salive.

« Ça n'arriverait pas chez quelqu'un de sain. »

Il jeta un coup d'œil à Irene, la fille. Le coude sur le genou et le menton dans la main, elle était fascinée par quelque chose, dehors, de l'autre côté de la fenêtre.

« Chez une personne saine, le centre vibre ; il est élastique. Vous voulez que je vous montre ? »

Il promena son autre main au-dessus du nombril.

« Observez », murmura-t-il.

La petite chose commença à palpiter au milieu de sa paume, et à se colorer. Il en toucha les bords. Il lécha son doigt et le promena sur la tranche. Il regarda Irene. C'était vraiment une jolie fille. Il admirait la ligne altière de la nuque, le contour majestueux de l'oreille, le galbe de la mâchoire — le cou hésitant, le long cou de tortue qui, lorsqu'elle serait plus vieille et plus grasse, perdrait son élégance vigoureuse, mais qui pour le moment s'articulait noblement à la clavicule. Il suivit le dessin de ce cou, sous l'encolure étriquée, jusqu'à l'épaule nue et osseuse, descendit le long du bras à la rose tatouée, revint à l'épaule, pour redescendre vers les seins adolescents aux jolies courbes, ni trop pleins, ni trop plats, là, sous le coton léger. Il ferma les yeux et effleura lentement d'un doigt la lèvre du nombril.

« Regardez, murmura-t-il. Regardez comme je le fais gonfler. »

Fascinée, Josephine vit son nombril tourner au blanc translucide, d'une couleur d'hostie, telle une planète luisante sortie d'une froide et belle nuit — la nuit de Dieu —, et il avait grandi. Lorsqu'il l'inclina sous un certain angle, légèrement penché vers elle, elle vit la lune, et son propre reflet dedans. Son nombril ! Elle éclata de rire.

L'hypnotiseur ouvrit les yeux sur la mère, sa mâchoire molle et ses pupilles brillantes, et lui aussi éclata de rire.

« Regardez », dit-il.

Il enroula la chose sur son doigt.

« Regardez bien. »

Il lança en l'air la chose, qui se mit à osciller, à rougir, à répandre une odeur parfumée. Le disque passait dc l'orange au rouge puis au rose, en ondulant, et Josephine glissait sur son siège, vers le haut et vers le bas, tandis que sa jupe remontait. Il lorgna sa cuisse. C'était une petite cuisse moche, grassouillette et sans muscle, exactement le genre qu'il aimait.

« Levez-vous, ordonna-t-il. Tournez-vous. »

Depuis la fenêtre, Irene regardait sa mère danser en décrivant de lents cercles sinueux, se passer la langue sur les lèvres, promener ses mains sur elle. Sa mère — une femme très pudique. Sa mère était pudique de mère en fille. Même quand elle était saoule, sa mère parcourait la maison en remettant tout en ordre. Mais voilà qu'elle empoignait sa jupe et qu'elle la retroussait, la relevait et la rabattait, et la langue de l'homme pointait entre ses dents. Ses yeux étaient des petites perles dans son visage.

« Penchez-vous », souffla-t-il.

Josephine se pencha en avant, balançant la tête entre ses genoux.

« M'man ? » dit Irene.

L'hypnotiseur se rejeta au fond de son siège, croisa ses mains sur sa nuque et murmura :

« Eh bien, coucou, Josephine.

— Hé là ! » dit Irene.

L'homme jeta un coup d'œil à la fille. Irene le fixa froidement et il ricana. Il la regarda des pieds à la tête, puis directement dans les yeux, et il aperçut son reflet, celui d'un gros homme laid. Il regarda plus attentivement. Il plongea dans le mépris que contenaient les yeux d'Irene et il se vit comme elle le voyait — une demi-portion à la peau flasque, à la vue basse, aux dents déchaussées, alors il regarda plus loin encore et discerna celui qu'il allait devenir : ses lèvres commencèrent à rentrer en dedans, sa peau à pendre sur ses pommettes désormais saillantes, ses orbites à avancer tandis que ses yeux s'enfonçaient. Prise dans ce regard, Irene vit les épaules de l'homme s'affaisser, sa poitrine se creuser sous sa chemise, ses mains trembloter, tout comme ses lèvres et sa tête. Son visage de vieillard était un maillage de minuscules vaisseaux sanguins éclatés, bleus et rouges, et ses yeux des puits de douleur sans paupières, humides, marécages boueux suintant de larmes.

Malgré elle, Irene sentit sa jeune gorge se serrer et son cœur se remplir de pitié, elle entendit l'appel d'un oiseau et remarqua bientôt une vague odeur dans la pièce.

L'hypnotiseur lança un regard par la fenêtre, vers la montagne couleur de rien du tout et glacée comme le marbre, vers ce paysage navrant où on l'avait obligé à garer sa caravane.

Il considéra Josephine, qui avait les joues écarlates et les yeux presque clos. Son cœur s'attendrit. Il fit une moue dédaigneuse.

« Bon, ça suffit », murmura-t-il.

La femme se redressa. Elle lissa sa jupe, regagna le canapé, porta la main à sa bouche, jeta un coup d'œil prudent vers sa fille qui avait l'air d'écouter quelque chose. Josephine frissonna.

« Bon, ça suffit, regardez-le rétrécir. »

Josephine se rassit. L'hypnotiseur ramena la lune qui flottait jusque-là au-dessus de sa tête et se mit à la replier en triangles, de plus en plus petits, et lorsque le dernier triangle ne fut pas plus grand que sa main, il commença à le pétrir pour en faire un globe lumineux. Il le couvrit de son autre main, ferma les paupières, les releva, ouvrit sa main, et elle vit à nouveau son nombril, un petit disque parfait de couleur pêche, plat comme une pièce de monnaie, mais avec une spirale au centre. Il sourit et le lui tendit. Elle allait s'en saisir lorsqu'il écarta les doigts.

« Holà, dit-il. Je l'ai laissé tomber. »

Il eut un rire hideux.

« Vous l'avez laissé tomber ? dit Josephine.

— Où est-il passé ? souffla-t-il.

— Vous l'avez laissé tomber ? » répéta-t-elle.

Et il y avait dans sa voix un frémissement, quelque chose comme de la peur, ou peut-être de la colère.

« Où est-il ? » demanda-t-il.

Josephine inspectait le sol.

« Je n'en sais rien », répondit-elle.

Elle se mit à quatre pattes. Elle soupira, elle hoqueta, puis éclata en sanglots.

« Renie, on l'a perdu.

— Qu'est-ce que tu as perdu ? »

Irene s'était secouée, s'était frotté les yeux, avait découvert sa mère en train de ramper sur le sol.

« Qu'est-ce que tu as perdu ? »

Il leva le pied, inspecta la semelle de sa chaussure, parut en décoller quelque chose, fit un clin d'œil à Josephine. Il fourra la chose dans sa bouche. Celle de Josephine s'ouvrit en grand et ses yeux sortirent de leurs orbites.

« Qu'est-ce que tu as perdu ? » insista Irene.

L'hypnotiseur haussa les épaules.

« Tout », dit-il.

Sa joue droite était gonflée comme celle d'un castor.

« J'ai mangé la prune qu'elle m'a donnée. Elle était froide, dit-il. Mais tellement délicieuse. »

Il ouvrit la bouche et agita une langue violette. Puis, il déglutit. Il se laissa aller en arrière et se lécha les babines.

« Encore un client satisfait.

— Tu n'as rien perdu, M'man », dit Irene, énervée.

Josephine se tenait le ventre comme si on l'avait transpercée avec une épée, et l'hypnotiseur était hilare. Depuis quand ne s'était-il pas senti aussi bien ? Il se pencha en avant, cacha sa bouche avec sa main et chuchota un secret à Josephine.

« Elle a raison, vous savez. Il n'est pas perdu. Regardez. Il est dans le revers de mon pantalon. »

Josephine s'effondra sur le canapé. Elle contempla tristement le petit disque qu'il venait de tirer de son revers.

« Allez, on s'en va, M'man, dit Irene.

— S'en aller ? dit Josephine. On ne peut pas s'en aller.

— Elle ne peut pas s'en aller, confirma l'hypnotiseur. C'est moi qui ai sa jugeote. »

Mais Irene en avait assez. Pourquoi était-elle venue ? Elle ne voulait pas venir. Josephine l'avait suppliée de l'accompagner. Sois mon courage, l'avait exhortée Josephine. Elle servait sans arrêt de courage à Maman. C'est à ça que servent les filles, avait coutume de dire Josephine.

« Moi, je m'en vais, déclara Irene en se levant.

— Tu t'en vas ? » s'inquiéta Josephine.

Irene, les poings crispés, se dressait devant sa mère. Josephine la vit prête à prendre son envol. Prête dans une attitude menaçante du genre si-tu-ne-fais-pas-tout-de-suite-ce-que-je-veux-tu-le-regretteras, et Josephine se rembrunit. Vraiment, cette petite n'avait pas la moindre générosité. Et quelle grossièreté !

Tout à coup, Josephine eut besoin de boire un verre. Elle ne pouvait plus du tout parler à sa fille.

Elle avait besoin d'une cigarette. Elle fouilla dans son sac, et se rappela soudain la raison de sa présence à cet endroit. Qu'attendait cet homme pour s'occuper de son problème ? Elle le regarda durement. Il lui renvoya un coup d'œil égrillard. Elle eut un haut-le-cœur.

Mais il se faisait tard et elle avait besoin d'une cigarette. Elle se leva. Ses jambes flanchèrent et l'air lui manqua. Elle saisit son sac à deux mains et se dirigea prudemment vers la porte. Elle avait l'impression d'être mal reconstituée.

« Vous partez ? » lança l'hypnotiseur.

Josephine se retourna vers lui. Les yeux de l'homme brûlaient et elle frissonna.

« Vous n'oubliez rien ? »

Josephine s'humecta les lèvres. Mais Irene avait déjà la main sur la poignée et lorsque la porte s'ouvrit, Josephine vit les yeux de l'homme s'agrandir. Comme c'est gentil, pensa-t-elle. Il ne veut pas que je parte.

Moi, une femme mariée.

L'air de la pièce était empli de parfum. L'hypnotiseur regarda la porte. Il serrait les accoudoirs de son fauteuil à s'en blanchir les phalanges. Ses lèvres s'agitèrent spasmodiquement en essayant de produire un sourire et finalement y parvinrent.

« Vous partez ? »

Il rejeta la tête en arrière et rit aux éclats.

« Pour gagner, pas besoin d'être là ! » cria-t-il.

Il ramena son regard vers les petits poils sur ses phalanges et ouvrit sa main gauche. Les yeux mi-clos, il contempla sa paume. La peau y était jaunie, épaisse, mais voilà qu'elle commençait à changer, à se boursoufler comme une tumeur. Petit petit, la peau se tendit, s'étira et parut sur le point de craquer. Un disque luisant, plat comme une pièce de monnaie, se frayait un chemin vers la surface.

L'hypnotiseur l'éleva jusqu'à son œil. Il y avait un chas d'aiguille au centre, il regarda la porte au travers et se remit à rire. Il lança le disque en l'air et le rattrapa.

« Pile ou face ? »

Il le plaqua bruyamment sur le dos de sa main.

« Pile. T'as perdu. »

Il enfonça la chose dans sa main et attendit qu'elle ressorte de l'autre côté. N'était-ce pas un soupir de roues sur la chaussée ?

« Elle revient ? »

Il redressa la tête et sourit vers la porte. Mais aucun bruit de moteur ne lui parvint. Le petit disque frémit.

Le soleil de six heures filtrait à travers le store, zébrant le canapé où la femme s'était assise. La caravane était silencieuse. Il aurait aimé écouter les oiseaux, mais les oiseaux ne chantaient jamais dans la chaleur de six heures. Il fronça les sourcils en direction de la porte.

« Espèce de petite allumeuse », dit-il.

Il se leva, alla à la porte, l'ouvrit, regarda dans les vapeurs de cellophane qui flottaient au-dessus de l'asphalte. La chaleur, le goudron puant qui cloquait dans les fissures, à ses pieds. Il n'y avait personne d'autre que lui sur le parking. Personne non plus dans l'allée d'accès.

« Parties ? »

Il haussa les épaules.

« Tant pis. »

En vérité, il s'en voulait. Il allait trop loin. Un rien dissipé, voilà ce qu'il était. Ce qu'il avait toujours été. Il se moqua de lui-même, de sa manière de se comporter. Lui qui avait été si sûr d'avoir sa chance aujourd'hui — sinon avec la fille, du moins avec la mère.

« Ça prouve seulement qu'on ne peut jamais savoir à l'avance », dit-il.

Dans la paume de sa main, il tint le disque au-dessus de l'asphalte.

« Si tu n'en veux pas, cria-t-il en direction de la route, moi non plus ! »

De son index gauche, il lui donna une chiquenaude.

Il bougea à peine.

Il donna une nouvelle chiquenaude.

Il bougea à peine.

Il le poussa violemment du gras du pouce, puis secoua vigoureusement la main.

La petite pêche, rendue collante par la chaleur, s'accrochait.

Il rentra, ferma la porte. Ses doigts en étaient tout gluants.

« À l'égout ! » s'écria-t-il en se dirigeant vers la salle de bains.

Mais il s'arrêta. On aurait dit qu'elle avait grossi. Est-ce qu'elle avait grossi ? Était-ce possible ? Irritée, la chose se dressait, enflée et brillante, dans le creux de sa main, et elle sentait. Est-ce qu'elle puait ? Il l'approcha de son nez et renifla. Une odeur, comme du sang, l'odeur suffocante d'un parfum chargé de sang, gâtait l'atmosphère, et il éprouva une démangeaison dans la paume. Ça grattait. Ça palpitait. C'était une démangeaison palpitante, et ses doigts — il s'en aperçut avec horreur — s'étaient mis à gonfler. Il essaya de serrer le poing, mais ses doigts, ses cinq doigts, étaient rouges et boursouflés et refusaient de se plier. Et peut-être que... Sa vue n'était plus aussi bonne.

Oui, de minuscules veines bleues irriguaient le bord froissé de la chose dans sa main. Il commença à trembler. En l'examinant de plus près, il vit que les veines s'en échappaient et qu'elles s'enfonçaient dans... Dans ?

Comme un petit garçon, il cacha sa main derrière son dos. À présent les oiseaux chantaient. La chose palpitait. À l'intérieur de lui ? Il avait des bourdonnements d'oreilles.

« Là, je te vois, murmura-t-il. Là, je ne te vois plus. »

Il suffoqua de stupéfaction.

La chose avait disparu. Il l'avait sentie s'en aller ! Il ramena sa main devant lui. Sa paume était lisse et jaune. Il éclata de rire, puis le cœur lui manqua, car elle était de nouveau là. Un gros bout gluant, palpitant, grossissant.

« Làjetevois, làjenetevoisplus ! »

La chose était agitée d'un petit rire de ventre. Les oiseaux gazouillaient.

Un truc clochait. Il retourna la main et la secoua, la secoua vigoureusement, mais plus il secouait plus le morceau grossissait. Il renonça. Des perles de sueur roulaient sur son visage gras. Elle...

Elle n'aurait jamais dû le lui donner. Quelle idée ! Lui donner un truc pareil !

Mais pourquoi tu l'as accepté, pauvre idiot, ne put-il s'empêcher de penser, si tu avais l'intention de le rendre ? Ni repris ni échangé !

Il s'affala dans son fauteuil. Il avait envie de pleurer, et aussi envie de rire. Bon, au moins c'était de l'inédit. Il contempla le contenu de sa paume.

« C'est toi, mon petit bout de femme ? » murmura-t-il.

Il passa un doigt sur ce qui était maintenant, très clairement, une membrane translucide et vivante. Il frémit.

« C'est toi, mon amour ? »

Trois méditations sur la mort

WILLIAM T. VOLLMANN

I. Réflexions sur les catacombes

La mort est ordinaire. Regardez-la, ôtez-en les décès causés par les armes et les leçons qu'ils nous inspirent, et il se peut que le reste vous montre ce qu'est la violence. Avec cette pensée à l'esprit, j'arpentais les longs tunnels des catacombes de Paris. Des murs de terre et de pierre épais comme la longueur d'un fémur : des os droits et jaunes entassés parallèlement, les glènes pointant vers l'extérieur comme des briques rognées dont les bords se seraient affaissés, comme des sourires osseux adressés au sol, comme des serpents rassis de macaroni jaunes — articulations, crânes, en toute promiscuité, avec des ténèbres entre eux, entre ces articulations jumelles qui avaient un jour aidé un autre os à pivoter, et par là même l'avaient guidé, et qui avaient porté de la chair lors de ses déplacements passionnés et parfois intelligents à la rencontre d'une fin inévitable — des rangées de fémurs, ensuite, et d'humérus, os sur os, avec à intervalles réguliers une couche d'os pour étayer la mort, une couche d'humérus et de fémurs posés perpendiculairement pour créer un effet de maçonnerie presque plaisant, oui, réalisé selon les lois de la maçonnerie, telle que la comprenaient les ingénieurs et les maçons funèbres de Napoléon qui, dès son accession au pouvoir suprême, avait élaboré et organisé cette mise en scène de la mort selon une esthétique hygiéniste. (L'Empereur a-t-il jamais visité cet endroit ? Il n'avait pas peur de la mort — pas même de la donner.) Ensuite, il y avait des chambres latérales tapissées d'os formant des étoiles ou des soleils ; sur tout cela les crânes exerçaient une surveillance superflue ; et de temps en temps, quelque ouvrier facétieux avait orné la façade d'une croix en fémurs. C'était là, m'avait-on dit, qu'étaient rassemblés les restes de près de six millions de personnes — le nombre officiel des juifs ayant péri dans l'Holocauste. Ce crime que les nazis ont commis avec un effort immense en une demi-douzaine d'années, la nature l'avait accompli sans peine ni recours, et elle continuait.

J'avais payé mon billet à l'entrée ; j'étais venu

ici pour regarder mon avenir. Mais quand, après avoir parcouru les longs couloirs souterrains qui conduisaient à l'essentiel, je me suis enfin trouvé en face de mes frères et de mes sœurs, épaves calcifiées d'êtres humains aujourd'hui transmués par ailleurs en poussière, en rats, en racines, en feuilles vertes promises à leur tour à la mort, je n'ai ressenti qu'une curiosité vaguement mélancolique. On s'attend à mourir ; on a vu des squelettes et des têtes de mort sur les masques d'Halloween, à la fac de médecine, dans les dessins animés, sur les panneaux de signalisation, sur les clichés de police, sur les photos des anciens insignes SS et, malgré tout, les crânes bosselaient les murs en luisant comme des cailloux humides dans le lit d'une rivière, jusqu'à ce que la curiosité se change, comme toujours, en torpeur. Mais on n'en sortait pas pour autant. Les murs d'ossements contournaient des puits, il y avait des canaux de drainage le long de ces tunnels ; il arrivait que de l'eau goutte du plafond et tombe sur le front des touristes — une eau qui avait probablement filtré à travers des cadavres. Une poussière étouffante et malsaine irritait yeux et gorges car jamais, si ce n'est dans l'abstraction, et encore, la présence de la mort n'est bénéfique aux vivants. Certains crânes dataient de 1792. Noircis, mais pas encore pourris, ils m'oppressaient par leur survivance. Les ingénieurs auraient mieux fait de les laisser à leur transsubstantiation. Ils auraient pu entrer dans la composition d'arbres majestueux ou de légumes délicieux, eux-mêmes transformés en sang et en squelette de jeunes enfants en pleine croissance. Au lieu de quoi ils demeuraient là, aussi rances et têtus que de vieux arguments, écrins d'âmes depuis longtemps dissoutes, emblèmes grossiers de matière inutile. D'où, croyais-je, mon ressentiment. La blessure réelle était, comme dit Eliot, que « jamais je n'aurais cru que la mort avait fait autant de victimes » ; et la torpeur se changeait en écœurement, en une nauséeuse et claustrophobe prise de conscience du piège biologique qui me retenait prisonnier. Oui, bien sûr, j'avais toujours su que je mourrais, et plus d'une fois, j'en étais resté terrifié. Je l'étais à nouveau, et comme d'habitude ma langue admettait aisément ce que mon cœur refusait en secret ; car pourquoi la vie devrait-elle porter dans sa chair la croyance empoisonnée en sa propre défaite irrémédiable ? Au-dessus de la mer d'os, les crânes dormaient, leurs orbites vers le sol, comme des carapaces de crabes morts parmi ce goémon de miettes de cadavres. C'était une plage nécrophile, mais il n'y avait aucun océan, sinon l'océan de terre au-dessus de nous d'où sourdaient et tombaient ces gouttes gluantes. Encore une croix en fémurs, puis l'inscription SILENCE, MORTELS — VAINES GRANDEURS, SILENCE — des mots qu'on ne saurait discuter, mais bien stériles, car cette multitude calcifiée disait cela bien mieux que n'importe quel poète ou général. Dans la superstition, le cadavre est, par excellence, l'élément qui nous fait peur, qui nous angoisse et que l'on hait ; en réalité il ne mérite aucune émotion, lui et ce qu'il produit, si ce n'est qu'il incarne le souvenir vivace de quelqu'un qui ne nous est pas étranger, mais le temps qu'on passe avec un mort est du temps perdu. La vie s'esquive, comme l'eau qui goutte dans les catacombes, et au bout du compte nous nous retrouverons silencieux comme sont silencieux nos ancêtres, alors autant jouir de nos vaines grandeurs pendant que nous en avons les moyens. Seconde après seconde, notre temps se vide de son sang. On peut toujours crier, hurler, ou courir, ça ne fait aucune différence, alors pourquoi ne pas oublier plutôt ce qu'on ne peut éviter ? Encore et encore, de nouvelles allées de la mort. Parfois il y avait une odeur, une odeur de fromage, de vinaigre, qui me rappelait les deux ou trois morgues que j'avais visitées ; on n'y échappait pas, et la poussière de la mort m'asséchait la bouche. Je tombai sur une sorte de caverne contenant des os empilés jusqu'à la hauteur de mon cou. C'étaient des os inutilisables dans les allées : os pelviens ou côtes (les vertèbres et les divers ossements de petite taille avaient dû être jetés à la poubelle ou avaient pourri). Ces reliques étaient presque transparentes, comme des coquillages, tant la mort les avait érodées. Cette odeur, l'odeur de vinaigre et de vomi, me brûlait la gorge, mais peut-être y étais-je plus sensible que la normale, car les autres touristes ne semblaient pas incommodés ; à vrai dire, certains riaient, soit par bravade soit parce que, pour eux, tout cela était aussi irréel qu'un film d'horreur ; ils refusaient de croire qu'ils auraient un rôle dans le prochain épisode, et c'est sans doute pour cette raison qu'un sale type paraissait fomenter de voler un os — comme s'il n'en avait pas suffisamment, des os, à l'intérieur de sa viande encore vivante ! Il ne devait pas être le seul, car à la fin de notre périple, lorsque nous sommes remontés au niveau de la rue, nous avons été accueillis par un employé qui avait déjà deux crânes sur son bureau, saisis sur les voleurs du jour ; il a fouillé nos sacs à dos. J'ai été soulagé lorsqu'il m'a laissé sortir et que j'ai revu la lumière du soleil — presque fou de joie, même, car depuis que je suis correspondant de guerre occasionnel, la mort ne m'émoustille plus vraiment. J'essaie de la comprendre, de l'apprivoiser, mais je n'en retire jamais rien, sinon le constat de ma propre impuissance. La mort pue toujours autant pour moi, comme elle puait à Paris cet après-midi d'automne glacial et ensoleillé, alors que j'essayais d'être heureux.

Dans les boulangeries, les baguettes et les pâles ficelles à la mie serrée, les croissants et les pains au chocolat, tout m'évoquait des os. Dans d'autres boutiques, des fromages couleur d'os puaient. Tout autour de moi, le ver d'acier du métro se faufilait dans d'autres catacombes, transportant des os encore vivants de trou en trou. Dans une librairie de la rue de Seine, je trouvai un volume de Poe à la reliure démoniaque dont les pages de garde étaient marbrées comme des flammes ; les illustrations, peintes à la main, étaient évidemment peuplées de squelettes horriblement menaçants dont les doigts cherchaient à agripper et à griffer. J'épiai un mariage place Saint-Germain-des-Prés, dont l'église, jaunie et noircie par les siècles, avait pris les tons d'os ou de fromages ; je vis la mariée en blanc — futur tas d'os jaunes. Les traverses en béton claires et étroites du chemin de fer, les barrières de métal ou de bois, la colonne vertébrale dans la vitrine d'un magasin de matériel médical, et même les cannes, les troncs d'arbres, tout ce qui était linéaire ou pouvait l'être, le monde lui-même avec ses sillons, ses rayons, ses divisions, tout devint hideusement cadavérique. Je voyais la mort et je la respirais. J'en avais le goût sur les dents. Le faible souffle que j'exhalais ne parvenait pas à chasser ma nausée. Seul le temps triompha dans cette entreprise — un jour et une nuit, pour être précis —, après quoi j'oubliai à nouveau, jusqu'à ce que j'écrive ces lignes à propos de ma mort certaine. Je n'ai cru qu'un bref instant. Et c'est ainsi que je devins un de ces détenteurs de crâne qui ignorent leur mort. Même en notant ceci, en déterrant mes lettres de l'ossuaire d'alphabets, mes o comme des orbites vides, mes i et mes I comme des côtes, mes b, mes q, mes p et mes d, comme des humérus à la tête arrondie et coupés en deux, je ne croyais plus que par intermittence. L'odeur me remonta aux narines, mais à cette époque-là j'étais à Vienne — où je me gardai de visiter les catacombes —, alors je sortis humer un expresso nappé de crème fraîche. L'écriture, comme il convient lorsqu'il s'agit d'écriture, se chargea de chorégraphies et de paradigmes qui tirèrent cette odeur vers une matière plus riche que son néant révoltant. Je prends le sens des choses où je le trouve ; si je ne le trouve pas, je l'invente. Et ce faisant, je nie le non-sens, et ce faisant, je me mens à moi-même. L'expérience ne ment pas nécessairement, mais cette odeur n'est pas une expérience pour la substance qui l'exhale. La mort ne peut être un sujet d'expérience ni pour le mort ni pour le vivant. Le projet des ouvriers parisiens d'esthétiser, d'arranger, et donc en quelque sorte de modifier les objets dont ils étaient eux-mêmes composés, constituait une étrange réussite, mais on aurait pu faire la même chose avec des tranches de pain rassis. Il s'agissait d'ossements ; il ne pouvait s'agir de la mort. Cela signifiait aussi peu, cela en disait aussi peu que cette petite histoire que je raconte. Cela parlait d'eux comme je dois parler de moi. Je comprends leurs motivations. La motivation de la mort, je ne la comprends pas. Pour moi, la mort est d'abord une odeur, une odeur très désagréable, mais cela, comme les squelettes qui effraient les enfants, ce n'est pas du tout la mort. Si je devais la sentir plus souvent, si je devais travailler dans les catacombes, je n'aurais aucune idée là-dessus. Et dans quelques années ou quelques décennies, je n'aurai plus aucune idée sur quoi que ce soit.

II. Réflexions sur l'autopsie

> Il appartiendra au coroner de déterminer les circonstances et la cause de toute mort violente, subite ou inhabituelle, ainsi que les moyens utilisés pour l'obtenir...
>
> *Code de l'État de Californie, sec. 274 911.*

Aldous Huxley a écrit que « si la plupart d'entre nous persistent à tout ignorer d'eux-mêmes, c'est parce qu'il est douloureux de se connaître et que nous préférons les délices de l'illusion ». C'est ainsi qu'on écarte la leçon déplaisante qu'on aurait pu tirer des catacombes. Mais étendons le principe. Il n'y a pas que la connaissance de soi qui blesse. Prenons l'exemple de la fille noire qu'un enquêteur a extraite d'un bac à ordures, un soir. Elle avait la bouche en sang, ce qui n'avait rien d'extraordinaire ; elle pouvait très bien être une SDF alcoolique sujette aux hémorragies digestives. Mais en braquant la torche dans l'ombre de la bouche, l'enquêteur tomba sur un reflet métallique — pas celui du sang, ni de la salive qui aurait réfléchi la lumière comme du métal, mais du vrai métal : une lame brisée. Dans sa bouche, désormais muette, se trouvait la vérité sur sa mort. L'enquêteur ne la ramènerait pas à la vie, mais par cette double exhumation — la lame hors du cadavre, le cadavre hors du bac à ordures puant — il avait ressuscité autre chose, une information inestimable que le meurtrier, dans sa terreur, ou sa fureur, ou son égoïsme glacé, avait voulu enterrer : à savoir qu'il s'agissait effectivement d'un meurtre, une réalité qui n'en aurait pas été moins effective si on ne l'avait jamais découverte, mais qui, jusqu'à ce qu'elle soit connue et prouvée, restait impuissante à produire du positif. Quel positif ? Très simplement, établir la cause de la mort est la condition préalable pour qu'une certaine justice soit rendue, même si la justice, comme beaucoup de concepts bruyants, peut déboucher sur n'importe quel résultat, de l'apaisement à la résignation, la réparation, le désir de vengeance, ou toutes sortes de clichés hypocrites. Au service médico-légal, ils le savent bien — et ils savent également que la responsabilité de changer les preuves en justice ne leur incombe pas à eux, mais aux douze citoyens assis dans le box du jury ; le travail des coroners et des médecins légistes est nécessaire mais pas suffisant. Peut-être la famille de la fille noire en avait-elle conscience, si cette famille existait, si elle se sentait concernée, si elle n'était pas trop accablée de chagrin. La morgue serait la première station de son chemin de croix. (Ensuite : la chapelle funéraire, la tombe, peut-être le tribunal, et dans tous les cas le vide dans la maison.) Traiter avec elle était l'aspect à la fois le plus triste et le plus important du travail du dénicheur de vérité : comme je le disais, savoir fait mal. Le docteur Boyd Stephens, le médecin légiste en chef de San Francisco, devait me dire plus tard : « L'une des choses que j'aimerais vous faire voir, c'est une famille en pleurs qui vient ici. Et dans le cas d'un crime violent, lorsque quelqu'un a eu son fils abattu au cours d'une attaque à main armée, ça devient très dur ; c'est un choc affectif terrible. » Je suis personnellement très heureux de n'avoir jamais été témoin de ce spectacle. J'en ai vu suffisamment. Dans les catacombes, la mort paraissait insensée, et pour le policier qui a découvert la fille noire, la signification de la mort restait opaque, comme toujours, qu'il s'agisse de suicide, d'homicide, d'accident, ou de ce que nous nous résignons à appeler « causes naturelles ». Vingt-six ans après le drame, une femme très gentille, qui y avait assisté, m'a écrit au sujet de la mort de ma petite sœur. J'avais neuf ans et ma sœur six. La femme me confiait : « Je me souviens bien de vous, très mince, très pâle, les épaules basses, les cheveux trempés qui dégoulinaient sur les côtés. Vous répétiez : "Je ne trouve plus Julie." » Elle me donnait aussi beaucoup d'autres détails. En lisant sa lettre, je pleurais. Puis elle poursuivait : « Je suis tentée de dire que la noyade de Julie était une "mort insensée", mais ce serait faux. J'ai appris le jour de sa disparition qu'il y a des domaines de la vie où les notions de sens et de non-sens n'existent pas. La mort de Julie est une réalité, dans une dimension où il n'y a ni crime ni châtiment, ni cause ni effet, ni action ni réaction. C'est advenu, voilà tout. » Fort bien. Appelons cela du non-sens moral ou éthique, au minimum. (Je ne crois pas lui avoir répondu ; j'avais trop de peine.) Ce n'est que lorsque la justice elle-même prononce une condamnation à mort, quand par exemple on pend un assassin ou qu'on bombarde le Berlin de Hitler ou qu'une victime en état de légitime défense abat son agresseur, qu'on peut au moins admettre la possibilité que la mort de quelqu'un a une raison d'être. Les suicides d'honneur signifient eux aussi quelque chose : en s'ouvrant le ventre, Caton explique à César victorieux que son pouvoir, qui lui aurait permis d'accorder le pardon, n'est plus rien en face d'un cadavre. Mais presque tout le monde (y compris de nombreux suicidés et la plupart des victimes d'erreurs judiciaires) meurt accidentellement, hors de toute signification, et finit dans la désincarnation anonyme comme les crânes inconnus des catacombes — et comme la fille noire dans son bac à ordures. Peu importe que son meurtrier ait eu un mobile — elle est morte pour rien ; et toute la toxicologie, toutes les analyses sanguines du monde, même si elles aboutissent à sa condamnation, n'y changeront rien. L'exécution du meurtrier pourrait avoir un sens mais, presque certainement, l'assassinat de sa victime n'en a pas.

Du corbillard blanc à la salle d'identification

Au cours de l'année fiscale 1994-1995, un peu plus de huit mille personnes sont mortes à San Francisco. La moitié de ces décès pouvaient paraître suspects, et des rapports les concernant atterrirent sur le bureau du docteur Stephens, mais pour trois mille cas, les doutes, de pure forme, furent vite levés et le permis d'inhumer fut délivré par les médecins — c'est-à-dire que ces décès furent expliqués quant aux circonstances, sinon à l'ontologie. Les mille cinq cent quarante-neuf morts restants devinrent l'affaire du docteur Stephens. Voici ses conclusions pour cette année-là : neuf cent dix-neuf morts naturelles, deux cent quatre-vingt-seize accidents hors circulation, cent vingt-quatre suicides, quatre-vingt-quatorze homicides, trente cas mystérieux, six morts subites du nourrisson, et quatre-vingts drames de la route, impliquant en majorité des piétons, et presque tous accidentels (seulement six homicides et un suicide). Et comment son équipe est-elle parvenue à ces conclusions ? À San Francisco, il y avait une ambulance blanche — je devrais plutôt dire un corbillard — avec une séparation entre le siège du conducteur et le fourgon ; on la chargeait ou déchargeait rapidement grâce à ses doubles portes blanches à l'arrière, et l'intérieur présentait l'inévitable tache rouge-brun : tout ce qui entre en contact avec de la chair pendant des années finit par se corrompre. Là-dedans, ça sentait la mort, évidemment, ce qui, selon l'expérience que j'en ai, rappelle parfois l'odeur du lait tourné, ou du vomi, ou du vinaigre, ou des poubelles si l'on veut évoquer le bac à ordures où la fille assassinée avait été maladroitement dissimulée. Une autre séparation, horizontale, permettait d'y glisser deux par deux de vieux brancards cabossés mais impeccables. Comme San Francisco est construite sur des collines, les brancards, faits sur mesure par un fabricant du quartier, étaient prévus pour la position verticale, les corps étant sanglés dessus, et poussés sur deux roues seulement. « Un peu comme une brouette, si on veut », expliquait un brancardier. C'était sans doute pour le défunt la dernière occasion de se tenir debout, et on le convoyait tranquillement, attaché et couvert d'un drap, à travers allées et escaliers escarpés. L'ambulance venait se garer derrière le bureau du docteur Stephens, sur un emplacement réservé. Puis on sortait les brancards. Chacun passait la porte marquée de l'inscription « Entrée interdite », la porte qui, pour nous dont le cœur bat encore, devrait s'intituler « Entrée provisoirement interdite ». À l'intérieur, le corps était pesé sur une balance industrielle, puis roulé au centre de cette arrière-salle sinistre pour un examen préliminaire, et on prenait trois fois les empreintes digitales (à condition qu'il y ait encore des doigts et de la peau) avec une encre noire spéciale presque aussi épaisse que du caramel. On l'enfermait enfin dans un sac plastique blanc pour le mettre en chambre froide jusqu'au lendemain. S'il y avait des soupçons d'homicide, les enquêteurs attendaient plus longtemps — au moins vingt-quatre heures, pour le cas où de nouveaux hématomes apparaîtraient telles des images sur la feuille pâle de papier photographique, au fond du bac, comme cela peut se produire lorsque des petits vaisseaux ont éclaté en profondeur. Ces lésions avaient une grande importance. Dans le cas où un homme qui semblait s'être pendu portait des contusions au visage ou aux mains, les enquêteurs devraient s'orienter vers un homicide.

À ce moment-là, la famille avait peut-être été prévenue. Dans la vaste pièce de devant marquée « Entrée strictement interdite », j'ai entendu un homme dire : « Oui, Dave est ici. Je suis désolé pour ce qui est arrivé à Dave. » Si la famille se présentait, on la conduisait par un couloir étroit jusqu'à une porte marquée « Salle d'identification ». La salle d'identification était privée et secrète, comme la cabine du projectionniste dans un cinéma. Elle était pourvue d'une longue vitre donnant sur une autre pièce exiguë brillamment éclairée où allait être projeté le film, le vrai film, dont l'histoire avait déjà pris fin avant que le préposé fasse entrer l'ex-acteur. Le film était terminé ; le docteur Stephens voulait seulement que la famille vérifie le générique. Ses membres seuls voyaient le visage. Il y avait une porte entre la salle d'identification et la pièce claire et exiguë, mais elle avait été soigneusement verrouillée avant leur arrivée, parce qu'ils auraient pu essayer d'embrasser cette chose qui avait été un être aimé, et parce que la chose n'était peut-être plus très fraîche ou qu'elle avait hideusement perdu toute humanité, si bien qu'en s'en approchant, en la touchant, en sentant son odeur, ils se seraient mis à hurler. Mieux valait respecter l'amour qu'ils éprouvaient peut-être encore pour cette chose qui ne pouvait plus les aimer, mieux valait respecter cet amour en respectant son habillage d'ignorance. Les gens qui travaillaient dans le service du docteur Stephens avaient perdu leur ignorance depuis longtemps. Ils se protégeaient par l'habitude, la science et les blagues macabres — avant tout par nécessité : chaque fois que la mort semblait bizarre ou suspecte, ils devaient ouvrir la chose et regarder dedans, quelle qu'en soit la puanteur.

Une parabole à la Salomon

Un jour, le docteur Stephens m'a raconté que trois mères différentes ont été conduites l'une après l'autre dans la salle d'identification pour reconnaître une jeune fille morte, et chaque mère a juré qu'il s'agissait de sa fille, avec un soulagement désespéré, j'imagine. Je connais quelqu'un dont la sœur a été enlevée. Il y a des années de cela, et on ne l'a jamais retrouvée. On n'a retrouvé que sa voiture au bord d'une route. Mon amie vivait avec sa sœur. Maintenant elle vit avec les vêtements de sa sœur. De temps en temps, le détective privé engagé par la famille vient lui montrer des photographies d'un nouveau cadavre féminin, réduit ou non à un squelette, violée ou non, et elle dit : « Ce n'est pas ma sœur. » Je sais que cela l'apaiserait de pouvoir se rendre dans une salle d'identification et de dire (et de le croire) : « Oui, c'est bien Shirley. » Ces trois mères ont toutes dû cesser d'espérer que leur fille leur reparlerait un jour, leur re-sourirait un jour.

Elles voulaient cesser d'avoir peur et commencer à avoir du chagrin. Elles voulaient cesser d'être convoquées dans des salles d'identification. Et peut-être que la vitre était sale, et peut-être que leurs yeux étaient vieux, ou pleins de larmes. C'était une erreur compréhensible. Mais une des mères a eu de la chance. La jeune morte était vraiment sa fille.

La contractuelle innocente

Pour confirmer cette identification, un membre du service du docteur Stephens avait déjà regardé à l'intérieur de la bouche de la morte, découvrant ou non à l'occasion le reflet de la lame du couteau, examiné la denture, et comparé ses résultats avec les fiches fournies par les dentistes. Un autre avait pris ses empreintes et noté une concordance ; il avait fouillé ses vêtements tout pleins de mort et tiré une conclusion. À partir de la chair et de l'étoffe, ils devaient apprendre ce qu'ignoraient les mères. La contractuelle ne savait rien, elle non plus, et je suis sûr qu'elle ne voulait rien savoir. Un jeune homme s'était inoculé de l'héroïne dans le bras — peut-être trop, ou peut-être trop pure (l'héroïne s'améliore, ces temps-ci). Il mourut et tomba à plat ventre, le visage gonflé et violacé par la lividité. Comme je le disais, la contractuelle n'en savait rien. Même après qu'il avait commencé à se décomposer, elle continuait à glisser des contraventions sous son essuie-glace.

« J'ai la main heureuse »

Un cadavre puant, rose, vert et jaune, était étendu, nu, sur l'une des nombreuses tables carrelées qui, inclinées, aboutissaient à des éviers en céramique. L'homme avait mal aux reins. La chirurgie s'avouant impuissante, il prit des calmants jusqu'à l'accoutumance. Comme les cachets ne suffisaient pas à le soulager, il y associa l'alcool. Lorsque l'ambulance blanche arriva, on trouva près de sa tête plusieurs flacons de pilules qui ne lui avaient pas été prescrites. Il n'avait pas quarante ans.

« Tout est possible », dit à un collègue l'un des employés de la morgue, appuyé contre un chariot, pendant que le médecin masqué, en blouse protectrice, ouvrait le crâne de l'homme. « Ta seule limite, c'est ton imagination. » Je suppose qu'il parlait d'effets spéciaux en photographie. Il venait de prêter à l'autre un catalogue d'achat de matériel photo sur Internet.

À présent, la dague tatouée sur le biceps du mort tremblait et luisait tandis que le scalpel du médecin pratiquait l'incision classique en forme de Y, de l'épaule gauche au sternum, de l'épaule droite au sternum, puis tout droit au centre jusqu'au pubis. Le médecin était très compétent, comme ce vieil Esquimau que j'ai vu un jour dépecer un morse mourant. Le scalpel produisait des bruits de succion et des craquements. Il roula la chair de la poitrine comme une chemise, puis sectionna la série de côtes, on aurait dit du travers de porc. Ses mains gantées de jaune farfouillaient dans la cavité écarlate et en extrayaient des poignées de chapelets de saucisse — en réalité des anneaux d'intestin. Puis il y plongea un tuyau et le laissa en place jusqu'à ce que le flux devienne d'un rose clair. Environnées de couleurs lavande, écarlate et jaune, les parois jumelles et rouges de la cage thoracique se dressaient, droites et fragiles, ne protégeant désormais plus rien, proprement découpées par le milieu.

Le mort avait encore une expression sur le visage.

Le médecin préleva un échantillon de sang dans la béance avec une seringue, épongea la table, et entreprit de peser les organes sur une balance suspendue ; il annonçait les chiffres et la jeune et jolie stagiaire en médecine légale les notait au fur et à mesure, à la craie, sur le tableau noir. Les poumons, déjà quelque peu décomposés, étaient des masses informes que le scalpel du médecin avait fait suinter.

« De la gelée », dit-il aigrement.

Le poumon droit était plus gros que le gauche, comme c'est souvent le cas chez les droitiers. Autre hypothèse : le mort avait été trouvé allongé sur le côté droit, position qui avait pu augmenter la congestion dans ce poumon. De toute façon, ce détail ne jouait pas dans la cause de sa mort.

Son cœur pesait deux cent quatre-vingt-dix grammes. Le médecin commença à le découper en tranches.

« Ce vaisseau était presque complètement bouché par l'artériosclérose, commenta la stagiaire. Il consommait énormément de drogues. La cocaïne accélère l'apparition de l'artériosclérose. Nous recevons beaucoup de jeunes atteints de maladies de vieux. »

C'était intéressant à savoir et, pensai-je, ça donnait une explication. D'une certaine façon, les enquêteurs comprenaient le défunt. Je me demandai si on l'avait aussi bien compris de son vivant.

« Nom de Dieu, ce pancréas ! s'exclama soudain le médecin. La voilà, la cause de la mort. »

Il brandit un pâté violet qui éclaboussa la table de sang.

« Qu'est-ce qui s'est passé ? demandai-je.

— Normalement, toutes ces enzymes digèrent le sang. Ce type était sujet aux hémorragies. Les médicaments usaient ses vaisseaux et il saignait. C'est très courant chez les alcooliques. »

C'était maintenant le tour du foie, jaune avec des nervures graisseuses dues à l'alcool.

« Vous voyez le sang, là-dedans ? dit le médecin. Son pancréas est une éponge. Une pâte sanguinolente. Sang dans la cavité abdominale. Mort subite. On a de la chance avec celui-ci — c'est un cas facile. Tout lui réussit. »

Il débita rapidement les organes de l'homme en cubes, qu'il fit glisser dans des éprouvettes de ses doigts gantés de jaune et de sang. Les pathologistes et les toxicologues les congèleraient, les trancheraient en lamelles, les coloreraient et les passeraient au microscope, juste pour être sûrs qu'il n'avait pas fait une overdose ou autre chose, en plus de l'hémorragie. À présent, le scalpel investigateur du médecin disséquait la gorge, pour éliminer tout soupçon de strangulation. De nombreux homicides subtilement accomplis sont diagnostiqués comme accidents par des gens inexpérimentés, et certains accidents ressemblent à des meurtres. Le médecin voulait éviter ça. Même après avoir vu le pancréas, il tenait à être aussi consciencieux que possible en vérifiant qu'il n'y avait pas une lame dans la bouche, et qu'on avait bien tout mis en évidence.

« Bon, très bien », grogna-t-il.

Puis l'assistante, à qui je pourrais vraiment donner le nom de technicienne médico-légale, se mit à recoudre le mort, après lui avoir refourré son paquet de tripes dans le ventre. Le cerveau, putréfié, liquéfié, avait déjà été retiré ; le visage était dissimulé sous la couverture cramoisie du scalp rabattu. L'assistante recousit cela aussi, et l'homme eut de nouveau une expression.

« J'ai la main heureuse », dit le médecin.

Plaisanteries et autres boucliers

Si les blagues du médecin vous paraissent brutales, demandez-vous si vous ne voudriez pas vous aussi vous blinder contre des années et des années de telles images, de telles odeurs. Très tôt le lendemain matin, je regardai un autre médecin ouvrir un vieux Philippin qui, malade et déprimé, s'était pendu avec du fil électrique. J'ai déjà vu quelques autopsies et quelques champs de bataille, mais la fixité du regard borné, têtu, de cet homme, ses yeux luisants comme du verre noir tandis que le docteur, soufflant, dictait ses notes et lui arrachait les boyaux (la boucle de fil électrique jaune qui lui avait servi à se pendre posée à côté, sur une desserte), m'ont donné des cauchemars la nuit suivante. Ce médecin, comme son collègue à la main heureuse, faisait bien son travail. Tous deux prouvèrent que ni l'un ni l'autre des deux morts n'avait été assassiné, et qu'ils n'étaient porteurs d'aucune maladie contagieuse. Comme les soldats, ils exerçaient leur métier au milieu de la mort. Des fesses tachées de vert et des visages gonflés constituaient leur quotidien. Ils avaient bien le droit de plaisanter, pour s'insensibiliser. Ceux qui ne le font pas ne tiennent pas le coup longtemps.

Assez bizarrement, leur travail pouvait même être pour certains un refuge contre des expériences pires encore. Le docteur Stephens, pour sa part, avait été cancérologue en pédiatrie jusqu'en 1968, avant de devenir coroner.

« À cette époque, nous perdions soixante-quinze pour cent des enfants, dit-il. Émotionnellement, c'était très difficile à supporter. Si j'étais resté dans cette spécialité, aujourd'hui je serais mort. »

L'image du docteur Stephens finissant sur une de ses tables carrelées m'amusa. Il se trouve que je suis moi-même marié avec une cancérologue. Elle suit les enterrements de ses petits patients. Et en même temps elle vit sa vie à plein. Lorsque je la prends dans mes bras, je chéris la douceur de son corps qui, je le sais, renferme des entrailles cramoisies.

Preuves

Les petits cubes de chair dans leurs éprouvettes ont traversé le couloir pour aller en pathologie et en toxicologie : des services sous-équipés, qui doivent se débrouiller avec de vieux instruments, des machines qui tracent les lignes de teneur en cocaïne et en héroïne sur du papier quadrillé se déroulant lentement, et qui étaient à la pointe du progrès dans les années 60. Mais après tout, quels changements apporte la mort ? Des dames en blouses bleues analysaient les échantillons d'urine d'automobilistes soupçonnés de conduite en état d'ivresse et, avec une égale sérénité, ceux des défunts. Étaient-ils morts en état d'ivresse ou non ? L'automobiliste ivre qui mourait dans un accident, le suicidé ivre qui avait fini par surmonter sa peur des armes à feu (dans l'Allemagne du XVIIe siècle, les autorités proposaient de la bière ou du vin aux condamnés à mort avant leur exécution), l'assassiné ivre, qui s'était cru suffisamment invincible pour prendre le risque d'être tué — de telles explications aidaient à habiller la mort de raison. Pendant ce temps, les dames en blouses bleues examinaient les échantillons de tissus que le médecin, de l'autre côté du couloir, leur avait envoyés. J'ai vu une femme penchée sur une planche triturer la masse granuleuse d'une tumeur, indifférente à la puanteur. Si l'estomac était cancéreux, si le foie était plein de *Tylenol* ou de *Sécobarbital*, ça voulait dire quelque chose, et l'équipe du docteur Stephens était d'autant mieux disposée dans ce cas à délivrer le permis d'inhumer.

Dans ses mains gantées, une dame faisait tourner un long tube noir rempli de sang. Sur une table était posé un tas de disquettes de la police. C'étaient des preuves, des renseignements, qui un jour peut-être permettraient de comprendre. Des reins flottaient dans de grands bocaux en plastique transparent. Eux aussi avaient leur lame-secrète-dans-la-bouche — ou pas. Ils pouvaient apporter une explication à un effondrement soudain — ou donner un sens à la concentration blanche toxique de barbituriques dans le duodénum, si les dernières volontés du mort n'y suffisaient pas. À San Francisco, un suicidé sur quatre laisse une lettre. Certains des taiseux laissent des messages involontaires sur leurs organes vitaux.

« Je suis en mesure d'affirmer qu'environ vingt-cinq pour cent des suicides que nous recevons ici sont consécutifs à une maladie physique bien réelle, m'a dit le docteur Stephens. Nous avons eu récemment un monsieur qui est venu d'un autre État en avion, qui a pris un taxi jusqu'au pont du Golden Gate, et qui a sauté. Eh bien, il souffrait d'un cancer du foie inopérable. De telles décisions sont motivées. Quant aux autres, elles ont des causes affectives ponctuelles. Une fille dit à un garçon qu'elle ne veut plus le voir, et il court se pendre. Personne n'a pu lui parler et le convaincre qu'il y a d'autres femmes dans le monde. »

Ainsi on regarde le foie. On y trouve un cancer — ou pas. Ça nous dit quelque chose.

« Et les homicides ? demandai-je. Est-ce qu'on peut toujours les expliquer ?

— Eh bien, j'ai rencontré très peu d'homicides justifiés, répondit le docteur Stephens. Nous traitons une centaine d'homicides chaque année, et très peu sont justifiés. Certains de leurs auteurs cherchent à sauver leur famille, ou eux-mêmes. Mais dans la plupart des cas, l'homicide n'est qu'un gâchis, un simple crime violent commis pour punir, et dépourvu de sens. »

Et les accidents ? Et les crises cardiaques, les insuffisances rénales ? Inutile de poser la question. Vu de la salle d'identification, tout cela n'a aucun sens.

La mort ne fait pas de mal, jusqu'au moment où on meurt

Ce samedi matin-là, alors que le médecin dévidait les intestins du pendu entre ses doigts comme un pêcheur démêle sa ligne, et que la technicienne médico-légale, une Ukrainienne blonde, tout en me parlant d'Odessa, sa ville natale, s'affairait à lui ôter la calotte crânienne avec une scie électrique, j'interrogeai :

« Lorsqu'un corps se décompose, y a-t-il pour vous un quelconque risque d'infection ?

— Oh, le bacille de la tuberculose et le virus du SIDA se dégradent presque aussitôt, dit le médecin. Ils passent un mauvais quart d'heure dans un corps mort. Pas assez d'oxygène. Mais les staphylocoques et les champignons se développent. Il n'y a rien à craindre d'un mort. C'est des vivants qu'il faut se méfier. Quand on demande au camarade de chambre d'un mort ce qui est arrivé, et que le mort se réveille et vous postillonne dessus en toussant. »

Il termina son travail et s'en alla. Après avoir remercié la technicienne et m'être dépouillé de ma blouse de protection, je fis de même. Je réintégrai le monde brillant et chaud où m'attendait ma mort. Si je mourais à San Francisco, il y avait une chance sur cinq pour qu'on m'achemine dans le service du docteur Stephens. Bien que le décor ne me parût pas aussi sinistre et morbide qu'au sortir des catacombes — sans doute parce que les morts que j'avais vus sur les tables d'autopsie étaient si grotesquement spécifiques que je ne m'imaginais pas à leur place, alors que le nombre et la multiplicité des crânes des catacombes avaient triomphé de mon scepticisme —, tout de même, je me demandais qui allait me postillonner dessus, ou quelle voiture allait me percuter, ou quel cancer puant proliférait déjà dans mon ventre. Le médecin avait raison : je ne pourrais lui faire aucun mal, à ce moment-là, parce qu'il serait prêt à me recevoir. Et son scalpel ne me causerait aucune douleur non plus. Et je descendis Bryant Street en songeant à la bizarre absurdité de mon âme : j'avais craint la mort comme jamais au moment où j'étais sans doute le plus en sécurité — comment ces cadavres auraient-ils pu se lever pour m'attaquer ? —, et je m'étais senti soulagé dès que j'avais ôté mon masque jetable et respiré l'air frais, avant d'aller me fondre dans la ville pleine de voitures meurtrières et d'haleines pathogènes, de bateaux à voiles et de librairies ; et, par-dessus tout, d'un avenir impitoyable.

III. Réflexions sur le siège

Et maintenant, en fermant les yeux, je revois des images d'atrocités et de guerres. Je vois un mur de crânes dans les catacombes de Paris. De la même façon, je vois les crânes sur les étagères de verre du charnier de Choeung Ek. Au lieu du mur de crânes des catacombes, serrés les uns contre les autres, qui me regardaient bien en face, parfois même disposés en jolies arches, je vois des crânes entassés n'importe comment, au hasard, sans recherche de forme, sur les rayonnages d'exposition — même si on donnerait une impression incomplète en omettant la fameuse « carte du génocide » à quelques kilomètres de là, à Phnom Penh ; il s'agit d'une représentation cartographique de tout le Cambodge, faite avec des crânes de suppliciés. À Choeung Ek, ils sont éboulés les uns sur les autres, à scruter, à rire, à bâiller et à hurler, rangés par âge, par sexe et même par race (car quelques Européens sont morts aux mains des Khmers rouges). Certains sont fendus, là où les Khmers rouges ont défoncé la tête de ces anciens vivants à coups de barre de fer. Mais à mes yeux profanes, rien d'autre ne les distingue des crânes de Paris. L'Ange de la Mort plane tout là-haut, fond sur nous, tue, et puis s'en va. Ce qui reste de ses œuvres ne peut être différencié, sauf par des spécialistes comme le docteur Stephens, ou par ceux qui étaient sur place. (Je me souviens d'avoir vu un jour un film sur l'Holocauste. Lorsque la lumière s'est rallumée, je me sentais amer et déprimé. À croire que le film m'avait « atteint ». Et puis j'ai rencontré un homme que je connaissais. Il était très pâle et il transpirait. Il était juif. Il y était, lui. Les nazis avaient exterminé presque toute sa famille.) Avant que l'Ange ne frappe, évidemment, le damné ne peut être distingué du chanceux ou du malchanceux qui va vivre encore un peu. Peut-être ne comprend-on la mort qu'au moment où l'on meurt.

Pour mieux appréhender ce phénomène, considérons donc l'instant précis, la seconde terrifiante où on vous tire dessus, oubliant que votre vie n'est pas parfaite ; tout ce que vous voulez, vous, c'est vivre, transpirer et avoir soif un peu plus longtemps, alors vous promettez de chérir la vie à jamais, pour peu qu'on vous la laisse. Ainsi en est-il de la mort proche, et qu'elle soit violente ou non ne change rien. Une femme que j'ai aimée et qui est morte d'un cancer m'a écrit un jour : « Tu n'y penses peut-être pas, mais c'est l'anniversaire de ma mastectomie et je suis censée être ravie d'avoir survécu et tout. En réalité, c'est un jour horrible. » Elle avait oublié, comme moi ; elle avait de nouveau ignoré la mort, n'étant pas assez divine pour s'émerveiller malgré tout de chaque minute. La première fois que j'ai survécu après qu'on m'a eu tiré dessus (peut-être n'était-ce pas sur moi qu'on tirait ; peut-être ne m'avait-on même pas vu), je me suis promis d'être plus heureux, d'éprouver de la gratitude d'être en vie, et j'y suis parvenu, mais je traverse encore des jours où les catacombes et les tables d'autopsie du docteur Stephens reculent trop loin dans ma mémoire, et où la vie n'est plus pour moi que dédain et désespoir. Un nouvel effroi, une nouvelle horreur, et voici la gratitude qui revient. Les tables m'apparaissent avec leur puanteur et me remettent mon bonheur en tête. Un an avant son heure terrible, celle que j'avais aimée m'avait écrit : « On a dû utiliser quatre aiguilles, dans quatre veines, la dernière fois. À la quatrième, j'ai pleuré. Mes veines ne supportent plus rien. J'ai vomi avant même de quitter le cabinet du médecin et j'ai passé ensuite quatre jours dans un état de semi-conscience, à vomir. J'ai souhaité très sérieusement mourir tout de suite. Si j'avais pu calculer une overdose de somnifères, je me demande si... Je n'ai pas beaucoup de choix, et j'aimerais être en vie assez longtemps pour haïr le petit ami de ma fille. » Je me souviens aussi de la lettre précédente, sur du papier rose, qui commençait par : « Je sais que j'avais dit que je n'écrirais pas. J'ai menti. On vient de m'apprendre ce week-end que j'ai un cancer du sein évolutif et qu'on va me faire une mastectomie et retirer les ganglions lymphatiques dans la semaine. Je suis morte de peur. J'ai trois enfants encore petits [...] Ce n'est pas de la coquetterie. Je me fous de mes seins, mais ce que je veux, c'est vivre [...] Alors dis-moi. Cette peur — je peux même la toucher —, est-ce que c'est comme à la guerre ? » Oui, chérie ; je ne me suis jamais trouvé en phase terminale d'une maladie, mais je suis sûr que c'est la même chose.

Dans l'une de ses dernières lettres, elle me confiait : « À une époque, j'ai vraiment pensé que la fin était proche — il m'a fallu un moment pour imaginer que je m'en sortirais sans doute. C'est difficile à croire, mais je suis de plus en plus persuadée qu'il en sera ainsi — avant tout parce que je veux élever mes beaux et passionnants enfants et parce que je veux profiter de la vie [...] Mes cheveux ont si bien repoussé que je ne porte plus de perruque. »

Et dans une autre lettre : « Voici les derniers événements de ma vie. Pas trop mal, quoique moins palpitants que de se prendre une balle ou de perdre un ami, et peut-être qu'ils t'amuseront. J'ai installé un aquarium dans mon salon [...] J'ai acheté quatre poissons pour les enfants. Ils n'en ont baptisé qu'un seul. Je leur ai dit que lorsqu'ils auraient appris à nettoyer l'aquarium, à changer l'eau, à nourrir les poissons et qu'ils sauraient comment fonctionnent les branchies, alors ils pourraient avoir un cochon d'Inde. Je n'adore pas les animaux de compagnie, je préfère les enfants. Le poisson-chat panique et tourne comme un fou dans le bocal en cherchant un moyen de mourir. »

Lorsque je ferme les yeux, je la revois telle qu'elle était à dix-sept ans, je la revois telle qu'elle était quand elle en avait trente-quatre et qu'elle en paraissait beaucoup plus, en grande partie à cause du cancer — visage osseux, cheveux rares, parfois avec une perruque, assise sur les marches entourée de ses enfants. Je n'ai pas eu à la regarder dans la salle d'identification du docteur Stephens. Jamais je n'ai vu son corps se corrompre. Jamais je ne verrai son crâne dépersonnalisé enchâssé dans le mur d'une catacombe. Est-ce que ça signifie que je ne peux pas visualiser la mort, sa mort ? Les six millions de cadavres sous Paris m'importent beaucoup moins que son visage, que vous auriez peut-être trouvé trop maigre pour être beau, mais qui restait beau pour moi, et que désormais je ne contemplerai plus qu'en photo.

Mais — et j'insiste — sa mort n'avait pas de sens. C'était juste un accident génétique ou écologique. Aucun monstre ne l'a assassinée. Quand je pense à elle, je suis triste. Pas amer.

Je suis triste aussi quand je pense à mes deux collègues en Bosnie dont la voiture a sauté sur une mine. Ils s'appelaient Will et Francis. Je reparlerai d'eux un peu plus loin. À l'époque, parce qu'il y avait deux rapports différents et qu'il y avait des trous dans le pare-brise et dans les deux mourants, j'ai cru qu'on leur avait tiré dessus, et chaque fois que je voyais des hommes armés, je croyais avoir affaire à leurs assassins. Je ne connaissais Will que depuis deux jours, mais j'aimais ce que je savais de lui. Francis, lui, était mon ami, depuis près de dix-neuf ans. J'aimais Francis. Et jamais je n'ai éprouvé de colère, même lorsque je croyais voir les tireurs supposés, car leur action ne pouvait pas avoir été sciemment dirigée contre mes amis. Nous passions de Croatie en zone musulmane ; les musulmans étaient furieux, et de tels incidents ne sont pas exceptionnels en temps de guerre.

Mais voici que j'ouvre une lettre de mon amie serbe Vineta, qui a souvent exprimé en ma présence son hostilité à Francis (qu'elle n'a jamais rencontré) sous prétexte qu'il avait du sang croate, et qui, après m'avoir aidé avec beaucoup de compétence dans mon travail de journaliste en Serbie, n'a pas hésité à me seconder pour les volets musulman et croate de mon travail, en précisant : « Tu sais, mon cher Billy, c'est très gentil de ta part de m'associer à tes projets, mais je me fous pas mal des Croates et des musulmans ! » À la fin de son long commentaire, elle a noté en post-scriptum : « La dernière "lettre intime" que j'ai reçue, c'était il y a deux ans, elle était de mon ex-petit ami. Les Croates l'ont massacré dans la ville de B... — près de Vukovar. Il s'appelait M... » Puis elle a ajouté un deuxième post-scriptum : « Personne n'a plus aucune chance de trouver le chemin de mon cœur. »

C'est cela que fabrique la violence. C'est cela, la violence. La mort ne se contente pas d'empester et d'empoisonner le monde, mais désormais elle revêt des formes humaines hostiles, poussant les survivants sur la défensive à frapper et à haïr, à tort ou à raison. Il est trop simple d'avancer qu'une mort non violente est toujours préférable du « point de vue » des survivants ! J'ai entendu de nombreux récits de médecins sur des familles de malades morts d'un cancer se rebellant contre le « destin ». Comme Hitler, il fallait qu'ils désignent un coupable. « On est toujours en colère quand quelqu'un qu'on aime meurt, poursuivait un médecin. Ce qui change, c'est la possibilité ou non de cibler cette colère. » C'est bien possible. Mais il y a une différence. Laissons de côté les tables du docteur Stephens sur lesquelles, la plupart du temps, ne s'allongent que des morts « naturelles » avec leurs pancréas sanguinolents, des morts accidentelles et à l'occasion un suicide, et volons jusqu'à Sarajevo assiégée pour jeter un coup d'œil dans la morgue de l'hôpital Kosevo, un endroit que je n'oublierai jamais, et dont j'ai conservé l'odeur sur mes vêtements pendant deux jours. Là, il y avait des meurtres. J'ai vu des enfants avec le ventre ouvert, des femmes fauchées d'une balle dans la tête alors qu'elles traversaient la rue, des hommes atteints par des balles antichars tirées par quelque sniper surentraîné. La mort plaisantait et buvait et pétait vulgairement dans les montagnes alentour, pointant ses armes par jeu haineux, engendrant une contre-haine chez les assiégés. Chaque matin, je me réveillais dans le crépitement des balles et l'explosion des tirs de mortier. Je haïssais les tireurs invisibles parce qu'ils pouvaient me tuer et parce qu'ils tuaient les habitants de cette ville, la détruisant physiquement et psychologiquement autant qu'il était possible, l'écrasant, assassinant à volonté, terrorisant et anéantissant. Mais ces atrocités étaient devenues elles-mêmes normales : Sarajevo en était à son quatorzième mois de siège. Les affaires continuaient ; les gens travaillaient malgré leur terreur, une terreur insoutenable, et qui grandissait encore quand il fallait courir. Quant au médecin légiste de l'hôpital Kosevo, il rentrait chez lui en puant la mort et, comme moi, dormait parfois tout habillé. Il était habitué à l'odeur, et sa femme avait dû s'y habituer aussi lorsqu'elle le prenait dans ses bras. (Pendant ce temps, évidemment, beaucoup de gens souffraient d'insomnies, d'ulcères, de dérèglements menstruels, avaient les cheveux qui blanchissaient prématurément.) Là, encore, une colère non ciblée pouvait affleurer. La mort politique, la mort par cancer, tout cela c'est la même chose.

La nuit qui a suivi la mort de Will et Francis, une interprète des Nations unies à Sarajevo m'a raconté qu'elle perdait des amis presque toutes les semaines. « On devient un peu froid, dit-elle très calmement. Il le faut. » Cette femme était sympathique, extrêmement gentille ; en prononçant ces mots, elle ne cherchait ni à nier mon chagrin ni à me dicter un comportement. Elle faisait juste ce qu'on peut faire de mieux en face d'une personne accablée, elle me montrait sa propre tristesse, pour que la mienne se sente moins seule ; mais la sienne était lasse et congelée ; et elle me disait donc ce qu'elle ressentait à ce moment-là. Comme le docteur Stephens et son équipe, ou le gardien fouilleur de sacs à dos des catacombes, comme mon ami Thion qui emmène des touristes vers Choeung Ek à l'arrière de son vélomoteur. Moi aussi j'ai commencé à devenir ainsi. Sarajevo n'était pas le premier théâtre de guerre que je voyais, pas le premier où j'avais côtoyé la mort, mais je ne l'oublierai jamais. La morgue de l'hôpital Kosevo, comme le reste de Sarajevo, devait se passer d'électricité et c'est pour cette raison que, je le répète, ça y puait. Je me souviens de l'odeur de fromage dans les catacombes de Paris, de l'odeur de lait tourné du corbillard blanc du docteur Stephens ; après cette visite à l'hôpital Kosevo, mes vêtements sentaient le vomi, le vinaigre, et les entrailles pourries. Je rentrai à l'endroit où je résidais, qui avait son lot d'attaques à la mitrailleuse ou au mortier, et je ressassai mes angoisses, qui ne consistaient pas en une quelconque compassion pour les morts, mais seulement en terreur et en questions : si je pourrais manger ce jour-là ou si, puisqu'on avait descendu l'avion de l'ONU, l'aéroport serait fermé alors que j'avais déjà distribué toutes mes provisions. La mort était sur ma peau et de l'autre côté du mur — peut-être ma propre mort, peut-être pas ; en tentant de vivre sagement et prudemment, je ne concédais pas une minute à la mort, même si elle me montrait parfois les dents. En quittant les catacombes, j'avais du temps devant moi, aussi avais-je accordé une journée entière à la mort ; personne ne cherchait à me faire de mal. Mais à Sarajevo, je ne faisais que courir ; pour moi, partout c'était la mort, la mort et la mort, tellement insensée et hasardeuse.

À Mostar, j'étais équipé d'un gilet pare-balles, qu'un éclat de quelque chose a effectivement percuté en résonnant sur le blindage en céramique, et donc, jusqu'à un certain point, j'étais responsable de ma chance, mais Will, qui conduisait, a découvert que la mort qui lui était réservée était de celles qui vous frappent en plein visage, en entrant en diagonale par le menton. Son agonie dura une éternité (environ cinq minutes, je pense). Vineta dit que j'avais été lâche ou stupide de ne pas abréger ses souffrances. Je lui ai répondu que les journalistes ne sont pas armés. En tout cas, si j'avais été à sa place, mon gilet pare-balles ne m'aurait servi à rien.

La femme que j'aimais avait juste les mauvaises cellules dans son sein ; le petit ami de Vineta avait combattu au mauvais endroit au mauvais moment, et peut-être avait-il combattu les Croates avec trop de férocité, ou même seulement trop de succès.

Pour la femme que j'aimais et pour moi à Sarajevo, l'Ange de la Mort n'avait pas de visage, mais l'Ange de la Mort qui tourmentait Vineta avait un visage de Croate ; elle haïssait « ces salauds de Croates ». Vineta, si je pouvais détourner de toi l'Ange de la Mort, je le ferais. Peut-être quelqu'un qui te connaîtra mieux et t'aimera plus que moi saura-t-il persuader ton Ange de la Mort de se voiler la face afin qu'il se fonde dans l'ombre comme l'Être sans Visage des légendes iroquoises, simple malchance, simple « acte de guerre », comme l'Ange de ma petite sœur noyée ; et ainsi ta colère pourra-t-elle se changer en chagrin. Vineta, si un jour tu lis ce texte, ne me crois pas présomptueux ; ne crois pas que j'aie l'intention de me placer entre toi et ton droit au deuil et à la fureur contre l'Ange. Mais ce n'est pas Francis. Francis était un chic type. Je n'aime pas qu'il vole le visage de Francis pour venir te faire du mal.

L'Ange se trouve dans le corbillard blanc. Et si on faisait tous comme les employés du docteur Stephens ? On pèserait, on prendrait les empreintes, on dépècerait toute cette navrante et puante saleté de violence, en essayant d'en déterminer les causes. Et lorsque la méchanceté ou la tristesse ou la nocivité de la chose sur la table menacent de nous entamer, pourquoi ne pas lancer une ou deux vannes ? Si je peux contribuer à faire comprendre comment et pourquoi l'Ange tue, alors j'aurai eu, selon les termes du médecin qui, ganté de sang, sirotait son café tout en découpant un cadavre en tranches, « la main heureuse ». D'où cet essai, et le travail plus vaste dont il est tiré. Pour ses nombreuses faiblesses, je demande pardon à tous.

Haole go home!
Petite geste du mouvement sécessionniste hawaïen

ZEV BOROW

I.

Honolulu est située à deux mille cinq cent soixante milles marins à l'ouest des côtes californiennes. Cela vous prendra à peu près huit jours pour vous y rendre en bateau. En avion, il vous faudra onze heures de vol depuis n'importe quel point de la côte est. (Mais seulement neuf depuis Tokyo.) À votre arrivée, vous trouverez les indigènes qui disent « *mahalo* » pour remercier, et qui portent effectivement des chemises à fleurs à manches courtes. Si vous levez les yeux, vous remarquerez peut-être que les légères traînées roses des nuages à l'origine des légendaires crépuscules bibliques de la ville viennent de l'est et non de l'ouest, contrairement à la normale dans presque tout l'hémisphère occidental. (Ce phénomène est dû aux alizés du Pacifique.) Allumez la télévision de votre chambre d'hôtel ou de votre bungalow et vous pourrez voir un présentateur du cru donner les nouvelles devant une carte géante de la planète en relief. Les îles Hawaï y sont disproportionnées. Le Japon, les Philippines et la Chine occupent le coin gauche de l'écran, et l'étendue bleue du Pacifique couvre tout l'espace à droite. Le continent américain ne figure nulle part dans le cadre, même lorsqu'on passe à la rubrique sportive.

II.

Le 23 novembre 1993, le président Clinton a signé la loi publique des États-Unis 103-50. Sous le copatronage des sénateurs hawaïens Daniel Akaka (démocrate) et Dan Inouye (démocrate) et entérinée par les deux chambres du Congrès, la résolution « présente solennellement, au nom du peuple et du gouvernement des États-Unis, ses excuses aux populations indigènes hawaïennes » pour le « renversement illégal du royaume d'Hawaï, le 17 janvier 1893, avec la participation d'agents et de citoyens des États-Unis, et la spoliation des indigènes hawaïens de leurs droits à l'autodétermination » et « [...] exprime son engagement [celui des États-Unis] à assumer les conséquences du renversement du royaume d'Hawaï, afin de créer les conditions favorables à la réconciliation entre les États-Unis et le peuple indigène hawaïen ».

III.

La grande distance géographique et culturelle qui sépare Hawaï du reste des États-Unis fait bien sûr partie de son charme. On n'a pas besoin de passeport, les magasins ont en rayon tous les produits de beauté qu'on utilise chez soi et on peut se gorger de culture locale. On peut même visiter une résidence royale ; en plein cœur de la vieille ville d'Honolulu se trouve le palais Iolani, récemment restauré — le seul palais royal sur le sol des États-Unis, jadis résidence du roi Kalakaua et de la reine Lili'uokalani, derniers souverains de la nation indépendante hawaïenne.

Il est facile d'oublier que ces huit îlots de lave solidifiée devenus des oasis fertiles au milieu du Pacifique constituent en réalité le cinquantième État de l'Union et ne sont pas, comme ce fut jadis le cas, un pays étranger. Pourtant, Mililani Trask, elle, n'oublie rien. Et si vous montez avec elle les marches du palais Iolani, elle ne vous laissera pas oublier quoi que ce soit.

Trask accomplit son deuxième mandat de Kia 'Aina (Premier ministre) de Ka Lahui Hawaii, organisation souverainiste d'indigènes hawaïens fondée en 1987 et qui revendique aujourd'hui vingt mille membres — membres qui préfèrent se dire citoyens non des États-Unis ni de l'État d'Hawaï, mais de Ka Lahui. En français, on peut traduire Ka Lahui, en gros, par « la nation », comme on parle de nation souveraine hawaïenne. Trask, avec l'aide de sa sœur, le docteur Haunani-Kay, directrice du Centre d'études hawaïennes à l'université de Hawaï et principal porte-parole de Ka Lahui, a réussi à promouvoir l'idée de souveraineté des indigènes hawaïens au premier plan du paysage culturel et politique de l'archipel.

IV. Les sœurs

« J'avais six ou sept ans lorsque mon père m'a amenée ici avec ma sœur. C'était un chaos. »

Mililani Trask désigne, par-dessus son épaule, la masse imposante du palais Iolani, demeure carrée et blanche de deux étages dans le style communément appelé « plantation polynésienne ».

« Il nous a dit : “C'est ici que vivait notre

reine.” Puis il nous a conduites aux archives, à côté, et nous a montré des portraits d’elle. »

L’espace d’un instant, son regard s’adoucit. Puis Trask, quarante-six ans, tire une dernière et profonde bouffée de sa quatrième cigarette de la matinée, exhale la fumée, et revient à son sujet.

« Il nous a expliqué : “Nous étions une grande nation, nous avons toujours privilégié la paix, et voilà ce qu’ils nous ont fait. Mais un jour nous verrons cet endroit réhabilité, et avec lui la dignité de notre peuple.” Il est mort, mais en 1993 il a pu voir, depuis le ciel où il se reposait, ses filles en tête de la manifestation. »

Ancien procureur, Mililani est, au fond, à la fois avocate et négociatrice, et elle est maintenant, en tant que dirigeante de Ka Lahui, une politicienne représentant des électeurs. Sa sœur Haunani-Kay, à l’opposé, est une fougueuse universitaire en général délicatement décrite comme la « plus difficile » des deux. Dans les îles, et surtout parmi la communauté indigène hawaïenne, c’est Mililani qui jouit du plus grand prestige. (Un sondage effectué en 1995 par le *Honolulu-Advertiser* auprès de la population indigène l’a placée au troisième rang des personnalités les plus respectées de l’État.) Mais sur le continent américain et à l’étranger, Haunani-Kay, son aînée d’un an, incarne tant par le visage que par la voix non seulement Ka Lahui, mais le plus souvent le mouvement souverainiste dans son ensemble. Elle anime des débats à la radio publique et donne chaque année des centaines de conférences devant des étudiants ou dans des séminaires, à l'intention d'une assistance nombreuse « bien décidée, dit-elle, à venir écouter Trask parler de la souveraineté hawaïenne ».

Les deux sœurs sont également franches, vives et agressives, mais, alors que Mililani semble perpétuellement à bout de forces, la puissance de ses convictions arrivant tout juste à tenir en respect son épuisement total, Haunani-Kay a un maintien presque majestueux avec, en cas de besoin, une pointe de menace acérée. Dans son bureau du campus de Manoa, à l'université d'Hawaï, une affiche encadrée se dresse derrière elle : un agrandissement granuleux d'une photo noir et blanc de Malcolm X regardant par une fenêtre, une mitraillette à la main. On peut lire dessous en gros caractères noirs : « Par tous les moyens nécessaires. » Elle est ornée sur trois côtés d'une guirlande de fleurs naturelles.

« Mililani et moi avons exactement les mêmes opinions politiques, dit Haunani-Kay. Je m'occupe beaucoup de la presse, parce que la presse a peur de moi. C'est plus difficile de diriger Ka Lahui que de diriger les études hawaïennes. Je reçois un salaire. Les gens, surtout les Blancs, disent : “Haunani est dure, Mililani est gentille.” Pas les Hawaïens. Eux disent : “Haunani s’exprime violemment, mais politiquement elles sont du même avis.” C’est un peu comme pour les Kennedy : on avait John, mais on avait aussi Bob... »

V.

Les Polynésiens originaires des différentes îles du Pacifique Sud se sont établis dans ce qui constitue aujourd’hui les îles Hawaï près de mille huit cents ans avant que le premier Occidental blanc, le capitaine James Cook, pose le pied à Kauai en 1788. Lorsque Cook est arrivé, comme lorsqu’il est reparti (dans un cercueil, après avoir été tué lors d’une révolte d’indigènes en 1789), l’île était gouvernée par plusieurs chefs de guerre rivaux. Ce n’est qu’en 1810, quand l’un de ces chefs, Kamehameha (convenablement équipé en artillerie occidentale), se lança à coups de canons dans une guerre inter-îles, qu’une monarchie hawaïenne unifiée et souveraine fut instaurée. Vers le milieu du siècle, des colons américains, pour la plupart missionnaires ou planteurs, débarquèrent en foule pour cultiver la canne à sucre et l'ananas sur presque toute la terre hawaïenne, et pour convertir la plus grande partie des Hawaïens au christianisme. Malgré cela, durant cette période, les descendants du roi Kamehameha Ier consolidèrent leur pouvoir, adoptèrent une Constitution, et firent signer au royaume d'Hawaï des accords et des traités diplomatiques et commerciaux avec vingt-deux pays à travers le monde, dont la plupart des pays européens et les États-Unis.

En 1893, un groupe de planteurs et de missionnaires étrangers, en majorité américains, étourdis par le potentiel financier des plantations (qui serait encore augmenté par l'absence de taxes d'importation sur le continent) et soutenus par cent soixante-deux marines du USS *Boston* (ancré fort opportunément à Pearl Harbor), fomenta un coup d'État sans effusion de sang. Le 17 janvier, un Comité de sécurité autoproclamé de treize membres, dirigé par Sanford B. Dole (des ananas Dole), décréta la fin de la monarchie hawaïenne, l'entrée en vigueur de la loi martiale et la nomination d'un gouvernement provisoire en attendant que soient négociés « les termes d'une union avec les États-Unis ». Le délégué des affaires étrangères américaines à Hawaï reconnut aussitôt le nouveau gouvernement, et le soir même la reine d'Hawaï Lili'uokalani, chrétienne fervente, qui avait fait ses études en langue anglaise et était fascinée depuis longtemps par l'expérience relativement récente de démocratie pratiquée à deux mille cinq cent soixante milles marins à l'est, quitta son trône et son pays avec ces mots :

> [...] C'est contre mon gré et sous la pression des forces susdites que je renonce à mon pouvoir jusqu'à ce que le gouvernement des États-Unis, après avoir analysé les faits, condamne l'action de son représentant et me rétablisse dans les fonctions que je revendique de souveraine constitutionnelle des îles Hawaï.

Lili'uokalani pria les Hawaïens de ne pas prendre les armes et d'attendre le résultat de son appel au gouvernement des États-Unis. Le représentant américain fit lui aussi appel à sa hiérarchie, dans une lettre adressée au Département d'État : « La poire hawaïenne est aujourd'hui tout à fait mûre, c'est le moment idéal pour la cueillir. » Une résolution d'annexion fut rédigée à la hâte et soumise par le Sénat au président Benjamin Harrison, mais fut retirée un mois plus tard par Grover Cleveland, le président nouvellement élu.

Moins avide de lointaines possessions insulaires que Harrison, Cleveland envoya un inspecteur à Honolulu pour enquêter sur le rôle joué par les Américains dans le changement de régime.

Quelques mois après, dans un discours au Congrès, il qualifia le coup d'État de « substantielle erreur » et d'« occupation illégale réalisée sous de faux prétextes ». Il déclara devant le Congrès : « Il est nécessaire que les États-Unis prouvent leur honneur et leur sens de la justice en déployant tous leurs efforts pour réparer leurs torts. » Quatre ans plus tard, en 1898, un autre président américain, William McKinley, signa une nouvelle mouture de la résolution d'annexion et Hawaï devint officiellement un territoire des États-Unis. Sanford Dole en fut nommé gouverneur. Cleveland devait écrire plus tard : « Toute cette affaire me fait honte. »

VI.

En 1978, l'administration de l'État d'Hawaï créa le Bureau des affaires hawaïennes (BAH) financé à la fois par l'État et par le gouvernement fédéral, destiné à soutenir les indigènes et, pour partie, à redresser quelques-unes des injustices historiques qu'ils avaient dû subir.

Les indigènes se trouvent au bas de l'échelle dans presque tous les indicateurs sociaux. Collectivement, ils ont le revenu moyen le plus bas, le niveau d'alphabétisation le plus bas, les taux d'incarcération et de toxicomanie les plus élevés, et les pires statistiques de la nation sur le plan de la santé. En 1778, à l'arrivée du capitaine Cook, près de trois cent mille Hawaïens de souche vivaient dans les îles. Aujourd'hui, indigènes et métis représentent environ treize pour cent de la population globale, estimée à un million deux cent mille. Le recensement de 1990 a donné le chiffre de cent trente-huit mille sept cent quarante-deux Hawaïens de souche pour tout l'État.

VII.

En août 1993, trois mois avant que le président Clinton signe les excuses officielles, quinze mille manifestants souverainistes entouraient l'ancien gouverneur d'Hawaï, John Waihee, qui hissait le drapeau du royaume d'Hawaï sur le palais Iolani. Waihee, et avec lui toute la délégation du Congrès de l'État, se proclama solidaire du mouvement. (Le gouverneur d'Hawaï en exercice, Benjamin Caeyatano, démocrate, et les deux sénateurs Akaka et Inouye se sont déclarés favorables « sur le fond » au mouvement. Tous trois ont refusé d'être interrogés pour cet article. En lieu et place, chacun a faxé sa position : les textes sont étrangement semblables, rédigés en termes politiques généraux.)

En 1994, un projet de loi fut déposé auprès du gouvernement hawaïen demandant qu'un plébiscite soit soumis à la population pour répondre à la question : « Le peuple hawaïen élira-t-il des délégués pour proposer un gouvernement indigène hawaïen ? » On forma un conseil électoral de vingt membres, constitué à parts égales de représentants de l'État et de délégués du BAH. Au même moment, le Bureau recevait des fonds après avoir poursuivi l'État en 1995 et gagné le droit à des intérêts de vingt pour cent sur les six cent quatre-vingt mille hectares (près d'un quart de la superficie totale de l'État) de terres confisquées ayant appartenu au royaume d'Hawaï. (Lors de l'annexion, ces terres avaient été placées sous le contrôle du gouvernement fédéral, puis, lors de l'intégration dans l'Union, sous celui de l'État d'Hawaï.) Cet intérêt de vingt pour cent perçu par le BAH se montait à plus de trois cents millions de dollars.

Les Trask et Ka Lahui firent campagne contre ce plébiscite parce qu'ils craignaient qu'il n'y ait là une tentative de l'État, par le biais du BAH, de noyauter le mouvement souverainiste, voire le renverser. Comme le remarque Haunani-Kay Trask : « Il est tout à fait ridicule de penser qu'un vote indigène sur la souveraineté puisse être une initiative d'État. Le BAH est un organisme fondé par l'État et contrôlé par lui. » Elle cite plusieurs juristes internationaux (à qui Ka Lahui a demandé de livrer leur opinion par écrit, laquelle figure maintenant en bonne place dans les publications de l'organisation), qui confirment que tout vote sur la souveraineté, organisé de quelque façon que ce soit en liaison avec l'État, compromet l'intégrité du mouvement dans son ensemble, car ses résultats pourraient être interprétés comme un aval donné à l'État par les indigènes pour continuer comme avant. « C'est absolument ridicule, dit-elle. Nous parlons de fonder un autre pays. »

VIII.

« Bien, permettez-moi de le dire tout net, ça n'a pas de sens ! » John Goemans vient de commander son dîner chez Sam Choy, un restaurant de poissons à dix minutes de Waikiki Beach et néanmoins fréquenté par les gens du pays. « Ça existe depuis si longtemps, et personne n'a jamais voulu s'élever contre. Et maintenant, on se retrouve avec toute une génération à qui on a fait avaler des foutaises, et ils y croient, et ils vont être furieux quand ils verront que ça ne conduit nulle part. Pas besoin d'être grand clerc pour savoir qu'on ne va pas tailler comme ça dans les États-Unis d'Amérique pour en extraire une nation souveraine. »

Goemans, ancien procureur, est venu à Hawaï tout de suite après ses études. L'un de ses anciens camarades d'internat à la faculté de droit de l'université de Virginie, Ted Kennedy, lui avait demandé de l'aider à organiser la campagne présidentielle de John F. Kennedy dans les îles. Avec son teint rubicond et son accent de Nouvelle-Angleterre prononcé, Goemans pouvait lui-même passer pour un cousin éloigné des Kennedy. En 1995, il accepta de s'occuper du dossier de Freddie Rice, un cultivateur hawaïen blanc dont la famille vivait déjà à Hawaï sous l'ancien régime. Rice poursuivait le BAH qui voulait l'empêcher, comme tous ceux qui avaient moins de cinquante pour cent de sang indigène, de voter pour l'élection des neuf administrateurs du BAH.

« À Hawaï, nous avons créé une catégorie qui jouit de privilèges au-delà du raisonnable, et ces privilèges sont hors de portée de la plupart des citoyens de l'État d'Hawaï », explique Goemans. (Les indigènes hawaïens, grâce en grande partie au travail du BAH, bénéficient de certains privilèges garantis par le gouvernement, qui vont de prix spéciaux à la consommation jusqu'à des crédits à faible taux en passant par une libre accession à certaines terres et à des droits de pâturage.) « Et cela est contraire à la Constitution des États-Unis. Mais il y a surtout une ou deux erreurs de base. D'abord, "renversement illégal", c'est un pléonasme. Tout renversement est illégal. Jusqu'à la victoire, ensuite il est légalisé. Deuxième point : c'est lorsqu'on dit que les Hawaïens ont perdu leur souveraineté en 1898. Les Hawaïens n'avaient aucune souveraineté en 1898. La seule souveraineté, c'était la monarchie. Les Hawaïens étaient des sujets royaux. Ils n'avaient rien à perdre parce qu'ils ne possédaient rien. Les serfs n'ont pas de souveraineté. Ici, c'est de démocratie que nous parlons. »

IX.

Goemans et les Trask devinrent d'improbables alliés. Ensemble, ils soutinrent la Coalition contre le vote des indigènes hawaïens, un regroupement de ligues souverainistes piloté par Ka Lahui qui travaillait à promouvoir une âpre campagne contre le vote. En réalité, les Trask étaient plus souvent d'accord avec Goemans qu'avec certains autres membres de la coalition.

Ka Lahui diffère de la plupart des autres organisations souverainistes d'indigènes dans la mesure où elle ne prône pas une indépendance totale par rapport aux États-Unis, mais l'idée d'une nation dans la nation. Elle cherche à placer les indigènes hawaïens dans le cadre de la politique fédérale existante, qui accorde à tout indigène américain le droit d'avoir son propre gouvernement. Une fois obtenu ce gouvernement autonome, Ka Lahui ouvrirait une négociation sur la terre et sur l'économie et formerait un gouvernement. (Sans être favorable à un retour complet de la monarchie, Ka Lahui apporterait éventuellement son soutien à une entité de type Windsor accompagnée d'un gouvernement démocratique et constitutionnel.) Comparées aux conceptions des activistes qui se battent pour une indépendance totale, les siennes constituent un scénario réaliste — et c'est la raison principale pour laquelle Goemans les prend au sérieux, ou du moins davantage au sérieux que les autres.

« Il est logique, déclare-t-il, de dire que nous voulons une nation souveraine et que nous ne sommes pas une nation souveraine si nous comptons sur l'État d'Hawaï pour tout faire à notre place. S'ils partent du principe que le renversement était illégal et qu'ils essayent de mettre sur pied une nation souveraine avec un roi, un parlement ou autre — c'est logique. Ça ne se produira jamais, mais c'est logique. Ce qui n'est pas logique, c'est de dire que nous voulons une nation souveraine et de prétendre que vous, les contribuables hawaïens des États-Unis d'Amérique, allez engager le processus de création d'une telle nation. »

X.

Plus de quatre-vingt mille électeurs indigènes hawaïens avaient jusqu'au 15 août 1996 pour poster leur vote. Le 6 septembre, le tribunal fédéral rendit son jugement selon lequel le vote était constitutionnel, mais ne pouvait être considéré que comme « un baromètre reflétant la conviction et le soutien populaire » ; et que ni le pouvoir élu ni le peuple hawaïen ne devraient se sentir liés par les résultats. (Le tribunal suggérait également aux plaignants de se retourner une nouvelle fois contre le BAH, si celui-ci tentait d'organiser une convention constitutionnelle pour instaurer un mandat contraignant sur la souveraineté.) Seuls trente-trois mille électeurs, trente-neuf pour cent des inscrits, votèrent. (Huit pour cent de la population hawaïenne totale.) Sur ces trente-neuf pour cent, soixante-treize pour cent répondirent oui au projet d'élire des délégués pour proposer la création d'un gouvernement hawaïen indigène.

XI.

John Goemans fait appel de la décision du tribunal fédéral parce qu'il n'a pas décrété inconstitutionnelles les restrictions de vote, et le rôle que joue la race dans le mouvement souverainiste reste fortement contesté. Hawaï est l'un des États de l'Union les plus divers sur le plan racial et ethnique. (Selon le recensement de 1990 : trente-trois pour cent de Blancs ; vingt-deux pour cent de Japonais ; quinze pour cent de Philippins ; treize pour cent d'Hawaïens ; sept pour cent et demi d'Hispaniques ; six pour cent de Chinois ; trois pour cent de Noirs ; et les pourcentages de Noirs et d'Hispaniques ont substantiellement augmenté depuis.) De nombreux activistes souverainistes ont des origines ethniques mélangées, et Ka Lahui, tout en ouvrant « la citoyenneté » à toutes les races, n'accorde le droit de vote à ses élections qu'aux indigènes hawaïens de pure souche.

« L'une des raisons qui m'ont attiré ici, c'est que je pensais qu'Hawaï avait réellement quelque chose à apporter à la nation, en tant qu'exemple d'harmonie dans laquelle peut vivre une communauté multiraciale, dit Goemans en terminant son dîner chez Sam Choy. C'était ça aussi, le charme de l'endroit. »

Puis, jetant un coup d'œil circulaire dans le restaurant, il ajoute :

« Ici, les Hawaïens sont parfaitement assimilés. On ne regarde pas autour de soi en s'écriant : Oh ! là, là, ces pauvres Hawaïens. Ils sont partout, dans les conseils d'administration, dans les cours de justice, partout ! Le lendemain du jour où j'ai pris l'affaire, j'ai reçu des centaines de coups de fil, d'Hawaïens et de non-Hawaïens, me remerciant pour ce que je disais. »

(Un sondage du *Honolulu-Advertiser* organisé avant le référendum ne trouva que cinquante-trois pour cent des indigènes hawaïens favorables à « un certain type de souveraineté ». Le chiffre est sensiblement plus faible chez les non-indigènes.)

« Toute cette histoire de souveraineté a rendu les gens furieux, dit Goemans. Il y a un repli racial. »

Là-dessus, la serveuse, qui n'est pas blanche, vient lui demander s'il veut un dessert, et Goemans se tourne vers elle, sourit et meugle : « Évidemment, que j'en veux un, je suis américain ! »

XII.

Le groupe de près de cinquante militants souverainistes rassemblés à la Quaker Friends Meeting House, dans une rue calme proche du campus Manoa de l'université d'Hawaï, juge le climat propice. On est jeudi soir et ils sont venus partager du fruit à pain (avec du lait de coco pour faire passer), du jus de goyave, des gâteaux et du thé glacé, et parler souveraineté. Plus précisément, ils sont ici pour mettre noir sur blanc un texte sur la souveraineté hawaïenne qu'ils pourraient envoyer aux divers organismes internationaux, y compris les Nations unies.

C'est plutôt rare, cette réunion de représentants de la plupart des grandes organisations souverainistes. Mililani Trask est là, ainsi que Dennis « Bumpy » Kanahale, « chef de l'État » de la nation d'Hawaï ; le docteur Kekuni Blaisdell, dirigeant de Ka Pakaukau, coalition de groupes souverainistes moins importants, et Poka Laenui, connu précédemment sous le nom de Hayden Burgess, ancien élu BAH. Des dirigeants de groupes souverainistes d'îles voisines sont également présents.

Kanahale et Blaisdell s'étaient retrouvés côte à côte lors du rassemblement sur la pelouse du palais Iolani, l'après-midi où l'on commémorait le quatre-vingt-dix-neuvième anniversaire de l'annexion. Blaisdell, un homme de soixante-douze ans, mince, à la peau claire, qui salue les gens d'une étreinte et du traditionnel frottement de nez, dirige le centre médical de l'université d'Hawaï. Cet après-midi-là, au palais, il emmenait une petite manifestation riche de plusieurs discours et d'un drapeau marxiste rouge qui, en lettres blanches de rigueur tracées rageusement, proclamait : « Assez de l'agression colonialiste ! »

Kanahale porte à la cheville un bracelet électronique, comme il y est obligé dans l'attente de son second procès (le premier a été cassé) que lui vaut l'accusation d'avoir caché un fugitif. Le procès est devenu une sorte d'événement à Hawaï, dans la mesure où Kanahale est à la tête de ce qu'il considère comme une nation indépendante et qu'il a participé à plusieurs actions militantes en faveur de la souveraineté. S'appuyant sur une page du manuel des Black Panthers, Kanahale et une poignée de fidèles se sont heurtés à quelques juges locaux et fédéraux et les ont « criblés d'articles » à propos de crimes commis contre le peuple indigène hawaïen. À la fin des années 80, il a même parlé d'accumuler des armes. Il est vrai qu'il s'est adouci, mais il semble rester l'un des seuls activistes à avoir conservé un potentiel de violence, et quelque chose comme un charisme révolutionnaire qui le rapproche d'un cliché du genre *El Jefe*.

Kanahale et Blaisdell sont tous deux partisans d'une indépendance complète par rapport aux États-Unis. Blaisdell traite la proposition de Ka Lahui pour une nation dans la nation de « liquidation », tandis que Kanahale déclare simplement : « Nous n'avons pas envie d'être des Indiens d'Amérique. Nous ne voulons pas vivre dans une réserve. » Même Poka Laenui est en désaccord avec Ka Lahui sur la nation dans la nation. C'est pourquoi, dans son discours inaugural devant l'assemblée, Mililani Trask dit clairement qu'elle est là uniquement pour essayer de dégager un consensus sur un possible livre blanc et non pour arbitrer un débat « indépendance » contre « nation dans la nation ».

Ce rassemblement, comme celui sur la pelouse du palais, et comme la plupart des événements souverainistes, grands et petits, commence en se tenant la main, debout, pieds nus — les chaussures sont interdites — et en chantant un air indigène hawaïen, avant une minute de silence pour saluer « le Créateur » et la volonté de ne faire qu'« un avec le monde et l'esprit ».

Malgré les efforts de Mililani, presque tout le monde met à profit les deux heures qui suivent pour livrer des opinions personnelles sur la souveraineté et non sur le livre blanc. Visiblement exaspérée, Mililani fume pratiquement tout un paquet de cigarettes. Une autre femme, d'environ vingt-cinq ans, déclare qu'à son avis le mouvement doit se montrer plus attractif pour les non-indigènes et que « nous ne pouvons pas nier ce que nous sommes tous devenus aujourd'hui, des porteurs de jeans et de vêtements occidentaux... ». Mililani se contente de baisser la tête.

Il n'en sort rien de bien concret, on répète des appels à une coopération accrue et on jure de ne jamais oublier la lutte. Peut-être le sentiment le plus unificateur et le plus parlant est-il celui qu'exprime un activiste venu de Maui, qui se lève et lance à l'assemblée : « Je me pose encore la question, comment diable est-ce que ça a pu nous arriver ? Nous étions une nation. Cette terre nous appartenait, elle nous appartient encore. Comment pourrait-il jamais en être autrement ? »

En dehors de Mililani, peu de gens semblent souffrir de la stérilité de tous ces soliloques divergents. En réalité, beaucoup ont l'air de trouver un réconfort dans le seul fait d'être au milieu de camarades souverainistes. Devant ce spectacle, il est difficile de ne pas songer à ces rencontres de chefs rivaux d'Hawaï lorsqu'ils devaient traiter avec l'Occident, il y a deux cents ans.

XIII. Les chances

Une nation hawaïenne indépendante : une sur dix mille.

Une nation souveraine à l'intérieur de la nation, avec des pouvoirs plus grands que toute autre entité américano-indienne : une sur cent.

Un modèle d'État assisté avec une autonomie moindre, susceptible d'entretenir la colère des Trask et des autres activistes : une sur six.

Des flottes entières d'avions bourrés de touristes descendant du ciel sans discontinuer : une sur une.

XIV.

« C'était une soirée décevante, devait plus tard commenter Mililani. À ce point de la partie, j'essaie de travailler avec les gens, en m'intéressant à leurs besoins : la misère, la santé, le logement. Mais pour ce qui est de l'indépendance, tant qu'il n'y aura pas d'élections libres où le peuple pourra exprimer son désir, Ka Lahui ne la réclamera pas.

Nous avons organisé un vote à Ka Lahui, et seulement dix-neuf pour cent ont choisi l'indépendance. Lorsque je suis revenue à Hawaï, je voulais uniquement l'indépendance. Mais lorsque j'ai commencé à discuter avec la communauté, je n'ai pas entendu le mot indépendance, j'ai entendu : "Mes gosses sont malades. Nous n'avons pas de boulot." La nation dans la nation est une manière réaliste d'aborder ces problèmes, ainsi que notre souveraineté politique. Il ne saurait être question de réserves. »

Comme toujours, Haunani-Kay est plus directe :

« Demandez à Kekuni et à Bumpy ce qu'ils comptent faire des sept bases militaires de Hawaï. La VIIe flotte quittera Pearl Harbor. Vous imaginez les États-Unis nous dire : "Ah oui, c'est la souveraineté, alors nous retirons tous nos navires" ? Ce n'est pas que je ne désire pas voir un Hawaï totalement indépendant, mais il faut me donner une analyse concrète de la façon d'y parvenir. Kekuni pense qu'il suffit de montrer la porte aux États-Unis en leur faisant honte ! Est-ce que les États-Unis ont déjà eu honte de quoi que ce soit ? »

Mais sur le plan spirituel, les deux conceptions se rejoignent.

« Sans ce sentiment autour de nous, dit Mililani, nous n'existerions même pas.

— C'est au cœur du mouvement, confirme Haunani-Kay, au cœur de l'identité hawaïenne [...] C'est au cœur de ce que la plupart des Américains ne comprennent pas, ne peuvent pas comprendre. »

XV.

a) 1998 est le centième anniversaire de l'annexion, et toutes les factions souverainistes considèrent que c'est un moment idéal pour lancer l'offensive décisive, victorieuse.

b) « Hawaï — un pays indépendant ? Mais nous possédons des bungalows, là-bas ! »

c) Il y a en ce moment quatre-vingt-huit nations américano-indigènes qui voudraient se séparer des États-Unis, mais aucune autre ne possède l'arme d'excuses publiques, qui ont tout d'une confession, signées par le Président américain.

XVI.

Juste avant que le dernier rassemblement anniversaire de l'annexion d'août se disperse devant le palais Iolani, un petit groupe d'activistes souverainistes a formé un cercle sous les lourdes feuilles d'un des énormes bananiers qui ombragent la pelouse. Ils se sont pris par la main et ont entonné un chant indigène hawaïen. Un peu plus tard, un alizé capricieux a recueilli leurs voix et leur a donné une surprenante ampleur. Le son était suffisant pour atteindre quelques employés de bureau qui grignotaient leur déjeuner dans le belvédère tout proche. Une famille de touristes arborant des T-shirts marqués « Université du Missouri » fut rattrapée par le chant alors qu'ils montaient les marches du palais ; ils s'arrêtèrent, écoutèrent et poursuivirent leur ascension.

XVII. Épilogue

À l'origine, ce texte était une commande du magazine *Civilization*, basé à Washington DC, dépendant de la bibliothèque du Congrès et lauréat d'un prix intitulé National Magazine Award. À mi-chemin du processus de publication, un nouveau rédacteur en chef, Nelson Aldridge Rockefeller, est arrivé à *Civilization*. Ancien directeur du magazine *American Benefactor*, Mr. Rockefeller décida que *Civilization* inviterait désormais pour chaque numéro un « rédacteur en chef vedette ». On parla d'Oprah. Ce texte fut écarté, car il ne correspondait plus au nouveau « profil » du périodique. En février dernier, *Civilization* est sorti avec comme rédacteur en chef invité Martin Scorsese. Il y avait sa photo en couverture. Au moment où j'écris ces lignes, Bill Glass, le grand couturier, travaille au prochain numéro.

Des grosses dames flottaient dans le ciel comme des montgolfières

AMANDA DAVIS

C'était l'année où nous avons oublié nos rêves, où nous nous sommes réveillés, perplexes, en marmonnant. C'est au printemps que je les ai remarquées qui tournoyaient dans le ciel, de-ci, de-là, dérivant doucement au gré d'une brise. De loin, elles avaient un air charmant, mais j'ai senti que c'était de mauvais augure. Ça ne pouvait signifier qu'une seule chose : mon ex était de retour.

Et de fait, j'ai rencontré Fred Luck un peu plus tard, le même jour. Je revenais du salon canin et je rentrais chez moi par le square, et il était là, assis sur un banc, à observer les grosses femmes qui se tortillaient dans le ciel sans nuages.

« Toi ! » a-t-il hurlé en bondissant sur ses pieds.

C'était un homme à surprises.

« Ça fait un bail » ai-je répondu.

Je n'arrivais pas à le regarder dans les yeux. Je

n'arrêtais pas de penser : Ne fais pas ça, ne fais pas ça, mais je savais bien que ce n'était qu'une question de temps. Il avait les yeux comme de la réglisse : brillants et piquants.

« Eloise ! a crié à nouveau Fred alors qu'il n'était qu'à quelques centimètres de moi. J'espérais que tu passerais par là !

— On ne réapparaît pas comme ça dans la vie de quelqu'un », ai-je essayé de dire.

Mais ce qui est sorti, ç'a été :

— Ah. Eh bien. Voilà. »

Nous sommes restés un moment à nous détailler l'un l'autre, chacun avec ses sentiments cachés dans la manche. En réalité, les miens n'étaient pas très bien cachés. À l'époque, quand il prenait le temps de se concentrer sur moi, Fred était un amant incroyable et je me sentais un peu seule.

« Fred... ai-je commencé.

— Maintenant, c'est Jack, a-t-il dit. J'ai changé de nom.

— Jack Luck ? »

J'avais le cerveau plein de nouilles. J'avais le cerveau plein de sauce curry et de riz blanc.

Il a acquiescé.

« Je trouve que j'ai davantage une tête de Jack qu'une tête de Fred, dit-il en enfonçant les mains au fond de ses poches. »

C'était vrai. Il faisait honneur au prénom Jack.

« Tout de même, tu rehaussais le niveau des Fred. »

J'ai rougi. « Tu les réhabilitais, disons.

— Merci » a-t-il dit avec un sourire.

La suite coulait de source. Je l'ai emmené chez moi après m'être assurée que la maison serait inoccupée et je nous ai préparé à dîner. Sur le chemin, il m'a dit qu'il avait eu bien tort de me quitter et que je lui avais terriblement manqué. Je savais que ses paroles étaient vides, aussi vides que des cocons de papillons envolés depuis longtemps, que le jeu de coquillages auquel je perdais toujours. Je l'ai quand même autorisé à me toucher. « Doucement, attention », dis-je.

Il avait des problèmes. La disparition n'était pas le plus grave, ni ce qu'il adviendrait des grosses dames innocentes. Fred était incapable de se contrôler. Il était ce que Florence, ma belle-mère, appelait la poisse.

« Lui, c'est une catastrophe naturelle et toi, un camping, grinçait Florence en tirant sur sa cigarette. C'est une urticaire, un furoncle pas mûr. C'est une rage de dents et tu te contentes d'endormir la gencive, ma fille. Ce qu'il faut que tu fasses, c'est cracher cette horreur, aussi loin que tu pourras.

— Mais je l'aime, ai-je dit d'une voix aussi faible que le permettait une telle déclaration.

— Oh, ma pauvre fille, a dit Florence. C'est bien ça, le pire. »

Quand on s'est rencontrés pour la première fois, j'étais plus confiante. Je venais juste de commencer le toilettage pour chiens et j'ai bien aimé que Fred passe me voir à la boutique. J'étais tellement emballée par son côté sexy que je n'ai pas jugé bon de me plaindre lorsqu'il a lancé le caniche des Apeson dans les plus hautes branches du sycomore en face de la bibliothèque, ou qu'il a réussi à soulever le pinscher des Henderson avant de lui faire décrire des cercles au-dessus du toit du chenil. Il n'est pas banal, je me suis dit ; il a une âme d'artiste ; il suffira d'arrondir un peu les angles. Puis il a empalé le chat des Lorsinski sur un réverbère et poussé le dalmatien des Lawson sous un bus.

« Où est-ce qu'il va chercher tout ça ? m'avait demandé Florence, en tirant sur sa cigarette, toute drapée de fumée.

— Je ne sais pas, lui ai-je dit en me tortillant une mèche de cheveux.

— Bon, alors pourquoi il n'arrête pas ?

— Je ne crois pas qu'il sache ce qu'il fait avant qu'il ne soit trop tard. »

Par la fenêtre, j'observais le chiot des Meyerson qui gambadait dans leur jardin.

« Je ne pense pas qu'il ait de mauvaises intentions », ai-je ajouté sans en être tout à fait sûre.

Il y a une chose dont je n'ai pas parlé. Mon gros handicap, c'était mon rire, voyez-vous. J'ai un rire affreux, toute ma vie j'ai eu un rire épouvantable, monstrueux. Lorsque je ris, les sons qui sortent de ma gorge insultent le reste du monde. Mon rire blesse les gens, il leur donne la nausée ou les rend fous. Cessez ce bruit hideux ! s'écrient-ils en s'éloignant de moi, les mains plaquées sur les oreilles. Il est tellement détestable que je ne pouvais plus voir de films au cinéma parce qu'on m'en avait interdit l'entrée. J'avais protesté en déclarant que c'était une atteinte à mes droits, aussi organisaient-ils des projections privées. Le projectionniste abandonnait sa cabine et allait s'asseoir sur le trottoir. J'allais le chercher à chaque fin de bobine.

Alors vous imaginez ce que ça fait de rencontrer un homme qui s'en fiche. La première fois que j'ai ri près de lui — nous étions assis sous ma véranda quand un fou rire nerveux s'est emparé de moi et j'ai essayé de l'étouffer derrière ma main, de me le renfoncer dans le larynx —, il s'est contenté de passer une de mes mèches derrière mon oreille en murmurant « Tu es si belle ».

Et c'est comme ça que j'ai craqué. Ça ne m'a pas dérangée que les plantes en pots, jusque-là bien tranquilles à côté de nous, se mettent à flotter près de nos têtes. Et ça ne m'a pas gênée non plus qu'elles se brisent en mille morceaux pendant notre premier baiser. Tout ce qui comptait, c'était Fred et sa façon de me tenir dans ses bras. Tout ce qui comptait, c'était l'idée de regarder un film avec quelqu'un.

Pendant que Fred se transformait en Jack, moi j'avais épousé un type du nom de Steve. Alors, évidemment, j'ai ramené Jack à la maison pour qu'ils se rencontrent. Il ne s'appelait pas vraiment Steve — son vrai nom évoquait une sorte de saucisse — mais il m'avait offert beaucoup d'argent pour que je devienne sa femme et il avait l'impression que Steve, ça sonnait bien comme un citoyen naturalisé. Bien qu'il n'aime pas mon rire, il m'avait payée pour l'épouser afin de ne pas être renvoyé dans le pays gris et déprimant qui l'avait vu naître. Lorsque Steve a appris l'existence de Jack, la nouvelle a semblé le bouleverser, même si sa vie intérieure n'était pas toujours très claire pour moi. Nous avions du mal à communiquer.

« Toi et moi, être enragés » a-t-il dit pendant que Jack était aux toilettes.

« Toi et moi, être engoncés, a-t-il encore essayé. Empaillés.

— Non, ai-je dit en donnant des pichenettes

aux pages glacées d'un magazine, sans même lever les yeux.

— Empruntés, dit-il. Empêtrés.

— Dans le pétrin ? » ai-je suggéré.

J'aimais bien le faire bisquer.

« Non ! Tu pas comprendre. Toi et moi comme arbres, proposa-t-il.

— Fourrés ? »

J'ai donné une pichenette à une page.

« Non ! »

(Pichenette, pichenette.)

« Foutus !

— Jack emprunte femme, a-t-il repris, avec des gestes désespérés de fléau autour de sa tête. Mari oublie, mari est oublié. »

J'ai reposé le magazine et quitté le fauteuil tandis que Jack revenait dans la pièce.

« Plus tard », ai-je soufflé.

Vous comprenez, l'amour n'était pas inclus dans notre marché. Je sais bien que l'amour n'est jamais inclus dans rien, etc., etc., mais j'espérais davantage de respect. Je serai ton épouse, lui avais-je dit. Professionnellement. Comme une sorte de travail, avais-je dit. Tu m'engages et c'est mon boulot : épouse. Rien d'autre.

« Très bien, avait-il répondu, ravi. Épouse. »

Ce n'est que plus tard que je me suis rendu compte qu'il n'avait rien compris du tout.

Donc, il n'aimait pas Fred. Pourtant tout le monde aimait Fred. Ça faisait partie de la bonne marche de l'univers : les gens rencontraient Fred et l'aimaient. C'était ainsi que tournait la planète. Mais Saucisse Steve n'était pas de cet avis. Quand j'ai ramené Fred, sa première réflexion a été : « C'est pas homme pour toi. C'est pas époux pour toi.

— D'accord, lui ai-je dit, tu m'as engagée. Mais Fred avait disparu. Et c'est vrai que c'est mon ex, qu'il est scandaleusement parfait et qu'il produit un drôle d'effet sur les gens. »

Steve refusait de comprendre. « C'est un pas bon », murmura-t-il et il posa sur Fred un œil furibond.

Jack né Fred était tout ce qu'on voudra, je l'admets, mais il n'était pas vraiment mauvais, au sens strict du terme. Il agissait comme un irresponsable, c'est sûr, mais le plus souvent à cause de sentiments généreux, à mon avis, pas par malveillance.

Tout de même, j'avais quelques idées derrière la tête, peut-être des rêves enfouis, des pensées molles, l'impression que je sautais à pieds joints par-dessus un tas de choses, de choses laissées en plan. Quand nous nous sommes promenés dehors, j'ai regardé Fred mais, les mains dans les poches, il contemplait le ciel nocturne où les grosses femmes masquaient les étoiles comme des trous noirs, comme des suffocations, comme des nuages oubliés. Je m'en voulais de l'état dans lequel j'étais, à languir après ses caresses avec, cachée quelque part, très loin, toute une colère amassée. Il a attendu que je me rapproche pour m'entourer les épaules de son bras, m'a embrassé le front et entraînée vers la maison.

Le lendemain matin, nous avons pris le petit déjeuner dans un bistrot près du parc. Je buvais un café et Fred mordait dans un chausson à la banane. Les employés nous observaient, terrifiés — ils avaient vu les dommages que pouvait causer Fred. Ce n'était peut-être pas très malin de venir ici, ai-je songé, mais ce qui est sorti, ç'a été « Quelle belle journée ! ».

À la radio, on débattait sur le moyen de redescendre les grosses femmes du ciel. Elles adressaient à tous des gestes satisfaits, mais j'imaginais qu'elles allaient bientôt avoir faim.

Au fond, c'était peut-être naturel, c'était peut-être ainsi que marchait le monde. Peut-être était-ce également vrai pour les grosses femmes — une chose est une orange et, la minute d'après, c'est une pêche. Et peut-être finiraient-elles par tomber lentement, les grosses femmes, au fur et à mesure qu'elles perdraient du poids, jusqu'à atterrir ici, parmi nous tous, usées, hagardes, sans rêves, toutes leurs belles rondeurs disparues.

La République de Marfa

SEAN WILSEY

Isolement

Au milieu de ce qu'on appelle le Far West du Texas se trouve Marfa : laborieuse communauté d'élevage au fond du désert de Chihuahua, à une centaine de kilomètres au nord de la frontière mexicaine, qui abrite quelques-uns des sites les plus beaux et les plus extrêmes qu'on puisse imaginer : un ciel inépuisable surplombant un grand désert formé à l'ère permienne et resté peu ou prou en l'état depuis. Cette région située dans la zone la moins peuplée des États-Unis est baptisée par les populations locales *el despoblado* (l'endroit inhabité). Douze heures d'avion puis de car la séparent de la côte est, et sept de la côte ouest. Elle n'est proche d'aucune autoroute, d'aucune grande ville, d'aucun aéroport civil ; elle accueille une faune dynamique d'animaux sauvages et d'insectes de toutes sortes (un employé de station-service est mort d'une piqûre d'araignée l'été où j'y suis allé pour la première fois) ; et ses deux mille quatre cent vingt-quatre habitants représentent la plus grosse concentration humaine d'un État qui couvre cent cinquante mille hectares — surface supérieure à celle du Connecticut et de Rhode Island réunis. L'isolement est tel que si on étalait les îles de l'archipel hawaïen, ainsi que les bras d'océan qui les entourent, sur la route qui relie Marfa aux centres commerciaux du Texas oriental et au domaine de George Bush Jr., on aurait encore cent cinquante kilomètres de voie déserte devant soi.

Je suis en contact régulier avec cet endroit depuis l'été 1996 — époque où Daphne, ma fiancée, était journaliste à l'hebdomadaire local, le *Big Bend Sentinel* — et j'y retourne aussi souvent que possible, en observateur de la façon changeante dont se regroupent les deux mille quatre cent vingt-quatre habitants de cette ville ; exemple réussi de fusion, à travers de bizarres efforts et autres hasards, aboutissant à une ville-État d'éleveurs, de peintres, d'écrivains, de fugitifs, d'escrocs, de libres penseurs, d'écologistes, de militaires et de séparatistes — et faisant sans doute ainsi de Marfa le musée d'art contemporain le plus intransigeant du monde ; et, il y a dix-neuf mois, lorsqu'un adolescent autochtone qui gardait ses chèvres sur une falaise surplombant le Rio Grande a été tué par une patrouille de marines, le théâtre du premier meurtre de civil perpétré par des militaires américains sur le sol de l'Union depuis celui de Kent State.

Marfa est le nom d'une domestique dans *Les Frères Karamazov*, le roman que l'épouse d'un chef de chantier des chemins de fer était en train de lire quand, en 1881, un obscur point d'eau devint une ville. Cette pionnière lisait ce livre un an après sa publication initiale en Russie, l'année même où Billy le Kid était abattu tout près de là, au Nouveau-Mexique, et pendant la longue période d'incidents frontaliers qui suivit la guerre américano-mexicaine. Mais de telles circonstances sont typiques de Marfa. La ville attire l'étrange : la documentation la plus ancienne concernant la région provient de récits laissés par les Indiens et les pionniers, au XIXe siècle, dans lesquels il est question de lumières à l'horizon, clignotantes, mobiles et comme animées — les feux mystérieux de Marfa, phénomène optique inexpliqué qu'on peut encore observer depuis une aire de repos de ses faubourgs, où une foule semble se réunir le soir uniquement pour le plaisir de se retrouver. Et, jusqu'au milieu des années 1970, les feux sont restés la principale attraction. C'est alors que le peintre minimaliste Donald Judd est arrivé à Marfa, en exil volontaire, loin de ce qu'il appelait le monde « spécieux et strident » de la peinture new-yorkaise, pour vivre désormais dans une sorte de laboratoire des hautes plaines consacré à l'architecture, la sculpture, le mobilier, la muséologie, la protection des sites et un soupçon d'élevage, jusqu'à sa mort en 1994.

En avril dernier, la Fondation Chinati, un musée d'art contemporain créé par Judd à la fin des années 70 et baptisé d'après une chaîne de montagnes voisine, a invité des architectes et des peintres à Marfa pour débattre de l'avenir de la collaboration entre les deux disciplines. Prévue comme un symposium, la rencontre tourna rapidement à l'affrontement. Parmi les participants, on remarquait Frank Gehry, dont le musée Guggenheim venait d'ouvrir à Bilbao, en Espagne (que l'architecte Philip Johnson a depuis désigné comme « la plus grande construction de notre temps ») ; les architectes suisses Jacques Herzog et Pierre de Meuron, qui avaient entrepris une extension importante et controversée de la Tate Gallery de Londres ; Robert Irwin, spécialiste de la lumière et de l'espace, qui s'était accordé une liberté inattendue en dessinant le jardin du centre Getty de Los Angeles ; Roni Horn, conceptualiste new-yorkaise qui sculpte avec les mots (elle moule dans le plastique des adjectifs qualifiant des émotions et le temps qu'il fait, et les encastre dans la structure d'un bureau allemand de météorologie) ; et le peintre pop Claes Oldenburg (par ailleurs comédien pince-sans-rire). Ce groupe passa deux jours sous les projecteurs d'*el despoblado* à discuter de ses œuvres, pendant que deux historiens d'art — James Ackerman, de Harvard, autorité à crinière blanche, et Michael Benedikt, de l'université du Texas, postmoderniste fulgurant et plutôt dépourvu d'humour — se lançaient dans une étude critique, tout en rendant hommage à Donald Judd et en s'efforçant de réduire tous les autres au silence. Daphne (de son nom de famille Beal) avait été missionnée par deux magazines d'architecture pour écrire sur l'événement, et je l'accompagnais. On attendait six cents personnes, et j'étais curieux de voir ce que pouvait produire à Marfa une augmentation brutale de la population de vingt-cinq pour cent — l'équivalent de deux millions de paysans débarquant à Manhattan pour le week-end.

Marfa est située dans ce qui ressemble à la zone d'impacts d'un ancien champ de tir — une large plaine cernée de chaînes de montagnes équidistantes de quarante-cinq kilomètres. À l'ouest on a la Sierra Vieja, au nord, les monts Davis ; les monts Glass, Del Norte et Santiago (ainsi qu'un volcan éteint) à l'est et Chinati au sud. Ces montagnes enserrent le vaste désert de cactus et de prairies jaunes qui entoure Marfa, et servent de cadre à un ciel bleu texan aux tons océaniques, sans aucun immeuble ni grand arbre pour le borner. Le résultat, c'est qu'on a une large cuvette pleine de lumière et de chaleur sèche, où le moindre objet bénéficie de contours bien définis ; forme et détails affûtés, avec des ombres qui en cisèlent le relief à la perfection.

La ville elle-même est un rectangle de seize rues sur vingt avec un cimetière mexicain et un cimetière américain (séparés par une clôture) à l'est, et un faisceau de faubourgs au sud et au nord-est, tels des rayons radar. On est surpris d'y trouver de la fraîcheur et de l'ombre, d'imposantes vieilles demeures derrière des pelouses, abritées sous de hauts arbres, des constructions séculaires qui menacent de se désintégrer au premier souffle, et des bâtiments industriels désaffectés avec des rampes en aluminium qui tintent dans la chaleur. Tout cela tourne le dos au débordement d'art moderne qui fleurit ici. Les deux restaurants, Chez Mike et Chez Carmen, sont pleins d'éleveurs, d'ouvriers et de douaniers. Les deux bars sont très corrects — il n'y a pas de loi contraignante au Texas, et tous deux proposent des plats à emporter. Les rues sont larges et largement vides.

Pour se rendre à Marfa, on prend l'avion soit pour El Paso soit pour Midland/Odessa. Bien sûr les vols directs sont rares, aussi après avoir atterri à Dallas ou à Houston faut-il emprunter un petit bimoteur. Lorsque Daphne est partie travailler au *Sentinel*, les rédacteurs en chef l'attendaient à Midland. Après avoir serré les mains, elle s'est précipitée aux toilettes pour vomir. Lorsque je suis allé la voir, je n'ai pas pu tenir jusqu'à l'atterrissage et j'ai vomi à bord.

Excommunication facultative, Communication obligatoire

Donald Judd, un acariâtre du Middle West, de sang écossais à tendance kilt, jouissait de toute la célébrité, tout le respect, et toute la fortune dont un artiste plasticien peut rêver quand il a relégué sa résidence métallique de cinq étages de Soho au rang de simple pied-à-terre et quitté New York pour Marfa en 1976.

Cet homme avait un fort penchant pour la possession — pour ne pas dire l'empire. Un livre consacré exclusivement aux nombreux domiciles et immeubles de Judd, *Les Lieux de Donald Judd*, compte plus de cent pages et répertorie quinze lits différents (la moitié du nombre réel). Judd affirmait qu'un lit n'est jamais inutile dans un endroit où les gens ne font que passer. À son arrivée à Marfa, il s'installa dans deux hangars d'aviation de la Première Guerre mondiale et entreprit d'acheter la banque, une ancienne caserne de cavalerie de cent vingt hectares (aujourd'hui devenue la Fondation Chinati), trois ranches (d'un total de quinze mille deux cents hectares, un magasin de mohair, le supermarché Safeway, l'hôtel Marfa, une poignée d'immeubles abritant ateliers et commerces, six maisons début de siècle, et les sources d'eau chaude de Marfa. Dans les années 90, il avait l'intention de mettre en bouteilles l'eau de Marfa (réputée pour contenir des traces de lithium naturel) et de l'envoyer à New York pour la vendre chez Dean et Deluca.

La philosophie de Judd était à la fois ascétique et prodigue — mélange paradoxal de simplicité et de consommation de masse. Il achetait tout ce sur quoi il pouvait mettre la main, grâce à l'argent gagné avec la peinture produite par cette même main. Il se comportait presque en seigneur avec Marfa, entretenant des équipes d'employées qui excédèrent quelque temps en nombre les fonctionnaires municipales (et sur lesquelles j'ai toujours injustement — je n'ai aucune preuve — imaginé qu'il exerçait une sorte de droit de cuissage, avec tous ses lits). À cause de l'environnement sous dépendance qu'il a créé en accumulant immeubles et terrains, sa peinture s'est ingénieusement répandue dans Marfa jusqu'à occuper des salles, des constructions et des espaces entiers.

Le roman *Les Frères Karamazov* traite d'un meurtre et des relations compliquées d'une famille dans une petite ville. Il est facile d'établir un parallèle entre le village russe anonyme du livre et le Marfa d'aujourd'hui. La façon qu'ont les frères de parler entre eux — par accès grandiloquents d'« excitation » entrecoupés de silences graves chargés de « tension » — m'évoque la manière de communiquer des Marfiens. La sensibilité dominante de la ville, telle qu'elle transparaît dans le courrier des lecteurs du *Sentinel*, rappelle ce qu'on trouve dans le roman. Quelqu'un écrivait à propos des cimetières américain/mexicain séparés qu'il s'agissait d'une « gifle sur le visage de l'humanité ». Une lectrice, analysant la convention d'exploitation des déchets nucléaires que le Texas a signée avec certains États de l'Est, concluait ainsi : « Nous aurions pu arriver au même accord avec un chien. »

L'état d'esprit de Marfa est dostoïevskien. Le

livre et la ville contiennent la même sorte de ferveur, et la même sorte de scandale.

À Marfa, les gens sont réservés, peu enclins à la conversation, courtois, rétifs et, lorsqu'ils le décident, extrêmement généreux. On y remarque aussi une bonne dose d'excentricité ostensible. Une femme parcourt les rues, les routes et le désert alentour avec tous ses biens empilés sur le dos d'un âne. Parfois elle s'aventure sur le bitume entre Marfa et les montagnes. À d'autres moments, elle rôde en ville en empruntant le raccourci de la rampe cimentée de la station-service Texaco. Elle dort à la belle étoile, là où le soleil la surprend quand il se couche, et rappelle par plus d'un côté un autre personnage des *Frères Karamazov*, Lisaveta, qui hantait les ruelles sombres de la petite ville de Dostoïevski, dormant « à même le sol et dans la boue ». Les Marfiens l'appellent « la Dame au bourricot ».

Et elle n'est qu'un exemple parmi bien d'autres qui prouvent que certains détails du roman peuvent s'appliquer presque mot pour mot à Marfa. (Même si, à en croire la légende, la Dame au bourricot, contrairement à Lisaveta, a une sorte de compagnon. Un buffle solitaire se balade dans la campagne — symbole d'un crime impuni. On dit qu'il est immortel, et, tel une sorte de messager, n'est visible que pour les damnés : il a une marque sur toute la longueur du flanc, entre l'épaule et la cuisse, et cette marque c'est le mot « MEURTRE ».)

La ville est également un endroit où des rencontres banales dérivent vers le surréel sans qu'on puisse le prévoir. Daphne et moi avons eu un jour affaire à un pompiste qui, quand je lui dis que je sentais une odeur bizarre dès que la voiture était chaude, répondit simplement : « On va jeter un coup d'œil à ce tas de boue », souleva le capot, farfouilla un moment dans le moteur, arracha avec un grand geste quelque chose qui ressemblait à un serpent mort (on a su plus tard qu'il s'agissait de la courroie de transmission), le jeta sur son épaule et lança « comme neuf ! » en ricanant. Dans le récit de voyage du romancier écossais Duncan McLean, il se produit un événement typiquement marfien après que l'auteur a réglé sa note au El Paisano, le seul hôtel de la ville :

> Je butai contre une vieille saleté qui traînait dans l'allée. Je trébuchai sur un mètre avant de me rétablir et me retournai ; un canon luisant était pointé sur moi : un REVOLVER. Je me précipitai aussitôt à la réception du Paisano, tambourinai sur la sonnette et bafouillai au concierge : « Là, dehors, un revolver, vite, venez... »
>
> L'employé passa par une ouverture à battant pratiquée dans le comptoir et sortit du hall.

« Là, dis-je, vous le voyez ?... »

Il me fit signe de ne pas bouger, avança d'un pas et se pencha par-dessus mon sac à dos.

« Ha ! s'exclama-t-il.

— C'est quoi ? »

Il se baissa, ramassa le revolver, et me regarda.

« Vous appelez ça une arme ? dit-il en éclatant de rire.

— Heuh... ben oui. »

Il actionna une sorte de cran, puis fit basculer le magasin sur le côté.

« Ce n'est pas vraiment une arme, dit-il.

— C'est quoi, alors ? Un jouet ? »

Il secoua le revolver et des petites balles argentées tombèrent en pluie sur sa paume.

« C'est rien qu'un revolver de dame, dit-il... Ça ne risque pas de tuer grand monde. »

Peu après l'arrivée de Daphne, alors qu'elle habitait à la Fondation Chinati, un cow-boy la conduisit en ville dans son camion. C'était un type anguleux de près de soixante ans qui dressait des chevaux et élevait du bétail. Il lui dit qu'il s'était installé à Marfa vingt ans plus tôt, et lorsqu'elle lui demanda pourquoi, il répondit que c'était parce que la ville avait un « genius loci ». Nous ne connaissions ni l'un ni l'autre cette expression ; nous en avons cherché le sens et avons découvert qu'elle reflétait bien la singularité qui caractérise la ville. En latin, elle signifie « génie du lieu ». « Génie » (précise le dictionnaire), s'appliquant à un lieu, indique qu'« une divinité ou un esprit y règne ».

Et c'est vrai — il y a quelque chose dans le paysage, dans l'étrangeté des événements qui s'y déroulent, dans le rapport entre peuplement et dépeuplement, qui renforce notre impression que Marfa n'est pas née par hasard — qu'il y a certaines forces invisibles derrière tout cela.

Tendances renégates

Le *Big Bend Sentinel* est distribué à New York quinze jours après qu'on l'a imprimé à Pecos (à cent cinquante kilomètres au nord, la ville la plus proche dotée d'une imprimerie). Il traite surtout de criminalité frontalière et accorde une grande place à l'art, à l'armée (les aviations allemande et américaine s'entraînent dans le secteur), aux sports, à l'agriculture et à l'élevage. Le *Sentinel* couvre tous ces sujets avec curiosité et sérieux, et après l'avoir lu pendant plusieurs années, je commence à me demander si on n'en apprend pas davantage sur l'état du monde dans un modeste journal local bien renseigné que n'importe où ailleurs.

Voici quelques-unes de ses informations récentes les plus étonnantes et les plus significatives :

En 1996, des personnes atteintes de sensibilité chimique multiple, syndrome dont souffrent ceux qui tombent malades dès qu'ils sont exposés à des matières synthétiques, vinrent s'installer sur les hauteurs qui entourent Marfa et y fondèrent une communauté entièrement naturelle — jusqu'au jour où les membres de la Retraite biblique annuelle (l'une des plus anciennes sectes de ce genre) débarquèrent et se mirent à vaporiser comme chaque année du Malathion, une sorte de pesticide de type DDT, ce qui rendit les Sensibles Chimiques extrêmement malades, et déclencha entre les deux groupes une petite guerre idéologique basée sur l'incompréhension. On finit par sacrifier les malades, tant il est peu pratique de prier au milieu des moustiques.

Une nuit du printemps 1997, un groupe de marines en mission antidrogue (dans le cadre de ce que les autochtones nomment la « militarisation » de la frontière américano-mexicaine) ont pourchassé près d'une demi-heure Esequiel Hernandez Jr., jeune gardien de chèvres porteur d'un vénérable fusil de la Première Guerre mondiale destiné à tenir les coyotes à distance de son troupeau. À un moment, Hernandez a levé son fusil, et on a la preuve que c'était dans la direction opposée à celle des marines, mais cela n'empêcha pas l'un d'eux de l'abattre en « état de légitime défense ». Le garçon perdit son sang pendant vingt minutes et mourut avant que les soldats n'appellent des secours. À l'arrivée du shérif adjoint, les marines déclarèrent qu'Hernandez s'était blessé tout seul « en tombant dans un puits ». Hélas, les soldats sont omniprésents dans le comté depuis que l'administration Reagan a détourné une loi interdisant aux militaires d'intervenir dans le maintien de l'ordre, et ce fait divers, bien qu'il ait révolté la population, a eu très peu de conséquences sur le long terme. À l'automne dernier, le ministère de la Défense, qui continue à nier qu'il y a eu faute, a versé à la famille d'Hernandez plus de un million de dollars pour pouvoir se laver les mains de toute cette histoire.

Au cours des quatre dernières années, le Bureau texan pour l'élimination des déchets faiblement radioactifs a tenté d'installer une décharge nucléaire à moins de trois cents kilomètres à l'ouest de Marfa, sur un site qui, en plus d'être à la fois une faille géologique et un lit de dérivation du Rio Grande, héberge une population pauvre et mal éduquée dont les élites ont déjà montré leur facilité à succomber à toutes les corruptions. La décharge avait tout d'une affaire rondement menée lorsqu'un groupe inattendu d'activistes zélés (avec dans leurs rangs Gary

Oliver, l'excellent dessinateur — officiellement anonyme — du *Sentinel*) vint galvaniser la région entière des six comtés du Far West du Texas, en entraînant une grosse délégation gouvernementale mexicaine, et le projet fut repoussé. C'était une sorte de miracle.

Il y a quelques mois, un autochtone a survécu après une explosion de gaz qui a arraché le toit et détruit les murs de sa maison — une aventure que j'ai suivie, depuis la rubrique faits divers jusqu'à celle des urgences médicales, celle de la guérison stupéfiante, celle de la possible procédure judiciaire (il tentait de se suicider, ce qui rendait dérisoires les dommages matériels) et, en fin de compte, à celle des ventes immobilières.

À peu près chaque semaine, on apprend qu'on a découvert un ballot de marijuana de deux cents kilos sur le bord de la route, on lit un communiqué concernant un citoyen à qui un « ordre » du comté commande expressément de se présenter au tribunal, on nous informe qu'un prisonnier dangereux est en cavale. (Les évadés sont eux aussi dostoïevskiens. Dans *Les Frères Karamazov*, il est question d'un « horrible condamné qui venait de s'échapper de la prison de la province et se cachait dans notre ville ».) Pendant une période, en 1966, la banque de Van Horn, à environ cent cinquante kilomètres à l'ouest, était dévalisée toutes les deux ou trois semaines. Rick Thompson, l'ancien shérif de Marfa, purge une peine de prison à perpétuité pour avoir fait passer en fraude une tonne de cocaïne en provenance du Mexique — on parle de lui comme du « shérif-cocaïne ». Unabomber, dont le frère possède une maison dans le secteur, a entretenu une longue et chaleureuse correspondance avec un paysan mexicain vivant juste de l'autre côté de la frontière.

Le *Sentinel* propose également une rubrique « libres opinions », franche, profonde, variée et parfois emphatique, avec des lettres signées « Ours Fou », « George "Pepper" Brown » (qui, sans qu'on sache comment, se trouve être l'honorable maire de Wellfleet, Massachusetts, bien qu'il habite tout près de Marfa, et dont les courriers à Robert Halpern, le rédacteur en chef du *Sentinel*, commencent tous par « Roberto amigo »), ainsi que de nombreux membres de la grande communauté américano-mexicaine — des noms tels que Lujan et Cabezuela sont caractéristiques — et publiées à côté d'une colonne de papotages philosophiques intitulée « Fonds de tiroir », tenue par Mary Katherine Metcalfe Earney. « Fonds de tiroir » est alimentée par la maison de retraite, et il lui arrive de dériver bizarrement. Un écho décousu sur une visite agréable à des ex-Marfiens installés dans le Delaware et à Philadelphie se terminait ainsi : « Pendant le retour à Dallas, entre deux avions, une femme en colère m'a planté un couteau dans la main... »

En dernière page, un espace est réservé aux petites annonces et aux publications légales. Il y a une colonne de mobile homes, une colonne de voitures d'occasion, une colonne de n'importe quoi (« une vingtaine de chèvres, toutes tailles ») et une demi-page d'immobilier. Daphne et moi suivons de près les prix des maisons (le plus souvent autour de soixante mille dollars pour deux chambres et un bout de terrain). Nous nous voyons bien nous établir à Marfa, mener une existence d'ouvriers agricoles et de reporters au *Sentinel* ou au quotidien de San Angelo, une ville de cent mille habitants à trois cents kilomètres au nord-est, qui reprenait ses articles à une époque, et vivre « à la Judd », ce qui, nous en sommes convaincus, exige de trouver une harmonie parfaitement ascétique avec l'environnement.

En réalité, Donald Judd, malgré sa folie d'appropriation, devint une sorte de saint. Son chef-d'œuvre à Marfa est une installation de cent boîtes en aluminium usiné — toutes exactement du même volume (environ celui d'une cuisinière de restaurant), mais aux formes violemment différentes, avec leurs plans métalliques aux angles inattendus. Les boîtes remplissent deux anciens hangars d'artillerie qu'il a aménagés dans les plaines texanes avec d'immenses ouvertures vitrées sur les flancs et des toits transparents. Pendant la journée, les hangars se gorgent de soleil et les boîtes jouent et se modifient tout en reflétant le paysage. La nuit, elles se liquéfient sous les rayons de lune. Plus loin, entre les hangars et la silhouette des monts Chinati à l'horizon, Judd a installé quinze boîtes rectangulaires, chacune d'environ trois mètres de haut, qui relient encore le site à la nature. Voici l'histoire préférée (karamazovienne) de l'artiste à propos de cette œuvre : Après une visite, un prêtre jésuite se tourna vers lui et lui dit : « Vous et moi, nous faisons le même travail. »

Et les monts Chinati, immédiatement à la sortie de la ville, semblent aussi appartenir aux *Frères Karamazov*, rappelant le « monastère tout proche » où « des foules de pèlerins... après avoir marché des milliers de kilomètres, se précipitaient en troupeaux pour le voir », avec Judd — ou l'esprit de Judd — dans le rôle du vénérable maître, nommé Zosima dans le livre, responsable de la « grande gloire » attachée à l'endroit.

Au moment de sa mort, Judd avait cessé d'être sculpteur pour devenir une sorte de personnage presque monastique. Il vivait dans un profond isolement, dans son ranch le plus éloigné au milieu du désert, sans électricité, près de la frontière, entouré de livres de peinture, de philosophie, d'histoire et d'écologie locale. « Mon premier souci, et le plus fort, est ma relation avec la nature, écrivit-il durant cette période. La nature tout entière, de A à Z. Ce souci englobe ma propre existence [...] l'existence de toute chose ainsi que l'espace et le temps qui sont créés par les choses existantes. »

Pique-niques dans le désert

Lorsqu'on approche de Marfa, la puissance de la nature s'inscrit très vite dans le paysage. Un vieux poème de cow-boy qui parle d'un « endroit où les montagnes flottent dans l'air », fait peut-être allusion aux mirages que la sécheresse du climat marfien a la réputation de provoquer. Un autochtone se souvient d'avoir reconnu la « ville [voisine] de Valentine qui apparaissait tout entière dans le ciel matinal ». Un autre affirme avoir vu naître « un village mexicain dans le ciel resté clair juste après le crépuscule ». Il pleut rarement, mais quand cela se produit, le ciel se transforme, virant de son habituel bleu franc et serein au violet noir d'une violente ecchymose — et les précipitations sont alors telles que des torrents dévalent les rues. Tout cela vous fonce dessus depuis cent cinquante kilomètres, comme un train lancé dans une ligne droite. La nuit tombée, un grand festival d'étoiles et une averse de météorites — « comme des confettis », selon l'expression de Daphne — ne sont pas exceptionnels.

Parfois le soleil est si fort qu'on ne distingue plus rien. La première fois que ce phénomène m'a frappé, c'était en revenant en voiture de Balmorhea, une ville dotée d'une grande piscine d'eau de source (et de bordels rustiques) de l'autre côté des montagnes, à environ soixante-quinze kilomètres de Marfa. Il est courant, au Far West du Texas, de conduire sur cent cinquante kilomètres uniquement dans le but de faire quelque chose, exactement comme ailleurs on va au cinéma, et à Balmorhea, il nous est arrivé, à Daphne et à moi, de rencontrer par hasard des gens de Marfa et de passer la journée à bavarder à l'ombre avec eux. Au retour, Daphne était au volant et moi, je regardais par la portière. Comme nous quittions la plaine et entamions l'ascension des monts Davis où la route à deux voies serpente à travers un canyon et où le désert perd un peu de terrain, je remarquai un arbre, une espèce de cèdre — la première végétation que je voyais depuis que nous avions quitté la piscine —, qui se dressait dans une sorte d'éclat fluorescent sur le fond de roche et de buissons de ronces du canyon. Dès que j'ôtai mes lunettes de soleil, la couleur s'effaça. À l'œil nu, l'arbre avait l'air pâle, calciné et épuisé — presque transparent. Le soleil à bout portant semblait le traverser. Mais dès que j'eus rechaussé mes lunettes, la lumière recula et l'arbre réapparut — vibrant comme s'il était en feu.

En dehors de quelques arbres, surtout concentrés en ville, le sol présente une variété infinie de cactus et plantes grasses : des yuccas et des chollas en abondance, mais également l'étrange estropieuse de chevaux (une saleté de mauvaise herbe poussant horizontalement et qui ressemble à un piège à ours non tendu) ; le nopolito, un cactus à feuilles plates qu'on épile de ses aiguilles pour le vendre dans des cageots de fruits à la sortie des stations-service ; l'ocotillo, une plante aux allures subaquatiques avec des tentacules mouvants et des épines agressives qui font penser au croisement d'une pieuvre avec un poisson-lune ; sans compter les innombrables genévriers et autres mesquites. Le cholla, ou poire épineuse, est une variante plus épaisse et moins pure de l'ocotillo, avec des feuilles qui rappellent celles de l'ananas, et le yucca est un buisson avec des branches comme celles de l'aloès d'une cinquantaine de centimètres de long. Lorsque le yucca fleurit, une tige de deux mètres de haut jaillit de son centre et s'ouvre en une fleur d'un jaune éclatant qui s'évase brillamment, tel un flamboiement dans le paysage, lunettes de soleil ou pas.

Quatre routes partent de Marfa. L'une conduit à Valentine, un endroit comateux dont le bureau de poste reçoit début février des sacs de courrier en provenance de tout le pays qu'il faut remettre dans le circuit avant le 14 du mois. Une deuxième mène à Shafter, ville fantôme qui attend soit que le gouverneur la raye de la carte, soit que le cours de l'argent atteigne six dollars l'once (il est actuellement à cinq dollars trente), pour que ça vaille la peine de reprendre l'exploitation du filon abandonné pendant la Deuxième Guerre mondiale. La troisième route mène à la seule salle de spectacle du secteur, à Alpine, et au campus de l'université d'État Sul Ross, qui propose des diplômes dans le domaine de l'évolution animale, et où est né un rodéo interuniversités. La dernière conduit à Fort Davis, une ville marchande dotée d'un observatoire spécialisé dans la décomposition du spectre lumineux.

Techniquement, il existe une cinquième route, qui emprunte le canyon Pinto et, quittant Marfa par le sud-ouest, se dirige en sinuant le long de la frontière vers le ranch principal de Judd dans une ville appelée Ruidosa (mais le mot « ville » est exagéré car, en dehors de la route, il n'y a aucun équipement à Ruidosa, c'est plutôt un campement). En entrant dans le canyon Pinto, on dépasse un panneau indiquant : « Fin du revêtement à cinquante et un kilomètres. » La seule expérience que j'ai de cette route a été déconcertante à l'extrême. Une heure après le départ, à peu près à mi-chemin entre Marfa et le Rio Grande, alors que nous n'avions encore vu aucune autre voiture, nous nous sommes arrêtés à l'endroit où la route croisait le lit asséché d'un ruisseau. C'était bien après la fin du revêtement. Le terrain ressemblait énormément à un fond marin. La température devait avoisiner les 38°. Nous avions préparé un pique-nique de sandwiches à l'avocat, de bière Lone Star et de osadero, un fromage local ; nous avons repéré quelques buissons fatigués — la seule ombre possible, hors cactus — et décidé de déjeuner dessous. Après avoir fermé la voiture à clé, nous avons suivi le lit à sec du cours d'eau sur cent ou deux cents mètres (j'ai eu une pensée pour les crues subites qui sont fréquentes dans la région). On a fini par poser notre glacière et par en sortir nos provisions, loin de la route qui n'était presque plus visible au milieu du désert. Nous nous sommes mis à manger sans dire grand-chose

— le silence était tellement profond qu'on n'osait pas le rompre.

Le pique-nique fut gâché au bout d'un quart d'heure lorsque nous avons entendu qu'on essayait de nous voler la voiture. Le starter hurla, mais le moteur refusa de démarrer. Après avoir échangé un coup d'œil, nous avons bondi et avons remonté le lit du ruisseau, en craignant davantage de rester en plan au milieu du désert que d'affronter un éventuel danger. J'arrivai le premier, suffoquant, étouffé par l'adrénaline, pour trouver la voiture toujours à la même place sans personne alentour. Daphne retourna chercher nos affaires et on s'en alla comme s'il s'agissait de s'échapper de l'enfer. Quiconque franchissait la frontière à pied devait d'abord se procurer une voiture immatriculée au Texas. On s'est dit qu'ils avaient dû renoncer en nous voyant revenir, pour éviter toute confrontation : même si le moteur avait marché, la voiture était tournée vers le Mexique, et avec la route taillée à la serpe dans la rocaille et les cactus à un pas de chaque côté, opérer un demi-tour n'aurait pas été évident.

Pour le symposium, nous sommes arrivés par le sud, en passant par Shafter, et nous sommes descendus au Thunderbird Motel, où nous avons sorti des sièges devant la chambre pour regarder le parking se remplir de voitures de location. Puisque le confort du Thunderbird incluait une machine à glaçons, nous en avons garni la glacière que nous avions apportée et nous sommes restés assis pendant une demi-heure sur la promenade en ciment, à l'ombre d'un auvent. Puis nous sommes allés nous promener en ville. Rob Weiner, le vieil assistant de Judd, qui passait avec lui la moindre minute de veille et qui s'est établi à Marfa, arrêta sa voiture pour nous saluer. Ils se voyaient souvent avec Daphne lorsqu'elle habitait la région et nous avions sympathisé dès ma première visite. Sa causticité et son sens de la dérision sur tout ce qui est marfien se combinent avec une connaissance parfaite et une véritable passion pour le lieu, et si Marfa est en train de devenir une communauté d'artistes, il y est pour beaucoup. Il nous dit que, plus tard dans le week-end, nous devrions pouvoir loger dans un immeuble de la fondation.

Dans un magasin spécialisé de la Fondation Chinati, qui vendait des livres sur tous les intervenants du symposium aussi bien que sur le travail d'artistes que Judd admirait et exposait en permanence à Marfa (Claes Oldenburg, Dan Flavin, Carl Andre, Richard Long, Ilya Kabakov et John Chamberlain), nous avons engagé la conversation avec notre premier non-Marfien, une journaliste indo-américaine du *Houston Press* du nom de Shaila. Elle était venue de Houston en voiture et campait sur le parking pour caravanes de Marfa.

« Gehry, c'est Dieu », nous dit-elle.

Pas à Marfa, pensai-je. À Marfa, Dieu, c'est Judd.

On est ensuite passés au journal pour voir Robert Halpern et sa femme Rosario ; ils travaillaient à un numéro, mais ils nous ont invités à dîner avec le personnel du journal, leurs enfants, et Rusty Taylor, l'ancien chef de la police, qui avaient tous été mêlés récemment à un chapitre caractéristique et inhabituel de l'histoire de Marfa.

En juillet 1996, le *Sentinel* publia la photo d'un homme grand, maigre et dynamique, avec une couronne de cheveux blancs et arborant un T-shirt où l'on pouvait lire « Et si nous parlions de la république du Texas ». C'était Richard McLaren, décrit par ses voisins comme « capable d'accès épouvantablement violents », un homme qui, s'appuyant sur une disposition technique d'un document sur l'annexion de 1845, s'autodésignait ambassadeur en chef, consul général et souverain de la nation indépendante du Texas. McLaren était devenu un personnage dans les montagnes du nord de Marfa, coutumier des menaces et du harcèlement, et spécialiste de l'appropriation illégale, de l'utilisation de faux titres et du recel d'armes. Ce jour-là, lui et ses fidèles avaient organisé un pique-nique pour célébrer la « semaine des nations captives », une manifestation de propagande instaurée à la fin des années 50, à l'époque d'Eisenhower, pour recueillir les dissidents de la dictature communiste. En arrière-plan, on pouvait voir deux poids lourds de la police ; Rusty Taylor, deux douzaines de Texas rangers et autres hommes de loi gardaient un œil sur la situation.

Moins d'un an plus tard, au printemps 1997, trois militants de la République du Texas (ROT), vêtus en camouflage et munis d'armes d'assaut, descendirent des montagnes depuis la caravane de McLaren et se présentèrent chez ses voisins les plus proches, Joe Rowe — ancien président de l'association locale d'entraide — et sa femme Margaret Ann. Dès qu'ils pénétrèrent dans le jardin, ils ouvrirent le feu sur la maison, blessant Mr. Rowe d'un éclat à l'épaule, puis enfoncèrent la porte et lui donnèrent un coup de crosse qui lui cassa le bras. Les Rowe ainsi maîtrisés, les assaillants passèrent plusieurs coups de fil longue distance, s'emparèrent d'autant de nourriture qu'ils pouvaient en emporter (laissant quarante dollars en dédommagement) et emmenèrent leurs otages jusqu'à la caravane de McLaren, d'où le groupe publia un communiqué qualifiant cette action de représailles après l'arrestation, le matin même, de Robert Scheidt, un autre membre du ROT accusé de port d'armes illégales. McLaren déclarait la guerre aux États-Unis et annonçait que les Rowe étaient ses premiers prisonniers. Faisant preuve d'une modération considérable, la police de Marfa accepta de libérer Scheidt et de l'échanger contre les Rowe, et l'on conclut un marché qui reléguait le groupe dans sa caravane, à plusieurs kilomètres de route poussiéreuse, sous la surveillance des équipes d'intervention et des Texas rangers.

McLaren s'était préparé à une telle éventualité en creusant toute une série de bunkers et en y entassant plus de soixante obus, une douzaine au moins de jerricans d'essence, dix fusils, plusieurs pistolets et cinq cents à sept cents cartouches. Il jura qu'il se battrait jusqu'à son dernier souffle, et dans une déclaration grandiloquente évoquant le journal de William B. Travis, le commandant du fort Alamo en 1836, il proclamait : « Chacun a choisi librement de rester et de défendre la terre souveraine de la République et ses possessions à l'étranger. J'espère que nous recevrons de l'aide avant qu'ils n'envahissent l'ambassade. » Son intention était de mener un combat à mort de type Alamo. Il allait tuer autant de policiers que possible. Tandis que les renforts de police continuaient à arriver, McLaren lança un SOS sur un poste à ondes courtes : « Mayday ! Mayday ! Mayday ! L'ennemi s'apprête à envahir l'ambassade de la République du Texas. L'ennemi est dans le bois. »

Au bout de quelques jours, tout de même, McLaren commença à mollir. Il admit qu'il pouvait accepter de se rendre moyennant l'assurance que les lois de la guerre seraient appliquées et que les États-Unis seraient d'accord pour le traiter selon la convention de Genève qui lui permettait de faire appel auprès des Nations unies. Cette éventualité le conduisit à signer un « cessez-le-feu sur tout le territoire du Texas », ce qui équivalait à une reddition sans conditions, sous réserve que l'ambassade serait respectée, ce qui signifiait dans son esprit que le drapeau de la République, une seule étoile jaune sur fond bleu, continuerait de flotter — on l'amena et on le remplaça par le drapeau du Texas, ce qu'un pompier local qualifia de « cérémonie à la Iwo Jima ». McLaren et quatre de ses hommes déposèrent les armes (mais, en arrivant à Marfa, l'un d'eux cria : « On m'a capturé, je ne me suis pas rendu, et j'ai honte de ne pas être mort ! »). Deux autres membres du groupe prirent le maquis dans les montagnes avec des fusils et des armes de poing. On les traqua avec des chiens qui furent tous tués. On utilisa alors des hélicoptères et lorsqu'ils essuyèrent des tirs, les tireurs d'élite ripostèrent et abattirent l'un des deux fuyards. L'autre, Richard Keyes III, qui avait abandonné son travail d'installateur de salles de bains au Kansas quelques semaines avant ces événements, réussit à passer à travers les mailles du filet. Il s'évapora purement et simplement. Et aujourd'hui, près de vingt mois plus tard, on ne l'a toujours pas retrouvé. Un journal l'a présenté comme la « version Texas occidental de D. B. Cooper », un pirate de l'air du début des années 70 qui sauta en parachute d'un 727 avec une rançon de deux cent mille dollars et dont on n'a plus jamais entendu parler.

Pourtant un journaliste du *Mother Jones Magazine* a eu des nouvelles de Keyes, ou d'un homme qui affirmait (de façon très convaincante) être Keyes. Il justifiait l'assaut de la maison des Rowe et précisait qu'après avoir infligé les blessures, ils avaient appelé un médecin qui avait refusé d'intervenir parce qu'il « était angoissé par une maison pleine de cinglés armés jusqu'aux dents ». À propos de l'argent que les ravisseurs avaient laissé aux Rowe pour la nourriture et les coups de téléphone, l'homme déclara : « Ils ont été totalement dédommagés pour ce qui leur est arrivé, sauf pour la mauvaise journée qu'ils ont dû passer. » Il dit aussi qu'il se trouvait en sécurité hors des États-Unis, ce qui, dans la terminologie McLaren, signifiait probablement qu'il était toujours au Texas.

Quant à McLaren, avant de se rendre, il s'assura que son traité international de cessez-le-feu incluait la visite conjugale d'une femme qu'il avait « épousée » peu de temps avant, au cours d'une cérémonie qui n'obéissait qu'aux lois de la République du Texas. Elle était également en état d'arrestation pour complicité dans le siège, alors, selon une décision de Cinderella Gonzalez, la juge de paix de Marfa, on les plaça tous les deux dans la même cellule.

Au cours des jours de solitude qui suivirent, dans l'attente de son jugement, McLaren se mit à écrire des lettres fleuries au *Sentinel*, proclamant son « pari d'obtenir légalement l'indépendance nationale... grâce au projet le plus élaboré jamais proposé au XXe siècle ». Pour lui, ses conditions de détention à Marfa étaient celles d'un « prisonnier de guerre » enfermé dans les « geôles du roi ». De nombreux autochtones ont regretté ouvertement qu'il n'ait pas été tué pendant le siège. Bien que McLaren soit neutralisé pour un bout de temps, certains voisins craignent que Keyes, lui, ne revienne prendre l'ambassade.

En sortant du *Sentinel*, Daphne et moi nous sommes retrouvés sur Highland Avenue, la rue principale de la ville, d'où nous pouvions voir le vieux palais de justice, avec sa coupole, son plafond à caissons, et son immense parc d'amandiers. Il est dominé par une statue de la Justice qui, selon la légende, a perdu sa balance dans les années 20, après qu'un cow-boy saoul, tout juste sorti de prison et qui venait de récupérer ses pistolets, eut tiré dessus et la lui eut arrachée des mains en hurlant : « La justice n'existe pas dans ce foutu pays ! »

Conflits

Le lendemain matin, six cents peintres, historiens d'art, architectes, critiques, journalistes, et quelques habitants de la ville se réunirent sous le toit de tôle ondulée d'une ancienne glacerie, dans un faubourg appelé Salsipuedes (« Sors si tu peux »). La salle était tellement pleine qu'on dut aller chercher, dans les locaux de l'association de vétérans du coin, des chaises portant sur leur dossier des inscriptions telles que « la AMVETS salue fièrement les policiers du poste 65 ». En ouvrant la séance, James Ackerman, historien d'art de Harvard, s'efforça de tempérer le culte Judd en décrivant l'artiste comme un homme « en guerre » contre l'architecture, moins enclin à collaborer qu'à « fulminer contre l'architecture de notre temps ».

Un gros homme était assis de l'autre côté de l'allée, à ma hauteur. C'était Frank Gehry, qui ressemblait énormément à un papi de Palm Springs. Il portait de vieux mocassins qui auraient eu grand besoin d'un coup de chiffon, une chemise blanche, un pantalon gris et un blouson de sport. Lorsque l'architecte Jacques Herzog — mince, dans le vent, vêtu avec une recherche suisse, tout en noir, l'opposé esthétique de Gehry — se leva pour faire une communication détaillée, je regardai Gehry. Herzog présenta le procédé de « tatouage » de photographies sur béton qui donnait à ses immeubles de la variété. Il parlait depuis une demi-heure lorsqu'en passant le train d'El Paso couvrit sa voix pendant près d'une minute. Je jetai un coup d'œil à Gehry. Il avait l'air exaspéré. Quand Herzog reprit sa conférence et se lança dans la projection d'une longue série de diapositives sur l'agrandissement de la Tate Gallery, Gehry, le front plissé, commença à triturer un crayon. Lorsque je regardai de nouveau vers lui, il était parti. Herzog poursuivit encore un moment, puis le directeur de Chinati l'interrompit brutalement. Il semblait que Gehry était las de cette concurrence et qu'il avait décidé d'y mettre un terme.

L'après-midi, la tension monta, et une contestation à la Judd s'éleva dès que les peintres prirent la parole. Robert Irwin, qui débuta son exposé par une échappée soutenue en direction de l'histoire de la peinture, affirma catégoriquement qu'il ne croyait pas qu'il existât quoi que ce soit au-delà du modernisme. « Si le postmodernisme est autre chose qu'une simple manière de brouiller les pistes, je veux bien qu'on me les coupe ! » brailla-t-il. Puis il régla son compte à Richard Meier, l'architecte en chef du projet du centre Getty : « Je l'ai massacré et laissé pour mort... Bien que ce ne soit pas là ma conception de la collaboration. »

C'est à peu près à cet instant que j'ai entendu un grognement. Ce n'était pas Gehry mais Shaila, du *Houston Press*, qui venait de s'évanouir à cause de la chaleur croissante. Daphne dut l'aider à sortir. Lorsque Shaila fit paraître son article, elle attribua l'incident aux effets secondaires de son séjour sur le parking pour caravanes de Marfa, et à ses options culinaires restreintes : « les émanations de mon propre pot d'échappement ». Mais sur le moment, nous ignorions tout de sa situation.

Et pendant cette agitation, Irwin ne ralentit même pas son débit. Animé par une sorte d'enthousiasme vertigineux et impie, le peintre dévoila quelques-uns des aspects les plus étranges de son travail. Il décrivit ses relations avec ses conseillers en horticulture dans les jardins du centre Getty comme « beaucoup de temps perdu à se congratuler dans des pépinières ». Pour prouver son souci du détail, il dit qu'il s'était assuré que les bancs publics seraient « doux aux fesses ». Puis il expliqua qu'il avait habillé le cours d'eau qui traverse les jardins d'un gros ouvrage de maçonnerie parce que « je ne voulais pas que ça ressemble à une salle de bains gay ». Ce qui souleva un grondement réprobateur dans l'assistance. (Plus tard, questionné sur cette déclaration, Irwin se montra à la fois désolé et circonspect : « Je ne sors pas beaucoup. Je suis un artiste ».)

L'orateur suivant, Michael Benedikt, le post-moderne, fixa Irwin droit dans les yeux à travers ses lunettes et dit : « Le modernisme est masculin et macho. Et c'est là son problème. »

Après avoir remis Irwin à sa place, Benedikt qualifia le travail artistique de « projet religieux » et donna une conférence qui puisait dans l'Ancien Testament. Dans l'esprit de Benedikt, le buisson ardent auquel Moïse se trouva confronté, à l'instar de l'art authentique, « se nourrissait de sa propre authenticité pour brûler ». Là-dessus, on nous libéra pour le dîner à Chinati.

Debout dans la file pour manger, un homme déclarait : « Nous devons tout faire pour revenir au concept originel de Marfa. » C'était John Jerome, le vieil avocat de Judd. Le repas se composait de poitrine de bœuf et de bière Shiner Bock et était servi dans l'Arena, un ancien gymnase de l'armée réhabilité par Judd. Il est difficile de dire avec exactitude en quoi consiste le « concept originel de Marfa ». Pour Judd, il s'agissait de contrôler : l'environnement, son travail, les gens dont il s'entourait. Et l'artiste russe Ilya Kabakov, auteur d'installations, notait : « La première fois que je suis venu à Marfa, ce qui m'a le plus impressionné, c'était l'incroyable accumulation de cloisonnements, comme dans un lieu saint, et en même temps, la non moins incroyable attention que les œuvres semblaient porter à la vie. Pour moi, c'était comme une sorte de monastère tibétain ; il n'y avait rien de matériel, rien du tohu-bohu de notre vie quotidienne. C'était... un univers dédié à l'art. » (Je pense toutefois que ce n'est pas de cela que Jerome voulait parler.)

Mais la présence de Kabakov à Marfa modifie le concept d'une façon significative. Kabakov, dont l'installation diffère totalement des autres œuvres importantes de Marfa, était un artiste de l'underground en Union soviétique n'ayant commencé à exposer à l'Ouest qu'à la fin des années 80. Au début des années 90, Judd l'a invité à Marfa pour qu'il y crée une œuvre. Kabakov fut « abasourdi ». Le résultat obsédant est « École n° 6 », une réplique d'une école élémentaire entière de l'ère communiste en URSS — bureaux, casiers, emplois du temps, livres en caractères cyrilliques, instruments de musique — construite dans un baraquement de Chinati, non protégée, et promise au délabrement. « Évidemment, rien n'est pire que l'école soviétique, avec toute cette discipline, cette abomination et cette militarisation, dit-il à propos de ce travail. Mais maintenant que le système s'est effondré et ne laisse plus derrière lui que des ruines, elle évoque des sentiments nostalgiques comparables à ceux que suscitent les temples de l'Antiquité. » Elle en a aussi les nuances sereines, presque spirituelles. Comme il l'explique : « Tout l'espace de l'école est baigné de soleil et de paix. Des carrés de clarté se dessinent sur le sol. Le ciel bleu est visible par les ouvertures. Il s'ensuit que l'abandon qui règne autour semble bien moins triste et déprimant. » L'installation produit l'illusion que Marfa est en Russie. Et la description par Kabakov de l'ambiance fait écho à celle qu'on lit dans un passage des *Frères Karamazov* où le frère cadet revoit sans arrêt le visage de sa mère, mais toujours dans

« les rayons obliques du soleil couchant (et c'était de ces rayons obliques qu'il se souvenait surtout) ».

En commentant une autre de ses installations, Kabakov a dit que « tout ce que nous découvrons autour de nous, tout ce que nous retrouvons dans notre passé, ou tout ce qui nous paraît possible dans l'avenir — tout cela constitue un monde de projets illimité ». Même si, semble-t-il, il met une certaine ironie dans ces paroles, il y a une parfaite symétrie entre elles et ce que Judd écrivait à propos de son goût pour la nature : « tout entière, pour tout en extraire ». Deux interprétations de la même pulsion artistique.

Ainsi Kabakov fait-il lui aussi partie du « concept de Marfa ».

Et le concept — quels que soient les épisodes ou les légendes de l'histoire de la ville qu'on ait décidé de suivre — a toujours un rapport avec la lumière.

Lumière, d'ailleurs, est le nom de famille de Marfa. Marfa Ignatievna — ce qui signifie fille d'Ignatius lequel, si l'on en croit le dictionnaire des noms propres, vient du latin *ignis*, « feu ». Ignatievna peut donc se traduire par « fille du feu ». Selon Dostoïevski, le personnage n'est « pas une femme stupide » et très vite dans *Les Frères Karamazov* elle est à l'origine d'un « événement étrange, inattendu et original » — la naissance d'un garçon que craint son mari superstitieux, qu'il traite de « dragon » — parce qu'il souffle le feu, sans doute — et dont il refuse de s'occuper. Lorsque le bébé meurt, Marfa prend le drame stoïquement. En plus de ne pas être stupide, c'est une femme stoïque — deux qualités importantes chez les femmes de la frontière. Et comme l'épouse qui a baptisé la ville d'après ce personnage devait lire le livre en russe — la première édition, allemande, ne date que de 1884 et la version anglaise ne devait pas paraître avant 1912 — elle ne pouvait pas ignorer la signification du nom.

Après avoir fait la queue pour être servis, Daphne et moi nous sommes assis avec des membres du personnel de Chinati et des artistes en résidence occupés à parler de la Fondation Lannan qui avait presque fini la réhabilitation des deux logements achetés pour y recevoir des écrivains lauréats de ses prix littéraires. Un poète anglais était attendu un mois plus tard. (Il est arrivé aujourd'hui, et il a mis la poésie de côté, manifestement, pour écrire un livre intitulé « Les Marfiens ».) L'autre grande nouvelle artistique était l'attribution à Chinati d'une bourse nationale pour entreprendre la rénovation de six bâtiments militaires et y installer l'œuvre que Dan

Flavin, artiste utilisant l'électricité, avait imaginée avec Judd et terminée après la mort de celui-ci, en 1996, sur son propre lit de mort. Il fut aussi question de Robert Irwin qui envisageait d'occuper un bâtiment vide pour y travailler sur les transparences lumineuses.

Après le dîner, la soirée se poursuivit au Lucy's Bar où, tandis que le soleil se couchait sur le décor austère de Marfa, le participant le plus considérable de ces rencontres, Frank Gehry, se vit l'objet de larges et quelque peu terrifiants égards. Ray, le propriétaire, lui permit même de s'aventurer derrière le comptoir, à côté du barman (et de bloquer l'accès à l'évier). Finalement il s'en alla pour regagner l'hôtel El Paisano, vieux et délabré, où il était le client le plus célèbre depuis que James Dean y avait résidé une semaine pendant le tournage du film *Géant*. Lorsque l'heure de la fermeture arriva chez Lucy, les gens rentrèrent chez eux ou bien allèrent contempler les feux de Marfa.

Les feux de Marfa, pas très différents en cela de Frank Gehry, sont un phénomène plutôt difficile à approcher — qu'on peut voir surtout depuis une aire de repos d'une route, à une distance imprécise, tout près de l'ancien aéroport militaire. Pour la plupart des témoins, ils font penser à un lointain essaim de lucioles, virant constamment de direction et lançant des flashes de formes variées. Mais il y a de violentes exceptions à cette abstraction. Selon certains témoignages, les feux sont animés et même intelligents. Ils se dispersent, se cachent les uns derrière les autres, changent de couleur, rebondissent dans le désert « comme des ballons de basket », s'alignent au sol « telles des balises d'atterrissage nocturne » et poursuivent les automobilistes isolés entre Marfa et Alpine. (Robert Halpern m'a parlé d'un homme sur qui les feux de Marfa ont piqué avant de le prendre en chasse en flamboyant ardemment tout au long du chemin jusqu'à l'entrée de la ville, après quoi il a juré de ne plus jamais quitter Marfa et ne l'a plus jamais quittée.) Même si le lieu idéal pour les observer reste cette aire de repos parce qu'elle domine une large étendue de désert entre Marfa et Alpine — et comprend une table d'orientation, exposée aux ravages des intempéries, qui détaille diverses explications (« feux de camps, minéraux phosphorescents, gaz des marais, électricité statique, feux Saint-Elme et "feux follets" ») —, on a constaté la présence de ces feux aussi loin que dans les monts Dead Horse, à cent kilomètres à l'est, sur les hauteurs près de Ruidosa, à une distance équivalente au sud-ouest, et dans les monts Davis, où a été construit l'observatoire McDonald, l'un des équipements les plus sophistiqués pour la recherche astronomique, à cinquante kilomètres droit au nord. D'après Lee Bennett, l'auteur marfien de quelques-uns des textes les plus emphatiques destinés à promouvoir le festival annuel des feux (prétexte à organiser tous les étés des concerts en plein air), l'observatoire lui-même avoue sa perplexité face au phénomène : « Une nuit, ils ont installé l'un de leurs télescopes au point favorable jusqu'à l'apparition des lueurs. Tous ceux qui étaient de service cette nuit-là les ont vues. Ils ont relevé les cotes de leur emplacement. Le lendemain, ils se sont rendus à l'endroit exact, certains qu'ils allaient enfin en découvrir l'origine. Et qu'est-ce qu'ils ont trouvé ? De l'herbe, des rochers, de la terre. Et c'est tout. Rien d'autre. »

Même si cette histoire prend un peu de liberté avec les faits, plus d'une équipe de scientifiques a visité le site au fil des ans, pour arriver au bout du compte plus ou moins à l'une des explications brumeuses proposées par la table d'orientation. Les croyances populaires remontant au XIXe siècle donnent de multiples interprétations, qui vont des esprits inquiets d'Indiens à des feux de camps de colons massacrés. Généralement, des observateurs plus sérieux comparent ces manifestations à des sortes de combustions. « C'était une boule de feu », dit une automobiliste à propos de ce qui a accompagné sa voiture pendant quinze kilomètres sur la route d'Alpine. « J'ai vu trois boules de feu alignées », a expliqué une femme à propos de ce dont elle a été témoin sur une route, à la sortie de la ville. Un ancien habitant d'Alpine s'est arrêté près de la table d'orientation, une nuit de printemps, et il a vu treize lueurs « traverser la plaine comme des petites balles de feu... et rouler sur la route ». Hallie Stillwell, une éleveuse juge de paix, en a repéré sur ses terres et les a vues « s'éteindre puis se raviver, encore plus brillantes. On aurait dit des flammes ». Un témoignage moins crédible émane d'un ermite qui vit dans les montagnes entourant Shafter et qui les traite d' « envoyées de Satan » et affirme qu'elles « escaladent le flanc de la montagne » près de sa cabane ; même chose pour le ragot qui colporte que les lueurs auraient mis le feu à un camion appartenant à un couple d'enquêteurs scientifiques et auraient rendu les deux hommes, selon les mots d'un professeur anglais de l'université Sul Ross, « complètement idiots en une seconde ».

Lee Bennett lui-même rapporte ce cas dans une de ses brochures :

> Je suis un historien local. Aussi lorsque quelqu'un meurt en ville, les familles me donnent-elles la plupart du temps des documents que cette

personne a conservés. Eh bien, une certaine dame vivant dans un ranch situé à l'ouest de Marfa avait tenu un cahier de réflexions sur la flore et la faune régionales ainsi que sur l'environnement en général. Mais l'une de ces notes attira tout particulièrement mon attention. Elle écrivait de sa main qu'elle avait emprunté en voiture une vieille route au fond d'un canyon — à plus de trente kilomètres du site habituel d'observation — plusieurs années plus tôt. Elle n'était pas ici depuis longtemps et, en regardant sur sa droite, elle vit les monts Chinati. « C'est une montagne assez imposante, non ? », remarqua-t-elle. Son ami lui répondit que c'était l'une des plus hautes du secteur. « Et il y a une route qui descend du sommet ? » demanda-t-elle, étonnée. Son ami la considéra bizarrement et dit : « Mais non, il n'y a pas de route qui descende du Chinati. — Alors pourquoi est-ce que je vois des lumières dévaler à toute vitesse le flanc de la montagne ? » Le texte décrivait plusieurs lumières se précipitant du haut de la montagne pour foncer directement sur eux. Elles se mirent à danser dans le canyon et montèrent même sur le capot de la voiture. Elle racontait : « J'éprouvais une sensation étrange. Nous n'avions pas peur du tout. En réalité, une sorte de chaleur nous avait envahis. »

Il y a eu aussi bon nombre de commandos antifeux — des sceptiques qui partaient pour « les attraper » et revenaient chaque fois humiliés. Dans les années 70, une entreprise qui projetait d'enterrer dans le secteur une décharge d'uranium se livra à diverses enquêtes toutes plus stériles les unes que les autres. Dans les années 80, un professeur de sciences de l'université Sul Ross mobilisa un important groupe d'étudiants et de volontaires contre les feux, avec des talkies-walkies et des avions d'observation pour coordonner leurs déplacements. Mais chaque fois qu'ils s'approchaient, les feux disparaissaient ou se retrouvaient instantanément hors de portée. Pat Keeney, un géologue de Fort Worth, fit un voyage d'études à Marfa et fut captivé par les feux. Dans l'espoir de découvrir leur origine, il se lança dans une série d'expériences de façon à éliminer les phares de voitures et toutes les autres sources de luminosité d'origine humaine, puis il parvint à délimiter le cadre possible restant. Il revint alors, en compagnie d'Elwood Wright, un autre géologue, et tous deux virent sur une petite route de campagne deux lumières filant non loin. Keeney a publié le récit de ce qui s'est passé ensuite :

> On aurait dit qu'elles se déplaçaient à deux cents ou trois cents kilomètres à l'heure, mais je n'avais évidemment aucun moyen de le vérifier. Les lumières effleurèrent plusieurs chevaux, les bousculant presque. Ces chevaux se mirent à ruer et à foncer dans un massif de cactus en essayant de

fuir. Les lumières se rapprochèrent jusqu'au bord de notre route et s'immobilisèrent. Plusieurs fois, j'avais vu des lueurs près du vieux hangar abandonné du terrain d'aviation. Eh bien, l'une de nos lumières se dirigea vers ce hangar, tandis que l'autre demeurait là, sur le bas-côté. Elle contourna un buisson, comme si elle avait deviné que nous allions essayer d'avancer vers elle. On aurait dit qu'elle était douée d'intelligence — que cette chose était plus maligne que nous. Ce qui nous donnait le sentiment d'être stupides. C'était un globe parfait, à peu près de la taille d'un melon, et je traversai le buisson comme si j'y cherchais quelque chose. Lorsque la lumière s'immobilisait, elle se ternissait, mais dès qu'elle bougeait elle redevenait éclatante. Finalement, elle alla se placer au milieu de la route à une vingtaine de mètres de nous et resta là, comme en suspension. J'avais laissé tourner le moteur et Elwood dit : « Enclenche une vitesse et fonce. On va l'écraser. » Aussitôt, elle devint vraiment brillante et fila comme une fusée.

Fritz Kahl, le maire de Marfa, traite la plupart des témoignages visuels d' « histoires à dormir debout » (bien qu'il ait un certain respect pour Keeney). Bien avant d'entrer à la municipalité, Kahl a été instructeur militaire de vol à l'ancienne base de Marfa et il s'est trouvé en présence des feux une nuit à bord d'un avion d'entraînement de la Deuxième Guerre mondiale. Comme il a échoué à s'en approcher, il les a chassés de sa mémoire (comme l'aurait fait tout Marfien sain d'esprit). « Le meilleur moyen de voir les feux, c'est de vider un pack de six canettes de bière en compagnie d'une jolie femme », se plaît-il à déclarer aujourd'hui.

Il n'empêche que les feux sont bel et bien là, et presque chaque week-end (comme le premier soir du symposium), les gens s'assemblent au bord de la route dès le coucher du soleil et passent la soirée sur place. Ce n'est qu'après minuit que la foule se disperse et rend la route aux conditions qui favorisent le plus souvent les apparitions.

> Certains prétendent que l'endroit était ensorcelé... aux premiers jours de la colonisation ; d'autres qu'un vieux chef indien, prophète ou magicien dans sa tribu, tenait ses palabres à cet endroit avant l'arrivée des pionniers... Ce qui est sûr, c'est que ces lieux subissent encore la loi des pouvoirs occultes qui se sont emparés de l'esprit des bonnes gens... Ils se laissent aller à toutes sortes de croyances irrationnelles ; ils sont sujets à des transes et à des visions, sont fréquemment les témoins de manifestations bizarres et entendent de la musique ou des voix dans l'atmosphère... La vallée est le théâtre d'apparitions d'étoiles filantes et de scintillements de météores bien davantage que n'importe quel autre point du pays.

Ce qui précède ne s'applique pas à Marfa, mais ce serait crédible jusqu'au moindre détail. C'est ce que Washington Irving nous dit de Westchester, État de New York, la région où rôdait le Cavalier sans tête. Et pour l'automobiliste qui veut se rendre très tard dans la nuit de Marfa à Alpine, la tentation n'est jamais très éloignée de s'identifier à Ichabod Crane espérant traverser Sleepy Hollow, avec Paisano Pass, où les feux semblent aller se réfugier, en écho au pont de l'église où le Cavalier « disparaissait dans un éclat de feu ».

Le dernier jour du symposium, ce fut le tour des vedettes, Gehry et Oldenburg, de prendre la parole. Et les affirmations singulières et provocatrices repartirent de plus belle. « Je suis pour un art qui ne reste pas assis sur son cul dans un musée », déclara Oldenburg. Lui et sa femme, Coosje van Bruggen, également sa collaboratrice, se relayaient au pupitre, l'un parlant pendant que l'autre s'occupait du projecteur de diapositives. Van Bruggen, évoquant les idées généralement répandues chez les architectes sur la sculpture dans ses relations à l'architecture, déclara n'y voir « rien de plus qu'une crotte dans le caniveau ». Comme Irwin la veille, ils semblaient tous remontés. Parmi leurs diapos, il y avait une proposition de sculpture représentant deux chasses d'eau géantes destinées à être installées sur la

Tamise, près du travail de Jacques Herzog pour la Tate Gallery (pour lequel ils affichèrent bientôt un dédain sans équivoque). Lorsque Gehry commença à s'exprimer, l'air était déjà chargé d'une certaine tension.

« Don Judd détestait mon travail », dit Gehry, qui semblait goûter un plaisir pervers à cette constatation. C'était peut-être la sobriété des lieux qui le provoquait, mais il se fit un devoir de défendre le Guggenheim contre l'accusation de surcharger la présentation des œuvres (l'antithèse de tout ce qu'on pouvait reprocher aux espaces nus et à l'aspect épuré des installations de Judd à Marfa), en précisant que les « artistes désirent que leur travail soit exposé dans un endroit prestigieux ». (Là non plus, ce n'était pas exactement le « concept marfien ».) Gehry parla alors d'une autre de ses œuvres récentes, un restaurant de fruits de mer surmonté d'un poisson regardant bien en face l'hôtel cinq étoiles situé de l'autre côté de la rue. « Le propriétaire m'a dit qu'il ne voulait pas que ses clients soient confrontés au trou du cul d'un poisson », expliqua Gehry. Parmi ses futurs projets, figuraient la Condé Nast cafétéria de New York (une ébauche montrait la serveuse de la Condé Nast selon Gehry, en jupe courte et bas nylon, envoyant un baiser), ainsi qu'une porte monumentale pour la ville de

Modène, en Italie. Le maire de Modène avait offert une subvention de un million de dollars, « mais quelques voyages aller et retour pour l'équipe et la somme couvrira à peine les frais d'avion », déclara Gehry. « Et puis, il est hors de question qu'à Modène je descende dans un quelconque hôtel El Paisano. »

Après les communications, les participants se réunirent autour d'une longue table fabriquée par Donald Judd pour discuter de l'état de leurs travaux. Les failles idéologiques ne tardèrent pas à se faire jour. Irwin tira une ultime rafale en direction des critiques, les invitant à la sodomie passive. Coosje van Bruggen prit Jacques Herzog pour cible à propos de son extension de la Tate Gallery, qualifiant l'ensemble de « pitoyable ». Exaspéré, Herzog affronta le public et cria : « Ce n'est pas de la daube ! » Mais avant de pouvoir continuer, il fut interrompu par Roni Horn qui lui vola la vedette en lançant : « Toute cette architecture n'est au fond qu'une affaire sexuelle. » Il y eut un remue-ménage dans la salle et un Gehry rayonnant leva les poings au-dessus de sa tête comme un champion du monde.

« Et là-dessus, dit Horn, je rentre à New York. » Tout le monde applaudit pendant que Gehry et Irwin lui emboîtaient le pas, suivis de

Herzog (qui adressa un geste hostile à van Bruggen). Les autres artistes les imitèrent bientôt. « KO par jet de l'éponge », annonça le modérateur. Il ne restait plus sur scène que des universitaires qui s'obstinaient à parler dans les micros.

Cet après-midi-là, après que tout le monde eut quitté la ville, Daphne alla courir et moi je retournai au Lucy's Bar. J'entendis un autochtone raconter au barman qu'il « n'avait jamais vu autant de gens habillés en noir ». Le barman lui répondit : « Ici, nous avions l'architecte le plus célèbre du monde ! » Je commandai une Lone Star et entendis le barman dire à un autre client : « On croyait qu'on allait vendre plein de bière mexicaine — mais ils voulaient tous de la Lone Star. »

Quelque chose à Marfa avait agacé tout un tas d'architectes, de peintres et de chercheurs. Six cents d'entre nous avaient dû essuyer des engueulades, des passages de savon, des reproches à n'en plus finir, des assauts et des invectives — pas du tout ce qu'on pouvait attendre d'un symposium. Dans cette atmosphère tendue, des rumeurs circulaient sur un vieux différend entre un photographe d'art et la fondation Judd, trouvant sa conclusion dans un procès à plusieurs millions de dollars (révélé par le *Sentinel* la semaine suivante).

En surface, bien sûr, Marfa n'avait fait

qu'accueillir des peintres et des architectes célèbres. Mais l'idée que je m'en faisais, c'était qu'ils avaient, eux, accueilli Marfa. Marfa s'était insinuée en eux. Et ils s'étaient montrés, en conséquence : acariâtres, intransigeants, magnifiques, moches, généreux, saugrenus ; tout cela sans compter. Comme des Marfiens.

Quelques autres personnalités connues sont passées par Marfa :

Katherine Anne Porter
John Waters
Denis Johnson
Dennis Quaid
Martha Stewart
David Kaczynski
W. S. Merwin
Neil Armstrong
Gwyneth Paltrow
Holly Brubach
James Caan
Selena
Elvis.

J'aimerais pouvoir dire que l'endroit est bénéfique aux artistes. Ce n'est pas impossible. Mais je crois qu'il agit plus bizarrement. Les relations y semblent moins amicales que volatiles. (Et j'y sens une sorte de force destructrice.) Katherine Anne Porter, qui a vécu ici lorsqu'elle était petite (c'est Flavin, le fils de Judd, qui occupe actuellement sa maison), détestait cet endroit. Elvis a chanté non loin d'ici mais n'est jamais revenu. Une caverne dans le désert, près de la ville de Terlingua, a servi de refuge à David Kaczynski, le frère de Unabomber. Et W. S. Merwin, qui est fasciné par les feux, préférerait être le seul à en avoir entendu parler.

Je pense que pour les artistes, les meilleurs lieux sont ceux qui sont eux-mêmes ; qui ont un certain degré inné de confiance en eux — bronzés par cette authenticité dont parlait Benedikt. Et Marfa est ce qu'elle est. Moins peut-être « l'univers dédié à l'art » de Kabakov qu'un lieu susceptible d'engendrer des impulsions : créatrices, destructrices, inédites — mais en tout cas authentiques.

Et on a bien mieux à faire que de se soucier de son insouciance. Dans le cours de l'année prochaine, il se pourrait bien que nous ayons une centaine d'hommes dans les mines d'argent près de Shafter, à creuser dans le cadre d'un programme de dix à quinze ans, et qui mangeront chez Carmen à des tables voisines de celles de Seamus Heaney, A. R. Ammons ou William Trevor — tous trois retenus sur la liste Lannan des candidats à une résidence à Marfa. La Entrada al Pacifico, couloir commercial ouvert par l'Accord de libre-échange nord-américain (ALENA), bouleverse l'économie régionale, avec une augmentation de cent pour cent des passages de la frontière depuis le Mexique, l'an dernier. On cultive des tomates hydroponiques dans d'immenses serres juste à la sortie de Marfa, la métamorphosant en ville du désert exportatrice d'eau, exactement comme le voulait Judd. (C'est une vision étrange : d'énormes superstructures de verre et d'acier qui aspirent l'eau du sous-sol. Bien qu'il y ait là-dedans quelque chose d'indéniablement marfien.) Les douaniers, pour le meilleur ou pour le pire, se concentrent à Marfa. Des nouveaux venus ont racheté les sources d'eau chaude, ainsi que quelques-uns des bâtiments qui faisaient partie du domaine Judd, et ils ont rendu aux premières leur destination publique. En janvier dernier, on a installé un réseau ATM (celui que Marfa avait il y a quelques années a été mis hors service, faute d'avoir jamais fonctionné — mais celui-ci le fera peut-être). Les choses bougent. Loin d'être moribonde, Marfa est viable par elle-même. Comme me le disait l'autre jour Robert Halpern dans un e-mail : « Dans leur majorité, les gens qui viennent s'établir ici lisent la même partition que nous autres, les autochtones : il faut qu'une ville change et grossisse, sinon elle meurt. Marfa survivra malgré nous tous. »

Et bien sûr, « feux mystérieux » n'est pas une mauvaise expression pour désigner les gens qui passent sans arrêt par Marfa. Des gens tels que Irwin, Kabakov, Judd et Peter Reading, le premier de la liste Lannan à avoir obtenu satisfaction, un sceptique toujours entre deux verres, avec une ardoise chez Lucy, qui aime bien traîner autour de Chinati en grognant contre le prix qu'ont dû coûter ces satanées boîtes ; ou bien, dans un style très marfien, provoquer ses bienfaiteurs en se vantant de sa résidence : « On attend de moi que je ne fasse rien. Et ça me convient. » Mais beaucoup d'autres semblent avoir trouvé le chemin de Marfa. Quelques semaines après le symposium, un accordéoniste « conjunto », Santiago Jimenez Jr., l'un des interprètes, avec son frère Flaco, de musique traditionnelle les plus respectés sur la scène Tex-Mex, nous a rendu visite. Il a fait le tour de la ville à pied, en jouant pour les vieux, dans les centres d'aide sociale, pour les vétérans, pour tous ceux qui voulaient l'écouter. Le journal a publié des photographies fantastiques de lui en train d'improviser avec des musiciens locaux. Je ne sais plus combien de temps il s'est baladé par ici, mais on aurait dit qu'il avait décidé de rester, de rester, et de rester encore — et il est apparu dans près de quatre numéros du *Sentinel*, devenant par là une figure de la ville. Et puis un jour il s'est volatilisé et on ne l'a pas revu.

Pour notre dernière nuit, Rob Weiner, de la Fondation Chinati, nous a dit que nous pouvions quitter le Thunderbird Motel et nous installer dans l'un des immeubles de l'institution. Heureusement, une partie de la philosophie de Donald Judd pour ce qui est des lits prévoit qu'il doit y en avoir un dans pratiquement toutes les galeries. Nous avons choisi l'immeuble John Chamberlain, un ancien magasin de mohair de dix mille mètres carrés encombré de sculptures à base de voitures compressées. « Ça vous plaira », nous a assuré Rob. À deux heures du matin, je me suis réveillé en sursaut. Les fenêtres tremblaient, l'air vibrait, et des rugissements et des sifflements semblaient s'échapper de la salle de bains. Le bruit augmenta encore et encore en intensité, jusqu'à me convaincre que quelque chose allait défoncer la porte. « Lève-toi ! hurlai-je. C'est le fantôme de Donald Judd ! » Et le train d'El Paso s'éloigna.

Le Double Zéro

RICK MOODY

Mon père était partisan des valeurs du Middle West ; il était pour la famille ; il était pour une poignée de main franche ; il était pour le vague flirt maladroit avec la serveuse chez Howard Johnson. Jusqu'à l'âge de trente-quatre ans, il a travaillé dans une de ces exploitations agricoles appartenant à une multinationale et créées à partir de fermes familiales en déconfiture. Vue du ciel, on aurait dit un échiquier. C'était près de Bidwell, Ohio. Je ne sais plus si c'était la Archer Daniels Midland ou Monsanto, ou une autre entreprise du même genre. La parcelle dont je parle a été ensuite vendue à des promoteurs. Je suppose que c'était plus avantageux de vendre là et d'acheter ailleurs. Le lotissement qui a poussé sur ce terrain s'appelait le Domaine des Prairies d'or même s'il n'y avait pas la moindre prairie. C'est là que nous avons habité après le licenciement de mon père. Il se trouvait au bar, près de la voie ferrée, quand il a appris la nouvelle.

Ensuite, il a été embauché chez Sears, au rayon perceuses. C'est à peu près à ce moment-là qu'il a rencontré M'man. Elle avait jadis remporté un concours de beauté, Miss Bidwell Scandinavie. Ils se sont mariés après de longues fiançailles. M'man, sans doute du fait de sa couronne de Miss, était impatiente (et moi aussi, car je vins très vite m'ajouter au tableau) de voir mon père s'approprier un morceau de cette fortune américaine qui s'étalait partout autour d'elle. Elle avait bon espoir. Elle allait avoir sa part. Le préfabriqué sans étage du Domaine des Prairies d'or, eh bien, c'était un peu étroit, sans compter qu'il tombait en ruine, et on avait pour voisin un marchand de voitures d'occasion que personne n'aimait. J'ai entendu une rumeur selon laquelle ce mec, Stub, ce voisin, avait des cadavres d'adolescents enterrés dans sa cave. Il faut dire que l'Ohio détenait le record national des tueurs en série, ça n'avait donc rien de bien surprenant. Ma mère convainquit mon père de changer de travail, et d'en choisir un où les chances d'avancement seraient meilleures. *Il n'avait quand même pas l'intention de vendre des perceuses toute sa vie, non ?* Son plan, c'était l'élevage des lapins angoras. Il se laissa faire. Et vous le savez sans doute, ça se multiplie vraiment, ces lapins. En fait, c'était moi qui m'en occupais. Il y avait des dizaines de cages avec des lapins qui pissaient et qui chiaient partout dès qu'on avait le malheur de soupirer, et en plus, figurez-vous, il fallait traiter leur laine sur un *véritable métier à tisser*. Pour le cas où on aurait voulu gagner un minimum d'argent. Moi, je ne tissais rien à l'époque. J'étais trop petit. Mais vous imaginez. Il est apparu très vite que ma mère n'avait pas assez de patience pour tout ça.

Alors, on est passés aux ifs. Il y avait dans l'if une substance chimique censée entrer dans la composition d'un médicament contre le cancer. C'était sans doute en ville que ma mère avait chopé l'idée. Il faut dire que presque tout le monde au Domaine des Prairies d'or portait une perruque, et donc personne ne s'est étonné lorsque, par la suite, on a découvert que le lotissement avait été bâti sur une ancienne décharge de chrome. En tout cas, nous avions un demi-arpent d'ifs déjà plantés sur un bout de terrain loué à la fabrique de nylon du coin, qui contenait aussi des déchets de métaux bien capables de décimer les ifs. Moralité : on a réussi à synthétiser le médicament, en laboratoire, dès la fin de l'année.

Puis M'man a eu un coup de foudre pour les lamas. Elle est allée à la bibliothèque municipale de Bidwell. À la section commerce. Pour lire ce qu'ils avaient sur les lamas. Mais qu'est-ce qu'on peut bien en faire, je vous le demande ? Se tricoter un pull ? *Eh bien, c'est comme ça qu'on s'est lancés dans les autruches.* L'autruche est un animal poétique, permettez-moi de vous le dire. Sa vie est jalonnée de drames. C'est le plus gros oiseau de la planète. L'autruche mesure presque deux mètres cinquante de haut, pèse dans les cent cinquante kilos et abrite un cerveau à peine plus volumineux que celui d'un pigeon. Elle a deux orteils. En vitesse de pointe, elle peut atteindre soixante-quinze kilomètres à l'heure, et vous pouvez me croire parce que j'en ai été témoin. Imaginez que vous êtes à un bout de notre ferme, le ranch Double Zéro, que vous tenez à la main un seau à pop-corn rempli de maïs, et que cette autruche vous charge à peu près à la vitesse d'un semi-remorque fonçant sur l'autoroute. Un peu comme un pigeon piquerait sur vous, sauf que le pigeon aurait la taille d'une camionnette. L'expression stupide affichée en permanence par l'autruche mérite un commentaire, elle aussi, pour le cas où vous n'en auriez pas croisé une récemment. Elles respirent par la bouche, en tout cas elles ont toujours le bec qui pend légèrement. Ce détail vous dit à peu près tout ce que vous avez envie de savoir. Une case de vide, abonné absent. Elles me faisaient penser à Zechariah

Dunbar, un gamin attardé que j'avais connu à l'école primaire. Il est mort depuis. Quoi qu'il en soit, l'important c'est que les autruches passent leur temps à essayer de plaquer les autres autruches au sol, et à s'asseoir dessus dans l'intention de les baiser, en se foutant pas mal que ce soit un mâle ou une femelle. Et puisqu'il est question de sexe et d'autruches, je parierais que les hommes qui travaillaient à la ferme de mon père essayaient de se taper les produits du ranch Double Zéro. Avec un cerveau aussi minuscule, il était évident que l'autruche n'aurait jamais l'idée de prendre pour un outrage les tendres assauts d'un desperado du Middle West. En fait, c'est stupéfiant qu'un cerveau gros comme un petit pois niché dans un crâne d'autruche parvienne à diriger l'autre extrémité de son grand corps. Stupéfiant que les impulsions électriques puissent traverser une telle distance en se jouant de cette énorme masse, *viande rouge garantie*, par quintaux, comme vous l'apprendra n'importe quelle brochure, et avec *un taux de graisse étonnamment bas*. Au vrai, *ça a le goût du poulet*, affirmait encore ma grand-mère avant son étouffement. Alors bon, on pourrait presque dire que l'autruche est vaguement un oiseau. Mais elle ne ressemblait pas à un oiseau, et quand il y en avait trois ou quatre cents, à foncer en masse à soixante-quinze kilomètres à l'heure, à écraser les rongeurs et à essayer d'avoir des relations sexuelles avec tout le troupeau, trois ou quatre cents acquises grâce à un prêt de la banque de dépôts de l'Ohio, eh bien, on aurait vraiment dit un congrès d'espèces menacées dans un Holiday Inn. On s'attendait à voir arriver un couple de mammouths laineux en rut ou une escouade de tigres à dents de sabre.

Mais je m'écarte un peu de mon sujet. Ce que je voulais, c'était vous parler des œufs d'autruche. Après dix années d'efforts pour rentabiliser le ranch Double Zéro, mes parents ont dû tout vendre et se déclarer en faillite. C'est la triste vérité. Il n'y avait pas de honte à ça. Tous les gens qu'ils connaissaient étaient en faillite. Pratiquement tout le monde, à Bidwell, avait son compte bancaire bloqué. Une fois l'affaire Double Zéro liquidée, il ne nous restait plus que quelques œufs d'autruche, comme ceux que mes parents vendaient devant la ferme, sous une toile de tente, aux automobilistes. Il y avait trois panneaux, à quatre cents mètres les uns des autres. D'abord : *Venez voir les autruches ! À 2 km !* Puis le deuxième : *Œufs d'autruche ! 5 $ pièce !* Et enfin le dernier : *Donnez à manger aux autruches ! Si vous l'osez !*

Je me souviens d'avoir fourni moi-même le mode d'emploi à un couple venu de la côte est.

C'était les premiers volontaires depuis des semaines pour nourrir les autruches. Je leur ai remis les seaux à pop-corn. Ils étaient très bien habillés. *Si vous voulez, vous pouvez prendre du maïs dans la main pour l'offrir aux autruches, mais ce qui est sûr, c'est que moi j'éviterais de faire ça, parce que je les ai vues soulever un gamin et le faire tournoyer en l'air comme un mouchoir avant de le lancer par-dessus la clôture et de lui casser le cou. Ou bien vous pouvez tendre le seau et les autruches se piétineront à mort pour être les premières devant vous, et alors une de ces têtes creuses vous fondra dessus avec une force incroyable et emportera carrément le seau. Ou encore vous pouvez éparpiller les grains de maïs au pied de la clôture électrique et foutre le camp, c'est la solution que je choisirais sans hésiter si j'étais vous.* Qui aurait l'idée de passer par Bidwell, pensais-je, sinon des fugitifs tentant d'échapper à une impitoyable chasse à l'homme ? Ce couple-là, qui se moquait de ces pauvres oiseaux tarés, c'était certainement le genre à sodomiser toute une classe de bambins, à dévaliser une riche dame de Park Avenue, à cacher son corps et à hacher menu quelques adolescents avant de disparaître pour profiter de ses fonds de pension.

Quoi qu'il en soit, le ranch entra dans notre vie et en ressortit, et on s'est bientôt retrouvés dans une vieille El Dorado avec cent quatre-vingt mille kilomètres au compteur. J'étais assis à l'arrière, en compagnie de cinq douzaines d'œufs d'autruche. Papa avait quarante-huit ans, dans ces eaux-là, et il était chauve, et il avait une bedaine, et, à cause de l'échec de tous ses plans de chercheur d'or, il était découragé et aigri. Il n'ouvrait la bouche que pour critiquer les hommes politiques. Sur le plan récriminations, il était sans étiquette. Rien à dire. Œcuménique. Et les seuls cheveux qui restaient sur sa vilaine tête, au bout de tous ses soucis, c'étaient deux touffes au-dessus des oreilles, comme s'il était lui-même un poussin d'autruche. Parce que, vous savez, quand ils sortaient de la coquille, ces poussins ressemblaient à des fœtus humains. En fait, j'ai entendu dire qu'un être humain et une autruche ont trente-huit pour cent d'ADN en commun, ce qui est énorme quand on y pense. Donc P'pa avait l'air d'une autruche, ou bien d'un de ces survivants du cancer du Domaine des Prairies d'or qui racontaient sans arrêt qu'ils se sentaient comme un million de dollars même s'il était évident qu'ils se sentaient plutôt comme un dollar et demi. M'man, en revanche, malgré ses mauvais choix de carrière, avait l'air de plus en plus jolie. Elle passait toujours deux heures chaque matin à se maquiller avec pinceaux et crayons dans une gamme baptisée *Belladone*.

Pour ce qui est du volume, un œuf d'autruche équivaut à deux douzaines d'œufs normaux. Il y a deux litres de daube liquide à l'intérieur. Ce qui signifie que si vous êtes cuistot dans un graillon, un seul de ces œufs peut vous sauver la mise. Et peut-être bien pour une journée entière. L'œuf d'autruche a approximativement la taille d'un ballon de foot, mais il a la forme d'un œuf ordinaire. Et c'est une chose qu'on m'avait appris à dire aux touristes, *Remarquez la forme traditionnelle de la coquille.* L'œuf d'autruche est tellement parfait qu'on pourrait le croire faux. On dirait qu'il est en plastique. En réalité, les mecs qui ont inventé le plastique en ont peut-être eu l'idée en étudiant la perfection de l'œuf d'autruche. Personnellement, je n'ai jamais pu manger un de ces œufs d'autruche sans redouter de voir apparaître un petit oisillon, parce qu'ils ressemblaient tellement aux fœtus humains, ou à la vision que j'avais des fœtus humains d'après les photos de l'encyclopédie illustrée. Et si tu avalais un oisillon ? Fais gaffe ! Mais enfin, en tartines, ils étaient épatants.

Au fil des ans, mon père avait constitué toute une collection d'autruches monstrueuses en vue de les exhiber. Des tas d'accidents génétiques pouvaient se produire dans un troupeau d'autruches, par exemple une autruche à quatre pattes, ou une autruche à deux têtes, ou une autruche sans tête du tout mais avec un corps gigantesque. Il se peut que le nombre d'anomalies génétiques dans notre élevage ait eu un rapport avec la faible distance entre notre ferme et la papeterie qui rejetait de la dioxine, à moins que ce ne soit avec le chrome ou le PCB, ou je ne sais quoi encore. Il y avait toujours un truc. Ce qui compte, ici, c'est que ces anomalies rendaient P'pa heureux, d'une certaine manière, parce qu'elles enrichissaient la *collection* qu'il emporterait, le moment venu, en quittant le ranch Double Zéro, et il n'y avait pas de mal à ça. Sauf qu'il me restait bien peu de place, sur la banquette arrière, entre les œufs et les monstres.

Le restaurant que nous avons ouvert n'était pas situé à Bidwell, car nous avions de mauvais souvenirs de Bidwell, après la saisie et tout. Nous n'avions guère d'autre possibilité que d'aller plus loin, là où les choses étaient moins chères. Nous avons atterri à Pickleville, où ça n'était vraiment pas cher, d'accord, mais où il n'y avait vraiment rien à faire. À Pickleville, autrefois, les habitants tuaient les chats errants. On leur donnait une prime pour ça. On apprenait aux enfants à éliminer toute forme de vie sauvage. Pickleville avait aussi une gare où le train s'arrêtait une fois par jour. M'man se dit qu'avec une gare aussi proche, il y avait toutes les chances que les gens aient envie de passer un moment dans un restaurant de cuisine familiale. Et ce fut donc Chez Dizzy, d'après le surnom que nous avions donné à notre poussin d'autruche *à deux têtes*. Esthétiquement, notre restaurant était dans le style *dîner*, vous voyez, en forme de suppositoire, aluminium et chrome, avec un juke-box par table. Nous vivions derrière le bâtiment. J'avais de la chance. Je fréquentais une excellente école, et je me fis des copains très bon genre qui me traitaient de *péquenaud* et m'accusaient d'avoir des rapports intimes avec des bêtes.

Mes parents achetèrent une enseigne au néon et installèrent une étagère sur laquelle mon père disposa ses autruches expérimentales, puis ils s'attelèrent à la cuisine, préparant des *sandwiches de dinde*, des *poissons panés*, du *hachis de dinde* et des tas de machins contenant du *bœuf fumé en tranches*. À peu près tout, dans notre restaurant, était à base de bœuf fumé en tranches. M'man décida que nous resterions ouverts le soir (de cette façon, elle ne verrait plus mon père, qui travaillait à d'autres horaires) pour les trains de marchandises qui se vidaient de temps en temps de leurs « passagers » à Pickleville. Les vagabonds entraient avec l'air persécuté de qui n'a jamais rien possédé, jamais eu d'adresse fixe. Il arrivait que ces types commandent un œuf au plat et là,

P'pa essayait de les convaincre de prendre un œuf d'autruche. Il en descendait un, et les vagabonds soupesaient l'œuf et on parlait *gros sous* et les vagabonds s'en allaient.

Mon idée, c'est que P'pa était persuadé que les gens du Middle West étaient sympathiques, ouverts, et que, malgré son échec dans tout ce qu'il avait entrepris jusqu'alors, malgré sa mélancolie galopante, il parviendrait à se montrer chaleureux et empressé avec ceux qui pousseraient la porte de son restaurant. C'était sa stratégie de *l'aubergiste jovial.* C'était sa tentative de la dernière chance. Il essayait de sourire aux clients, et même à moi, et il essayait de sourire à ma mère, et ça marchait. J'entrepris de sourire au chat de gouttière qui partageait notre caravane. Je tâchai même de sourire, à l'école, à ceux qui me traitaient de péquenaud. Mais c'est là qu'un œuf d'autruche est venu tout gâcher.

Un soir de pluie, j'étais encore debout assez tard, à esquiver mes devoirs, lorsque j'entendis un hurlement vraiment terrifiant en provenance du restaurant. Un appel au secours, impossible à confondre avec autre chose qu'un appel au secours. J'en ai eu la chair de poule. Mon père a surgi dans la caravane, en larmes et cassant tout. Ce que je me rappelle le plus précisément, c'est que ma mère, qui ne touchait jamais le bonhomme, lui caressa sa calvitie, comme si elle voulait effacer toutes ses rides de soucis.

Voilà ce qui s'était passé : Joe Kane, un commerçant de Bidwell, attendait son père, procureur républicain de Bidwell, qui devait arriver ce soir-là par le train. Un procès important s'était tenu dans la capitale de l'État. Le train avait du retard et Joe traînassait dans le restaurant à boire des cafés et à écouter tout le répertoire de Merle Haggard sur le juke-box. Au bout de deux heures sans avoir adressé la parole à mon père, Joe se crut obligé de dire quelque chose. Il se lança et lâcha négligemment :

« J'attends mon père. Au train. Il est en retard, apparemment. »

On peut imaginer que P'pa avait si longuement pensé à ce corps, là, sous ses yeux, à ce corps qui se trouvait être le fils du procureur, qu'il commençait à se sentir vraiment mal à l'aise. Une écume blanche vint s'amasser aux commissures de ses lèvres. Et comme aux échecs lorsque le jeu se déploie dès l'ouverture, peut-être P'pa essayait-il d'envisager toutes les pistes de discussion avec Joe Kane, de façon à tenir prêtes quelques reparties spirituelles, en prenant, de ce fait, du retard sur le présent.

Il prononça ces mots immortels : « Alors ça boume ?

— Ça boume ? » répondit Joe Kane.

Est-ce qu'on dit encore des choses pareilles ? Est-ce que des formules de politesse pour feuilletons télé destinés aux enfants peuvent encore exister dans ce monde de massacres dans les cours de récréation et de sectes religieuses suicidaires ? Mon père n'allait pas tarder à lui sortir *le petit coin, demi-bock, tra la la*, et *faisons crac-crac*. Il ne savait pas travailler autrement. Il avait repéré dans son manuel le chapitre sur les stratégies de conversation intitulé *un mépris foudroyant s'affiche sur le visage de votre interlocuteur*, et, d'après le manuel, la seule solution était de continuer à se montrer amical, aussi y était-il résolu.

« Euh, très bien, vous connaissez celle qui dit à quel point Christophe Colomb, celui qui a découvert notre pays, était un imposteur ? Il l'était, sans aucun doute. Il se vantait de pouvoir faire tenir un œuf debout, ce qui n'est possible, c'est bien connu, qu'au moment des équinoxes. Et quand il s'est rendu compte qu'il n'arrivait pas à faire tenir l'œuf, il a écrasé le bout. C'était peut-être un œuf dur, je n'en sais rien. À l'évidence, ce n'était pas un si grand homme que ça, s'il était obligé d'écraser le bout de l'œuf pour le faire tenir debout. Moi je me demande pourquoi on s'impose toutes ces cérémonies commémoratives annuelles en son honneur, puisqu'il a menti pour l'œuf. Et sans doute sur d'autres sujets, aussi bien. Il jurait qu'il n'avait pas écrasé le bout alors qu'il l'avait écrasé. Ce n'est pas honnête, comme comportement. »

Pour illustrer son propos, mon père s'empara d'un œuf d'autruche sur l'étagère où une demi-douzaine d'autres attendaient d'être cuisinés. Le comptoir luisait d'un vernis de vieux bacon, de sirop de maïs et de beurre et de miel et de mélasse et de salmonelles. Il y posa l'œuf.

« Sacré œuf, remarqua Joe Kane. C'est quoi ? Un œuf nucléaire ? Vous le sortez d'un réacteur ?

— J'en sais davantage sur les œufs que n'importe qui sur la terre entière, marmonna mon père.

— Je n'en doute pas une seconde.

— Cet œuf va se plier à ma volonté. Il va se soumettre à mon pouvoir magique.

— Puisque vous le dites. »

Mon père essaya de faire tenir l'œuf en équilibre sur la pointe, sans succès. Il essaya plusieurs fois. Personnellement, je n'arrive pas à comprendre pourquoi les gens s'excitent tant pour faire tenir les œufs en équilibre. On ne voit jamais personne essayer de faire tenir debout des gourdes ou des ballons de rugby. Mais il semble que les hommes aient essayé de faire tenir des œufs en équilibre depuis que les œufs existent.

C'est peut-être parce que nous venons tous d'un *ovum*, même si le nôtre ne ressemble pas exactement au spécimen auquel mon père continuait à vouloir faire faire des pointes sous le nez de Joe Kane, mais puisque nous venons tous d'une sorte d'*ovum* et que nous ne pouvons pas remonter plus loin dans notre origine physique, nous sommes peut-être un peu des demeurés en ce qui concerne les *ova*, même si, d'autre part, il faut bien que ces *ova* aient été pondus par des poules, et vice versa. N'essayez pas de m'embrouiller. Joe fut obligé de déplacer sa tasse à café, qui se trouvait sur la trajectoire de la coquille. À deux reprises. Mon père ne faisait aucun progrès dans le dressage de son œuf d'autruche, alors pourquoi s'obstinait-il ?

Ensuite, P'pa descendit de l'étagère les bocaux de formol, et commença à présenter à Joe Kane quelques autruches difformes. Au cours de sa conférence sur les monstruosités, il appelait de nombreux oiseaux par leur nom. Il montra à Joe le fœtus à deux têtes, Dizzy ; *c'était le petit poussin le plus doux du monde*, puis celui à quatre pattes. Il lui fit voir ensuite deux ou trois jeux d'autruches siamoises, y compris Roméo et Juliette. *Ces deux-là couraient plus vite qu'un diable sorti de sa boîte.* La voix de mon père enflait. Il était fier de sa famille. Il abîmait son regard dans le formol jaunâtre.

Joe Kane cherchait un moyen de s'échapper. Il ressemblait lui aussi à une autruche, à ce moment-là, à respirer par la bouche, véritable compère de bonneteau attendant que le spectacle forain commence et que les vrais monstres, les propriétaires du cirque en personne, ne reculant devant rien, collent un os sur le front d'un poney Shetland et le baptisent licorne, juste pour le plaisir de prononcer le divorce entre badauds et portefeuilles. Il n'y avait donc pas de meilleur endroit où s'abriter des seaux de pluie qui tombaient du ciel ? ruminait Joe. Il devait bien y avoir un quelconque appentis ou n'importe quoi d'autre. Du bon côté des voies.

« Cet oiseau-là a deux *appendices mâles*, et je connais pas mal de gars qui voudraient bien en avoir deux, eux aussi. Vous imaginez tous les avantages qu'ils pourraient en tirer auprès des dames ? »

Est-ce que vous avez déjà noté que dans le Middle West on ne s'embrasse pas ? Ce petit bisou sur la joue qu'on n'arrête pas d'échanger plus à l'est ? *Content de te voir !* Ça n'existe pas par ici, dans le Middle West. Ça explique que certains éleveurs d'autruches aient des rêves romantiques et que, repoussés par leurs femmes, ils quêtent quelque part des regards complices, y compris chez les créatures qui respirent par la bouche, si nécessaire. Ils rentrent chez eux, ces travailleurs, et trouvent des épouses qui débitent des litanies de récriminations, alors ils remontent dans leur camionnette et filent au bistrot le plus proche. Et là ils chantent leurs chansons tristes. Un jour, mon père a vu un homme tapoter gentiment l'épaule d'un autre après une discussion amicale sur un match de base-ball. C'était dans un fast-food. Sur le coup, il avait été malade de jalousie. Et c'est pourquoi, après avoir montré à Joe Kane l'autruche à deux pénis, il décida *de donner à Joe une tape sous le menton*, en signe de bon voisinage. Mon père fit le tour du comptoir — c'était un homme corpulent, je crois vous l'avoir déjà dit, cent vingt-cinq kilos, et plus de un mètre quatre-vingt-dix — et comme Joe Kane s'apprêtait à descendre de son tabouret, mon père lui *donna une tape sous le menton*.

« Détendez-vous donc un moment, l'ami ; je vais vous apprendre à faire entrer un œuf d'autruche dans une bouteille de Coca. Et une fois ce tour de magie accompli, vous pourrez emporter cette bouteille de Coca en souvenir. Ce sera mon cadeau. Alors voilà comment j'opère. Je fais chauffer l'œuf dans du vinaigre ordinaire, en vente n'importe où, ça ramollit la texture de la coquille, ensuite il me suffit de le glisser dans cette bouteille d'un litre de Coca, que j'ai également achetée au supermarché du coin, et quand l'œuf est à l'intérieur, il reprend sa forme et sa consistance initiales. Quand les gens vous demanderont comment vous avez réussi ce miracle, il ne faudra pas leur dire. D'accord ? C'est notre secret. Marché conclu ? »

Que pouvait répondre Joe ? P'pa avait déjà mis le vinaigre à cuire sur la cuisinière. Une fois l'œuf chauffé selon ce procédé, mon père essaya de l'enfiler dans la bouteille de Coca, mais le résultat fut décevant. La bouteille bascula et roula derrière le comptoir. P'pa voulut recommencer. Pendant ce temps, le train arrivait. Des heures s'étaient écoulées. Le train sifflait à l'approche de la gare. Mon père forçait l'œuf d'autruche, qui n'avait pas l'air ramolli le moins du monde, contre l'étroit goulot de la bouteille, sans aucun succès. Peut-être lui aurait-il fallu une bouteille *à large goulot*.

« La dernière fois, ça marchait très bien.

— Écoutez, il faut que j'y aille. Le train arrive. Mon père...

— *Restez assis sur ce tabouret*. Vous allez pas nous faire chier à glander là pendant deux heures à boire un ou deux cafés, des cafés à quatre-vingt-cinq cents, et c'est tout ce que j'aurai gagné de la semaine, *fils de pute*. Moi, je connais un endroit où il entrerait facile, cet œuf. Espèce d'enfoiré. »

Et c'est ce moment-là, évidemment, que l'œuf d'autruche a choisi pour éclater, tel un geyser, telle une explosion visant à détruire l'amour-propre de mon papa. Sa glaire stérile, par litres entiers, a éclaboussé toute la salle, depuis le comptoir jusqu'aux tabourets, au toaster, à l'assiette de beignets rassis. Et là, Joe Kane, qui avait déjà atteint la porte, à l'abri des dommages, est parti *d'un rire aigre*. Mon père, le visage décoré de coulures de blanc d'œuf, s'est emparé d'un deuxième spécimen et a tenté de le jeter à la figure de l'ennemi. Mais vous comprenez, c'était comme vouloir remporter le championnat de lancer du disque. Il a accroché la première table, et l'œuf a explosé sur le dessus du juke-box, brouillant toute une liste de titres des Judds.

L'événement qui suivit, évidemment, ce fut le cri glaçant dont je vous ai déjà parlé. Je suis désolé qu'il apparaisse deux fois dans ce récit, mais maintenant il est en situation. Mon père, seul dans le restaurant, tel l'ours proverbial dans son piège, poussa son cri de détresse, effrayant les habitants de Pickleville à des kilomètres à la ronde, surtout les petits enfants. Les gens qui trouvent du plaisir à se mêler des affaires des autres auraient pu spéculer à propos de ce cri, en supposant par exemple que mon père était humilié parce que son tour avec l'œuf d'autruche avait raté, ou qu'il traversait une crise de désespoir pour n'avoir jamais su *saisir sa chance*. Et ces gens-là auraient eu raison jusqu'à un certain point, mais il leur aurait manqué un élément que moi, je possède, et dont je vais vous faire part. En réalité, mon père a hurlé parce qu'il devait affronter un problème gastro-intestinal honteux. C'est vrai. Ça ne constitue pas, je le reconnais, une partie essentielle de l'histoire, mais une importante entreprise alimentaire lançait des friands au fromage contenant une graisse artificielle acide, et cette importante entreprise testait ses friands devinez où ? Dans l'Ohio. Beaucoup de marques testaient leurs produits dans l'Ohio, car elles pensaient que les habitants n'étaient pas informés. Ces friands au fromage étaient bon marché, c'est sûr, une véritable aubaine en comparaison de la concurrence, et en plus ils avaient un goût de cheddar. Le seul problème c'était que vos intestins, petit et gros, refusaient la graisse acide, et qu'ils l'expulsaient à raison d'un volume équivalant à deux ou trois cuillères à soupe. En plein dans votre caleçon, en un résidu huileux qui ne partait pas au lavage. Tout dépendait de la quantité de friands absorbés, évidemment. Si vous en mangiez un plein sachet, ça pouvait être pire. Et donc, pour dire toute la vérité, en plus d'avoir de *l'œuf sur la figure*, mon père avait souillé son froc. C'était une rude journée.

Vous aimeriez bien savoir comment je suis au courant de tout ça, de tous ces détails, de tout ce qui est arrivé à mon père dans son restaurant, d'autant plus que je n'étais pas là et que mon père n'en a jamais parlé. Surtout pas de *la fuite anale*. Il faut dire qu'il n'a plus tellement parlé, de quoi que ce soit, après ce jour-là, sauf pour récriminer contre l'équipe de l'Ohio pendant la saison de football. Vous aimeriez bien savoir comment j'en connais aussi long sur l'âme de l'Ohio, puisque je n'étais qu'un adolescent à l'époque, donc forcément maussade et renfermé. Et alors qu'est-ce qui nous reste dans cette nation d'abondance, si ce n'est le mystère de l'imagination ? Ma mère était couchée, à élaborer un plan, comment sortir de là, comment me procurer une vraie bibliothèque. Une nuit, elle a rêvé qu'elle s'échappait de la zone, de tout un chapelet de masures et de logements donnant sur les voies ferrées. Rêvé d'un garçon en forme d'oiseau en forme d'histoire, un garçon qui a un garçon qui a un garçon : le rêve toujours plus minable de génération en génération, comme les rêves d'aujourd'hui dans lesquels jouent en vedettes Chuck E. Cheese (Féerie spéciale anniversaire interprétée par Chuck E. Cheese et ses amis musiciens !) ou Cracker Barrel ou Wendy's ou Arby's ou Red Lobster ou l'Outback Steakhouse ou Boston Chicken ou Taco Bell ou Burger King ou TCBY ou Pizza Hut ou Baskin Robbins ou Friendly's ou Hard Rock Café ou KFC ou IHOP ou Frisch's Big Boy. Descendez carrément vers Sam's Discount Warehouse, Midas, Target, Barnes and Noble, Home Depot, WalMart, Super KMart, Tout à 99 Cents. Mon étal est tout au bout. Les œufs de ce comté, putain, c'est les plus gros œufs que vous avez jamais vus de toute votre vie.

Le plafond

KEVIN BROCKMEIER

Le ciel était magnifique ce jour-là, baigné de soleil, vaste, bleu. Une bande de nuages flottait à l'horizon, des rouges-gorges et des hirondelles s'appelaient dans les arbres. C'était le septième anniversaire de mon fils Joshua ; nous le fêtions dans le jardin. Il s'amusait sur la balançoire avec les autres enfants ; Melissa et moi étions avec les parents, assis sur la terrasse. Plus tôt dans l'après-midi, une montgolfière à nacelle avait décollé du champ, au bout de notre pâté de maisons, et nous avait survolés en crachant des flammes. Joshua dit à ses amis qu'il connaissait le pilote. « Il s'appelle Mister Clifton, affirma-t-il, tandis que les autres levaient la tête puis l'abaissaient lentement. Je l'ai vu l'année dernière dans le parc. Il m'a emmené avec lui dans les airs et il m'a laissé lâcher un ballon de foot dans une piscine. On a failli rentrer dans un hélicoptère. Il m'a dit qu'il passerait pour mon anniversaire. » Joshua se protégea les yeux contre le soleil. « Vous l'avez vu faire bonjour ? demanda-t-il. Il vient de me faire bonjour. »

Quelle drôle d'histoire.

La montgolfière dérivait doucement ; elle exposait en pivotant tous les triangles et les plis de son tissu. Nous entendîmes les enfants se remettre à jouer. Mitch Nauman glissa ses lunettes de soleil dans la poche de sa chemise. « Vous avez remarqué comment les gosses de leur âge utilisent leurs jouets ? » fit-il. Mitch était notre voisin. Il vivait seul avec son fils Bobby, le drôle de meilleur ami de Joshua. Son autre meilleur ami, Chris Boschetti, était l'enfant d'un couple de cadres supérieurs d'une firme de cosmétiques. Ma femme surnommait ces deux gamins « le Riche et le Drôle ».

Mitch pinça le haut de sa chemise pour s'éventer. « La fonction réelle d'un jouet est pour eux comme un obstacle, dit-il. Ils inventent un nouvel usage pour tout. »

Je tournai les yeux vers le jardin. Joshua essayait de grimper sur un des supports de la balançoire. Taylor Tugwell et Sam Yoo étaient debout sur le pivot. Adam Smithee jetait des poignées de cailloux sur le toboggan, pour les voir rouler jusqu'au sol.

Ma femme ôta une de ses sandales avec la

pointe de son pied. « Jouer comme il faut, ça n'est pas drôle, dit-elle. C'est une contrainte. » Elle coinça entre deux orteils le bois de la chaise longue de Mitch. Il renversa la tête au soleil, elle tendit les muscles de ses mollets.

Mon fils était un adepte des objets volants. Les murs de sa chambre étaient couverts d'affiches de rapaces et d'avions de chasse. Il avait accroché au plafond une maquette d'hélicoptère. Son gâteau d'anniversaire, posé devant moi sur la table de pique-nique, était décoré d'un dessin de vaisseau spatial : une fusée blanc argenté, avec décharges de propulseur. J'avais espéré que le pâtissier ajouterait quelques étoiles (le modèle de glaçage comportait des paillettes de sucre jaune), mais je fus déçu en ouvrant la boîte. Voici donc ce que je fis : pendant que Joshua était accroupi sous la balançoire en fouillant dans sa poche, j'enfonçai chaque bougie dans le gâteau jusqu'à ce que n'émerge que la mèche, avec un petit bout de cire. Puis j'appelai les enfants. Ils vinrent en arrachant des mottes de gazon.

Je craquai une allumette, on entonna *Joyeux Anniversaire*, j'enflammai les bougies.

Joshua ferma les yeux.

« Souffle sur les étoiles », dis-je. Il gonfla les joues.

Une fois tous les enfants rentrés chez eux, je

m'attardai dehors avec ma femme. Chacun enfermé dans son silence. Les lumières de la ville scintillaient dans la nuit. Joshua dormait dans sa chambre. Un engoulevent lançait régulièrement son cri, quelque part au-dessus de nous.

Melissa ajouta un glaçon dans son verre et l'agita bruyamment. Je regardai un grand nuage se déchirer dans le ciel. La pleine lune brillait, mais au bout d'un moment elle me parut endommagée, comme marquée d'un léger défaut. Peu à peu, je compris de quoi il s'agissait. Il y avait sur sa face blanche un petit carré noir, très net, pas plus gros qu'une dent. Je n'aurais su dire s'il était placé sur la lune elle-même ou s'il était suspendu devant. On aurait dit une fenêtre taillée dans la roche, ouvrant sur les ténèbres de l'espace vide. Je n'avais encore jamais rien remarqué de semblable.

« Qu'est-ce que c'est que ça ? » fis-je.

Melissa poussa un soupir, bref, profond et affligé.

« Ma vie est un désastre », dit-elle.

En une semaine, l'objet dans le ciel nocturne avait nettement grossi. Il apparaissait au crépuscule, quand l'air devenait rouge sombre, et il restait là, telle une brume granuleuse, une masse translucide suspendue à l'horizon. Il masquait la lueur des étoiles, semblait passer devant le disque de la lune, mais il ne bougeait pas. Les gens de ma ville, voyant sa taille augmenter, se demandaient s'il s'étendait ou s'il s'approchait ; et nombreuses étaient les suppositions. Gleason, le boucher, prétendait qu'il n'y avait là rien de réel, que c'était une illusion. « C'est à cause des satellites, dit-il. Ils dévient la lumière comme des lentilles. C'est seulement une impression. » Il parlait d'un ton calme et assuré, mais sans lever les yeux de sa planche à découper.

L'objet n'était pas visible dans la journée, et pourtant nous sentions sa présence chaque matin en nous réveillant : il y avait comme une tension inhabituelle, un étrange déséquilibre dans l'air. En sortant pour aller au travail, nous éprouvions une sorte de lourdeur dans nos pas, comme si la force de gravitation avait changé, s'était intensifiée.

Melissa passait ses journées à faire les cent pas dans la maison. Je la regardais s'abîmer en elle-même. Le soir de l'anniversaire de Joshua, elle s'enroula dans les draps pour pleurer dans l'oreiller. Je me penchai sur elle pour la caresser et elle me repoussa : « Je t'en prie, arrête, allonge-toi. J'ai juste besoin de dormir. » J'allai humecter une serviette dans la salle de bains, la pliai en quatre, et la posai dans une cuvette sur sa table de nuit.

Le lendemain matin, dans la cuisine, tandis

qu'elle allait jeter le filtre à café, je lui demandai si elle se sentait mieux.

« Ça va », répondit-elle en appuyant sur la pédale de la poubelle, qui s'ouvrit dans un bruit de plastique.

« C'est à cause de Joshua ? » continuai-je.

Elle s'arrêta net, le filtre au bout de sa main tendue. « Il y a un problème, avec Joshua ? » fit-elle. Il y avait une nuance d'inquiétude dans sa voix.

« Il a sept ans, maintenant », dis-je. Et, comme elle ne répondait rien, j'ajoutai : « Tu n'as pas vieilli d'un jour depuis qu'on s'est rencontrés, ma chérie. Tu le sais bien, non ? »

Elle souffla dans ses narines : c'était une manière de rire, mais je ne savais pas ce qu'elle voulait exprimer, réfutation amère ou approbation joyeuse. « Il ne s'agit pas de Joshua, dit-elle en jetant enfin le filtre dans la poubelle. Mais merci quand même. »

Ce ne fut qu'au début de juillet qu'elle se montra de nouveau détendue à la maison. L'objet dans le ciel était désormais assez gros pour dissimuler la pleine lune. Mes amis affirmaient n'avoir pu déceler aucun changement d'attitude chez ma femme ; elle avait selon eux les mêmes gestes, les mêmes habitudes, la même façon de parler. En un sens, ils avaient raison ; car c'était surtout lorsque nous étions seuls que je remarquais une différence. Après avoir couché Joshua, nous restions un moment dans le salon, et alors, si je lui posais une question, ou si le téléphone sonnait, il y avait dans sa réaction quelque chose de brusque et de réticent, comme si elle percevait le monde par-delà un abîme. En de pareils moments, il était clair pour moi qu'elle était ailleurs, qu'elle s'était construit un abri avec le bois, l'argile et la pierre de ses pensées les plus intimes, et qu'elle s'y était enfoncée, en fermant la porte. La seule question était de savoir si cette personne que je voyais s'approcher de la fenêtre allait ouvrir les volets ou tirer les rideaux.

Un samedi matin, Joshua me demanda de l'emmener à la bibliothèque, où se donnait une lecture de contes. C'était presque midi, le soleil allait s'assombrir à son zénith ; comme chaque jour, les ombres de nos corps allaient se rétrécir du côté de l'ouest, disparaître brièvement dans la suie du point culminant, pour s'étendre vers l'est et se perdre en bordure du monde. Je me demandais parfois si je reverrais jamais mon ombre se rassembler à mes pieds. « Est-ce que Bobby peut venir ? » me demanda Joshua, tandis que je laçais mes chaussures.

Je hochai la tête, en bouclant les lacets en ailes de papillon. « Va donc le chercher », dis-je. Et il partit au galop.

Melissa était assise sur les marches du perron. Je m'agenouillai à côté d'elle. « J'emmène les gosses en ville », dis-je. Je l'embrassai sur la joue, lui caressai la nuque. Je sentis bouger entre mes doigts ses petits nuages de cheveux.

Elle leva la main pour m'arrêter. « Chut ! Écoute. »

Les oiseaux se taisaient, les insectes se mettaient à bruire. L'air s'emplissait d'une rumeur apaisante.

« Écouter quoi ? » chuchotai-je.

Melissa baissa la tête, comme pour calculer quelque chose. Puis elle leva les yeux vers moi. Pour toute réponse, et comme avec lassitude, elle ouvrit les bras au monde entier.

Avant que je la quitte, elle me posa une question : « On n'a pas grand chose en commun, pas vrai ? »

La terrasse de la bibliothèque était pavée de briques rouges. Des cornouillers étaient plantés dans des fossés le long de la clôture ; il y avait çà et là des bancs de métal rouillé sur des socles de béton. Une actrice d'une troupe de théâtre de rue déclamait sous un réverbère, debout derrière un pupitre, les mains croisées, comme si elle s'adressait à une caméra. « D'où vient cet objet ? disait-elle. Qu'est-ce que c'est ? Quand cessera-t-il de descendre ? Comment sommes-nous arrivés ici ?

Et vers où allons-nous ? Les savants n'en savent rien. Dans une interview à la radio, le docteur Stephen Mandruzzato, directeur du prestigieux institut Horton d'études astronomiques, s'est contenté de dire : "Nous ne savons pas. Nous ne savons pas du tout." » J'entraînai Joshua et Bobby Nauman, je passai avec eux les lourdes portes de verre sombre de la bibliothèque, et nous prîmes nos sièges dans la salle de lecture des enfants. Mes genoux se cognaient aux tables trop basses, l'air était chargé de cette odeur douceâtre et laiteuse typique des écoles primaires. Bobby Nauman se mit à jouer avec Joshua. Il demandait : « Devine où je suis ? », et disais « tu brûles » ou « tu gèles » selon les réponses. D'abord il fut dans une plante en pot, puis sur mon col de chemise, enfin entre les déflecteurs d'une bouche d'aération.

Au bout d'un moment, le conteur se mit en place. Il dit bonjour aux enfants, s'éclaircit la gorge, ouvrit son livre à la page du titre, et lut : « Chicken Little. »

Tandis qu'il lisait, le soleil d'après-midi se mit à briller, répandant par les vitres des rayons de feu.

Joshua entra au cours moyen en septembre. Son nouvel instituteur nous adressa une liste de fournitures indispensables, dont nous fîmes l'achat une semaine à l'avance : trousse, crayons, colle, règle, cahier, boîte de couleurs, mouchoirs en papier. Le jour de la rentrée, Melissa prit une photo de Joshua agitant la main devant la maison, dans une lumière blanche et dure, avec son cartable au dos, et son déjeuner à la main. Puis il alla l'embrasser, avant de rejoindre le Riche et le Drôle dans la voiture de ramassage.

L'automne s'étira à sa façon lente et douillette. Vers la fin novembre, le maître de Joshua demanda à ses élèves de rédiger un petit texte sur les animaux de la région. La page qu'écrivit mon fils avait pour titre : « Où sont passés les oiseaux. » Nous l'affichâmes avec des aimants sur la porte du réfrigérateur.

> Il y avait beaucoup d'oiseaux près de chez nous, mais ils sont tous partis. Personne ne sait où ils sont allés. J'en voyais plein dans les arbres. Il y en avait un au zoo. Je lui donnais à manger quand il était petit. Il a grandi. Les oiseaux sont partis pendant que personne ne regardait. Il n'y a plus de bruit dans les arbres maintenant. Les branches ne bougent plus.

Tout cela était vrai. À mesure que l'objet grossissait dans le ciel et paraissait descendre sur notre ville, les oiseaux puis les insectes avaient disparu. Mais il fallut que je lise le texte de Joshua pour m'apercevoir que, les mois passant, le silence accompagnait désormais chaque lever du soleil, et que les arbres restaient muets.

L'atmosphère avait changé. Une crainte confuse hantait les cœurs. Je me souviens nettement d'un incident qui eut lieu chez le coiffeur de la grand-rue, par un froid mardi d'hiver. J'étais assis, enveloppé d'une blouse de nylon. Wesson me coupait les cheveux, et je sentais l'odeur mentholée de son chewing-gum. « Qu'est-ce que vous pensez du temps, aujourd'hui ? » fit-il en ricanant, sans cesser de me tailler la nuque.

On commençait toujours par des blagues sur le temps, dans les bureaux et dans les bars, depuis que l'objet, lisse et miroitant comme une plaque d'obsidienne — « le plafond », ainsi que le nommaient les journaux —, était descendu au niveau des nuages. Je répondis comme d'habitude : « Plutôt couvert, non ? » Et Wesson éclata d'un rire complice.

C'était un de ces hommes qui passent leurs journées dans l'attente de l'occasion de leur vie. Son travail l'occupait entièrement, il ne s'était jamais marié, et il reportait toute son affection sur les enfants de ses clients. « Quelque chose finira bien par m'arriver », disait-il souvent en fin de conversation, avec dans ses yeux une lueur prouvant qu'il en était intimement convaincu. Cette conviction avait paru flancher à la mort de sa mère. Rentrant chaque soir dans la petite maison où il avait vécu avec elle, il se sentait perdu, jouant seul aux cartes, ou feuilletant distraitement des revues, jusqu'à tomber de sommeil. Et même lorsqu'il riait avec un client, son regard restait vide, comme si une flamme vitale l'avait abandonné. Sa gaieté semblait une réaction de désespoir. Ce n'était qu'une question de temps.

« Comment va la jolie madame ? » me demanda-t-il.

Je regardai son visage dans le miroir qui se reflétait en série dans un miroir placé en face, sur le mur opposé. « Elle ne se sentait pas très bien, ces temps derniers, répondis-je. Mais je crois qu'elle est en train de s'en sortir.

— Tant mieux, tant mieux ! fit-il. Et comment vont les affaires, à la quincaillerie ? »

Je lui dis que les affaires allaient bien. J'étais à ma pause déjeuner.

La clochette de la porte tinta, un courant d'air froid balaya les cheveux répandus sur le sol. Un homme que nous n'avions encore jamais vu se pencha vers l'intérieur de la boutique. « Vous n'avez pas vu mon parapluie ? demanda-t-il. Je ne retrouve pas mon parapluie. Vous ne l'avez pas vu ? » Il disait cela d'une voix trop forte, dure, haut perchée, et frémissant d'inquiétude ; ses mains étaient prises d'un tremblement visible.

« Je ne sais pas ce que j'ai ici », répondit Wesson, avec un sourire vide, montrant ses dents. Ses mains s'agrippaient au dossier de mon fauteuil.

Une sensation d'apesanteur emplit soudain la pièce.

« De toute façon, vous ne me le diriez pas, hein ? fit l'homme. Ah, bon sang, vous autres ! »

Alors il s'empara du cendrier pour le lancer dans la vitrine.

Un nuage de cendres s'abattit sur lui ; mais la vitrine ne fit que vibrer dans son cadre. Puis le cendrier roula sur le sol et heurta le porte-journaux. L'homme épousseta un mégot collé à sa veste. « Ah, vous autres ! » répéta-t-il. Et il s'en alla en laissant la porte ouverte.

Il était tard dans l'après-midi quand je sortis à mon tour. Je sentais le vent d'hiver répandre autour de moi l'odeur du talc que Wesson avait saupoudré sur ma nuque. Le plafond emplissait le firmament, couvrant toute l'étendue de la ville. Je voyais les lueurs des réverbères se refléter comme des milliers d'étoiles dans sa surface noire. Je me dis que si rien ne changeait maintenant, si le plafond se contentait de rester ainsi pour toujours, nous pourrions finir par oublier sa présence, et admettre la nouvelle carte du ciel qu'il nous proposait.

En arrivant, je croisai Mitch Nauman qui sortait de ma maison. Il tenait le sac à dos de Bobby.

« Il oublie ça partout, dit-il. En classe, chez toi, dans les bus. Je crois que je devrais l'attacher à sa ceinture. » Il se racla la gorge. « Nouvelle coupe de cheveux, hein ? Pas mal.

— Ouais, je commençais à devenir hirsute. »

Il hocha la tête en claquant la langue. « À bientôt », fit-il. Et il rentra chez lui, après avoir crié à Bobby de ne pas grimper n'importe où.

Et puis l'objet descendit au niveau de la cime des arbres. Le vent se fit plus violent, en s'engouffrant dans l'étroit espace séparant la chaussée du plafond. Il poussait constamment un sourd mugissement dans les rues, et hurlait la nuit contre les murs de nos maisons. Les gens, en sortant de chez eux, se penchaient pour affronter les rafales. Dans toute la ville, on se serait cru coincé entre des gratte-ciel par jour de tempête.

Un dimanche matin, je décidai d'aller sur la tombe de mes parents. Le cimetière était envahi de mauvaises herbes au printemps, et il était plus prudent de nettoyer les parcelles. Melissa et Joshua dormaient encore quand je pris ma douche. Je tâchai d'être le plus silencieux possible dans la salle de bains. Je tirai la chasse et regardai le bouillonnement de l'eau ; le bruit était couvert par le sifflement du vent dans les canalisations. Le soleil du matin perça à l'horizon, puis disparut.

Dans le cimetière, je vis une femme frotter la saleté d'une plaque commémorative, tandis que son petit garçon lançait en l'air une balle de tennis. Il essayait d'atteindre le plafond ; mais, au moment où il allait y parvenir, la balle changea brusquement de direction avant de retomber. Il n'y avait personne d'autre. Les seules présences visibles étaient celles des arbres et des monuments.

La tombe de mes parents était propre et nette. Vu la rareté du soleil, les herbes n'avaient guère poussé. Je n'avais donc pas grand-chose à faire. J'enlevai les cailloux et les feuilles mortes, j'ôtai des vases les tiges de roses fanées, je raclai une bande de mousse. Agenouillé devant la pierre qui les unissait, j'imaginai mon père et ma mère vivant au-dessus du plafond, marchant dans un champ de hautes herbes, au soleil, sous un ciel pommelé de nuages blancs, elle, dans sa robe, se penchant pour humer une fleur, lui, la tenant par la taille, tous deux ignorant que le monde au-dessous se courbait vers le sol.

À mon retour, Joshua était assis sur le canapé du salon, en train de regarder la télé, en mangeant un gros beignet dont la confiture jaune lui coulait sur le dos de la main. « Maman est sortie faire une course », dit-il.

À ce moment-là, l'image sur l'écran dansa et se

brouilla de flocons lumineux. Puis elle se rétablit. Un émetteur s'était écroulé dans la semaine : le premier d'une longue série. La qualité de réception, dès lors, ne cessa de baisser.

« J'ai fait un rêve cette nuit, dit Joshua. J'ai rêvé que mon ours tombait dans une grille d'égout sur le trottoir. » Il avait un ours en peluche rapiécé avec des agrafes en plastique ; je le lui avais offert quand il était bébé. « J'essayais de le rattraper, mais je n'y arrivais pas. Alors je me suis allongé par terre et j'ai tendu le bras. Et j'ai regardé à travers la grille, sous le trottoir. J'ai vu un autre côté de la ville. Il y avait des gens dans tous les sens, des voitures, des arbres, des lumières. Le trottoir était comme un pont, et, dans mon rêve, je pensais : "Pourquoi je ne me suis pas souvenu de ça ?" J'ai encore essayé d'attraper mon ours, mais je ne pouvais pas soulever la grille. »

La présentatrice de la météo pleurait à l'écran.

« Mais tu savais où était ce trottoir ? demandai-je.

— Oui.

— Devant la boulangerie, hein ? » Melissa garait souvent sa voiture à cet endroit. J'y avais vu un gosse jeter des cailloux dans une grille d'égout.

« Oui, peut-être.

— Tu veux qu'on aille voir comment c'est ? »

Joshua tira sur le lobe de son oreille, les yeux dans le vague. Puis il haussa les épaules. « D'accord », dit-il.

Je ne sais pas ce que j'espérais trouver là-bas. Sans doute était-ce un simple coup de tête, une envie de révélation, un désir de vision. À l'âge de Joshua, j'avais rêvé que je découvrais dans ma maison une nouvelle porte qui menait de la cave aux rayons aseptisés et suréclairés d'un drugstore. Je la franchis, je fus ébloui par un éclair, et je me réveillai assis sur mon lit. Et, durant plusieurs jours, en passant devant la porte de la cave, toutes les possibilités me parurent se multiplier, comme si mon esprit s'était ouvert à une autre géographie, à la véritable carte interne du monde, dessinée selon nos croyances et nos idées.

Je partis avec Joshua pour le centre-ville. Nous croisâmes un groupe de gens qui fixaient l'horizon en plissant des yeux. Il y avait entre le bureau de poste et la bibliothèque une trouée vers l'ouest, et l'on s'arrêtait souvent là pour contempler la ligne lointaine et bleue du ciel. Nous poursuivîmes notre chemin. Joshua s'arrêta enfin devant la boulangerie Kolburm, près d'une poubelle et d'un distributeur de journaux, entre lesquels convergeaient les lueurs de deux réverbères. « C'est là », dit-il en montrant du doigt une grille d'égout à nos pieds. On pouvait voir en dessous une rigole d'écoulement, asséchée et jonchée de feuilles mortes.

« Eh bien, il n'y a rien du tout, là-dedans, dis-je. C'est décevant.

— La vie est décevante », répliqua Joshua.

Il répétait une phrase de sa mère, une de celles qu'elle rabâchait depuis quelques mois. Puis, comme sur un signal, il regarda en l'air, et ses yeux s'illuminèrent. « Hé ! fit-il. Voilà maman ! »

Melissa était installée derrière la vitre d'un restaurant, de l'autre côté de la rue. Et je vis, assis en face d'elle, Mitch Nauman qui lui parlait, d'un air détendu et souriant. Ses chaussures gisaient sur le sol. Leurs mains se joignaient sur la table, il lui effleurait la jambe gauche du bout de ses orteils, lui caressait le mollet avec l'arc de son pied. C'était clair comme une mélodie.

Je pris Joshua par les épaules. « Voilà ce que je te demande de faire, dis-je. Tu vas frapper sur la vitre près de maman. Quand elle tournera la tête, tu lui feras bonjour de la main. »

Il m'obéit docilement ; il traversa la rue, tapa deux ou trois fois sur la vitre, et fit un signe quand sa mère sursauta sur sa chaise. Mitch Nauman retira son pied. Melissa reconnut son fils. Elle pencha la tête et lui répondit en agitant le bout des doigts. Puis elle croisa mon regard, la main suspendue en l'air. Son expression devint soudainement agitée, puis, aussi soudainement, vide. Elle me fit songer à une pelouse d'où s'envolerait brusquement une bande d'oiseaux. Je sentis une pointe de douleur dans la poitrine. Et je rappelai Joshua. « Allez, mon petit, on rentre à la maison ! »

Le lendemain matin, avant notre réveil, le château d'eau de la ville s'écroula, déversant des tourbillons dans les rues. Hankins, l'épicier, qui avait assisté au drame, nous le décrivit à l'heure du déjeuner. « Je passais devant en voiture pour aller au travail quand ça s'est produit, dit-il au groupe formé autour de lui. J'ai d'abord entendu un craquement, et puis j'ai vu onduler les supports. Vlan ! » Il frappa la table du plat de la main. « Toute cette eau ! Elle montait autour de la voiture. J'ai perdu le contrôle. Les flots m'ont emporté comme un bateau en papier. » Il sourit, leva un doigt, l'appuya sur une canette de soda ouverte pour la renverser. Le liquide gazeux jaillit en moussant sur la table. Tout le monde recula pour ne pas être aspergé.

Le reste de la ville connut un sort semblable dans les jours qui suivirent. Tout s'effondrait sous le poids du plafond, panneaux et réverbères, cheminées et statues, sirènes d'alarme et enseignes de restaurants, lignes à haute tension et poteaux téléphoniques, immeubles et clochers. Les arbres répandaient sur le sol leurs aiguilles et leurs feuilles, avant de se pulvériser, les plus solides se fendant brusquement le long du tronc, les plus flexibles pliant avant de céder. Des ouvriers installaient des lampes le long des trottoirs, en prenant l'électricité sur des câbles souterrains. Le plafond résistait à tout. Il cassait les mèches des perceuses, il brisait les dents des scies, il repoussait les flammes. On s'y meurtrissait les poings. L'antenne télé fut arrachée de notre toit, pour atterrir sur la haie dans un fouillis de fils. Une plaque de plâtre tomba sur la table de la cuisine pendant que j'y dînais. Plus tard j'entendis claquer une poutre du salon, puis du couloir, puis de la chambre. C'était comme un coup de feu tiré dans une pièce close. Melissa et Joshua avaient fui dans le jardin. Je les rejoignis. Un gosse dans la rue avait grimpé sur un tas de gravats pour jouer à Atlas supportant sur ses épaules courbées le poids de l'univers. Un homme sur un escabeau collait une réclame au plafond : Chez Carson. Melissa serra contre elle les pans de sa veste. Joshua me tira par la manche. Une crevasse se fit sous les bardeaux du toit, et nous vîmes notre maison s'effondrer en une masse de brique et de mortier.

J'étais étendu par terre, sentant une racine d'arbre au creux de mes reins. À côté de moi étaient allongés Melissa, puis Mitch Nauman. Joshua et Bobby, qui avaient joué sans but toute la journée dans le jardin, s'étaient endormis à nos pieds. Le plafond était descendu au niveau d'une table basse. Je voyais le grain de ma peau se refléter à sa surface. Par-dessous le gémissement du vent, j'entendais un petit bruit : le ronflement chaud et régulier des câbles électriques sous le trottoir.

« As-tu jamais pensé que notre place était ailleurs ? » demanda Melissa. Puis elle se tut, parfaitement immobile. « C'est comme un brusque avertissement », ajouta-t-elle enfin.

Sa voix semblait se figer au-dessus d'elle.

J'observais depuis des heures la buée de mon souffle sur la surface du plafond. Un voile en forme de champignon masquait mon reflet, et je pouvais en modifier la taille en contrôlant ma respiration. Je réagis à la question de Melissa, la première qu'elle me posait depuis plusieurs jours, en expirant soudain par le nez. Deux gouttes apparurent sur la plaque. Mitch Nauman chuchota à l'oreille de ma femme quelque chose que je ne parvins pas à distinguer. Je fus saisi d'une émotion difficile à identifier, un curieux mélange de jalousie et d'adoration. Je pris la main de Melissa et la serrai. Faute de réaction, je la serrai de nouveau, je l'attirai contre ma poitrine, je la portai à mes lèvres, je la pétris, je l'écrasai.

J'attendais qu'elle réponde à mon geste. Et je sentis au fond de mon cœur que je pouvais attendre jusqu'à la fin des temps, jusqu'à ce que le ciel et la terre se rejoignent, s'entremêlent, et annulent à jamais la distance qui les sépare.

L'affaire Nista

JONATHAN AMES

En juin 1987, j'ai décroché ma maîtrise. Mon mémoire était un exercice de fiction, une nouvelle que j'ai proposée à un éditeur new-yorkais, qui l'a acceptée, mais à deux conditions : que j'en fasse un roman, et que je remette mon manuscrit dans les six mois.

En juillet, quelques semaines donc après avoir vendu mon texte, j'ai découvert que j'avais un fils de quinze mois. Sa mère m'a envoyé une lettre avec la photo d'un bébé roux aux yeux bleus. Je suis roux, et j'ai les yeux bleus.

En fin octobre, deux chapitres de mon roman m'ont été volés par une inconnue qui m'a attiré dans une sorte de piège. Le vol a eu lieu à Manhattan, dans l'Upper West Side. J'ai fait une déposition au commissariat de la 24e circonscription.

En novembre, après ne pas avoir bu une goutte

d'alcool pendant douze mois et une semaine, j'ai pris une cuite, et j'ai fini dans un hôpital psychiatrique.

Ce novembre-là, à l'hôpital, j'ai appris qui avait volé mon manuscrit.

Cette histoire raconte comment me furent pris ces deux chapitres. Je commence par le début.

La nouvelle avait vingt mille mots; je devais la gonfler à cinquante mille. Pour cela, l'éditeur m'avait avancé de l'argent, pas beaucoup, mais je me suis senti riche. J'ai quitté le New Jersey, pour loger à Manhattan. J'ai sous-loué l'appartement de mon cousin, dans l'Upper East Side. J'y ai installé une table de travail, avec des blocs de papier jaune, et une machine à écrire. J'avais trente mille mots à aligner.

La première semaine, j'ai pris peur : je ne parvenais pas à écrire.

La deuxième semaine, je me suis dit que c'était peut-être à cause de l'appartement. Puis j'ai su qu'il y avait une salle d'étude dans la bibliothèque publique de la Quarante-Deuxième Rue. Elle se trouvait derrière la grande salle de lecture, et elle était réservée aux écrivains. C'était un privilège. Il fallait une clé. On m'a permis de m'inscrire, et donc j'ai pu utiliser cette salle. J'ai commencé à y aller comme au bureau. Mais je ne réussissais pas davantage à écrire. Le trajet jusqu'à la bibliothèque me fatiguait. J'usais de mon privilège pour piquer un somme, la tête sur la table.

La femme qui m'a écrit en juillet, la mère de mon fils, était plus âgée que moi. C'était une femme bien, avec qui je n'avais couché qu'une seule fois. Elle vivait quelque part dans le Sud, avec son bébé. J'avais l'intention d'aller les voir dès que j'aurais fini mon roman. Je ne pouvais m'occuper à la fois de mon état imprévu de père et de mon rêve de devenir un écrivain. Donc, j'ai décidé d'affronter les situations dans l'ordre où elles se sont présentées : d'abord le livre, ensuite le fils. Je n'avais que vingt-trois ans. C'était la meilleure attitude à prendre.

Un soir, ce juillet-là, alors que j'étais à demi fou de peur et d'anxiété à propos de tout, je suis allé à une fête. J'y étais invité par une amie qui n'est pas venue. Je n'y connaissais personne, et j'allais partir, mais l'hôtesse, nommée Marie, est venue vers moi et a insisté pour que je reste, avec une grande gentillesse. Elle savait, par mon amie absente, que j'écrivais. Elle m'a demandé si mon livre avançait. Je lui ai parlé de la bibliothèque, et de la salle d'étude. Et j'ai menti en prétendant que c'était un endroit parfait pour travailler. Je ne pouvais pas lui dire que l'idée d'un contrat de commande me paralysait, et que je n'arrivais pas à écrire un mot. Marie m'a demandé mon numéro de téléphone, pour m'inviter à sa prochaine soirée.

Le lendemain, une inconnue m'a appelé, en se présentant comme une amie de Marie. Elle s'appelait Julia, et s'excusait de me déranger, mais elle était écrivain, et Marie lui avait parlé de la salle d'étude dans la bibliothèque. Elle voulait savoir comment obtenir une clé. Je le lui ai expliqué. Elle m'a remercié chaleureusement. Et, deux jours plus tard, elle m'a rappelé pour m'annoncer qu'elle avait une clé, en ajoutant que nous pourrions nous retrouver là-bas pour prendre un café dans le coin. Elle était très drôle et très flirteuse au téléphone. À un moment donné, elle a dit : « Vous savez qui est mon père, n'est-ce pas ? »

Je ne savais pas qui était son père. Je n'avais pas fait le rapport avec son nom de famille. Il se trouvait que c'était le nom d'un écrivain très connu. Mon cœur a palpité à l'idée de parler à la fille d'une célébrité, mais pas trop : je connaissais son nom, je n'avais pas lu ses livres. Nous avons pris rendez-vous pour boire un café.

Quelques jours plus tard, j'ai retrouvé Julia devant la bibliothèque, et la première chose qu'elle m'a dit a été : « Vous avez l'air d'un marin suédois. » C'était le plein été. Mes cheveux avaient éclairci, ils étaient presque blonds. Elle disait « suédois » comme un compliment, et je l'ai pris pour tel. Elle n'avait pas loin de quarante ans, et elle portait une robe flottante. Car elle était grosse. Mais elle avait un visage allongé, et pâle. Ses cheveux noirs étaient bouclés par une permanente. La fatigue mettait des cernes rouge sombre sous ses grands yeux bruns.

Nous sommes allés dans un café et nous nous sommes très bien entendus. Elle était amusante. C'était agréable de parler avec elle. Nous avions la même sorte d'anxiété : je craignais de ne pas pouvoir terminer mon roman, elle craignait de ne pas pouvoir commencer le sien, et d'être incapable de sortir de l'ombre que lui faisait son père.

Après cela, Julia s'est mise à m'appeler souvent. Nous avons noué une amitié téléphonique. Nous ne nous rencontrions pas à la bibliothèque. Elle y allait le soir, après ses heures de bureau.

En août, j'ai commencé à être harcelé au téléphone. Quelqu'un m'appelait dix à quinze fois dans la journée, et raccrochait, sans laisser de message sur mon répondeur. Et cela recommençait lorsque j'étais rentré. L'identification automatique d'appel n'existait pas à cette époque. Les recherches, par la compagnie téléphonique, étaient possibles, mais compliquées et coûteuses. Julia m'a expliqué que la même chose lui était arrivée quelques mois plus tôt. Elle avait essayé de faire des recherches, mais en vain, parce que les appels provenaient de cabines. Alors je me suis contenté d'espérer que les appels cesseraient. Mais j'ai continué de subir les sonneries.

C'était une période où je ne dormais pas beaucoup. J'avais souvent des cauchemars. Une nuit, j'ai rêvé que les plantes de mes pieds s'ouvraient comme des enveloppes. J'ai regardé à l'intérieur, et j'ai vu que c'était creux et imbibé de sang. Ce rêve m'a hanté pendant toute la journée du lendemain, et j'avais du mal à marcher. J'ai cru ne pas tenir le coup, mais je me suis forcé, et je suis retourné à la salle d'étude, où j'ai pu dormir.

Un soir, en août, je suis tombé malade. J'avais un empoisonnement du sang, à cause d'un malaise gastrique. Julia a voulu me soigner. Je lui ai répondu que je n'avais pas besoin d'elle, mais elle a insisté pour venir. J'ai cédé, et elle est arrivée avec diverses sortes de thé, une grande bouteille de Malox et plusieurs boîtes de cachets anti-acidité. Elle semblait avoir dévalisé une pharmacie.

Elle est restée au moins deux heures. Voyant mon manuscrit sur la table, elle m'a demandé si elle pouvait le lire. Je lui ai répondu non. Je n'aimais pas ce que j'avais fait. Rien qu'un petit passage, a-t-elle insisté. Non, me suis-je obstiné. Elle a paru choquée et blessée par mon refus.

Quelques jours plus tard, mes ennuis gastriques avaient disparu. Elle m'a invité chez elle à dîner. Elle avait un bel appartement dans l'Upper East Side, et elle faisait bien la cuisine. Après le repas, au moment du café, nous nous sommes mis à évoquer nos enfances, et elle m'a raconté un curieux souvenir de lycée. C'était un lycée de filles très sélect, sur la Cinquième Avenue. La première année, elle était tombée amoureuse, avec une timidité d'écolière, de son professeur de musique, un beau Suédois d'une trentaine d'années. Elle avait découvert où il habitait, et elle passait ses week-ends à l'espionner. Quand il sortait de chez lui, elle le suivait en le filmant avec une caméra super-8, ou alors elle en profitait pour se glisser dans son immeuble et lui voler son courrier. Elle lui volait aussi son linge, quand il allait à la laverie et partait un moment en laissant la machine tourner. Elle a fait cela durant quatre années de lycée, en s'inscrivant chaque semestre à son cours, sans qu'il puisse se douter qu'elle était folle de lui.

Son père s'est finalement aperçu de son manège, et il l'a envoyée voir un psychiatre. Mais elle n'a pas cessé d'en faire à sa tête. « C'était mon père qui avait besoin d'un psy », disait-elle. À la fin de sa dernière année de lycée, elle a assemblé les photographies et les films qu'elle avait pris du professeur de musique, les histoires, les pièces et les poèmes qu'elle avait écrits sur lui, le courrier et le linge qu'elle lui avait volés, et elle a mis tout cela dans dix-huit cabas, ce qui pour elle était symbolique, parce qu'elle avait dix-huit ans.

Et elle s'est arrangée pour avoir rendez-vous avec lui. Elle a apporté ses cabas au lycée et les a entassés dans la salle de gymnastique. Elle les lui a montrés. « Qu'est-ce que c'est ? » a-t-il demandé. Elle lui a dit de regarder ce qu'ils contenaient, et il l'a fait. Elle était très excité à l'idée qu'il découvre ainsi la profondeur de l'amour qu'elle lui portait. Après avoir fouillé dans trois ou quatre sacs, il lui a demandé : « Si tu avais envie d'être sautée, pourquoi ne l'as-tu pas demandé ? »

À cet instant, Julia a interrompu son récit pour me regarder fixement. Je m'imaginais très bien le professeur de musique confronté à ces dix-huit cabas. Et j'admirais le calme de sa réaction.

« Tu te rends compte de ce qu'il m'a dit ? a-t-elle fait, encore indignée à vingt ans de distance. J'étais une toute jeune fille. J'étais simplement amoureuse de lui, et il ne comprenait pas ça. »

Je savais qu'elle voulait que je prenne son parti. Mais tout cela me paraissait tellement bizarre. « Et qu'as-tu fait ? ai-je demandé.

— J'ai pris la fuite en le laissant au milieu des cabas. C'en était fini de mon amour. Je n'avais pas du tout pensé au sexe. J'étais tellement écœurée ! Mais ce qu'il m'a dit a été une très bonne chose pour moi. C'était beaucoup plus efficace qu'une psychothérapie. Tout d'un coup, je n'ai plus rien ressenti pour lui.

— Tu crois qu'il était furieux parce que tu lui avais volé du courrier ? » C'était une question idiote. Mais j'aimais recevoir du courrier, et j'aurais détesté qu'on m'en vole.

« En tout cas, il ne me l'a pas fait savoir, a-t-elle répondu. J'espère bien qu'il était furieux !

— Quelle drôle d'histoire !

— Tu serais incapable de l'écrire.

— Je ne m'y essaierai pas », ai-je dit.

Puis la conversation a pris un tour plus léger, et je me suis dit : Bon, elle était folle il y a vingt ans, mais maintenant elle est normale. Nous avons encore bu du café, et elle m'a raconté qu'elle était invitée chaque automne à une soirée organisée par Woody Allen. Elle l'avait rencontré grâce à son père, mais maintenant elle était une de ses amies à part entière. Et elle m'a proposé de l'accompagner la prochaine fois.

Au moment où je partais, elle m'a arrêté à la porte pour me demander si elle pouvait me donner un baiser. Elle ne m'attirait pas du tout. Je lui ai répondu, en essayant d'être gentil : « Je crois qu'il vaut mieux que nous restions amis. » Puis, pour ne pas avoir l'air de la repousser complètement, je lui ai dit bêtement : « Mais nous pouvons nous donner l'accolade. »

Donc, elle m'a entouré de ses bras et m'a serré très fort, en appuyant ses seins contre ma poitrine. Malgré moi, j'ai bandé.

Elle s'en est aperçue, m'a dit : « Je croyais que nous devions rester amis », et a approché sa bouche de la mienne. J'ai essayé de lui donner un baiser sur la joue. Mes lèvres ont frôlé le coin des siennes. Je me suis dégagé, je l'ai remerciée pour le dîner, et je suis parti. C'était un moment gênant, mais elle n'avait pas l'air en colère.

À la fin août, je n'aboutissais à rien avec mon roman et j'ai pensé que c'était peut-être à cause de New York. J'ai quitté mon appartement sous-loué et je suis allé à Princeton, dans l'espoir de pouvoir écrire là-bas, au calme. Je devais rendre mon livre dans trois mois. Et surtout je voulais le finir pour aller voir mon fils.

À Princeton, j'ai loué une chambre dans une maison, occupée par deux étudiantes en licence. J'ai décidé de partager une ligne de téléphone avec l'une d'elles en donnant mon nom pour l'annuaire. Dès le surlendemain, les appels anonymes ont recommencé, cinq à dix fois par jour. J'avais l'impression qu'une malédiction me poursuivait depuis New York. Ma colocataire décrochait chaque fois. Je ne lui ai pas dit que ça m'était destiné. Je redoutais ces appels, et je m'apprêtais, cette fois-ci, à faire des recherches, mais j'ai tardé à agir, et finalement ils ont cessé au bout de quelques jours.

Vers la mi-septembre, Marie, la femme à la soirée de qui j'étais allé en juillet, m'a appelé pour me demander de rendre un service à Julia. Julia, qui avait de mauvais rapports avec son père, ne le voyait qu'une fois par an, en septembre. D'habitude, Marie l'accompagnait pour la soutenir, mais cette année elle ne le pouvait pas, et elle me demandait de la remplacer, de la part de Julia, qui n'avait pas osé me le demander elle-même. J'ai répondu que je pouvais faire ça. Marie a déclaré que Julia serait très heureuse. Mais je n'étais pas fier de mon véritable motif. La vérité, c'est que je voulais rencontrer le célèbre écrivain.

Je n'avais pas revu Julia depuis la fois où elle avait essayé de m'embrasser, mais nous avions continué de nous téléphoner sur un ton amical, comme si de rien n'était. Elle m'a appelé peu après Marie, pour me remercier d'accepter de l'accompagner.

« Chaque année, c'est une visite difficile.

— Je suis content de venir avec toi, ai-je dit. Mais ne crois-tu pas que tu aurais pu choisir quelqu'un que tu connais mieux ?

— Je veux que ce soit toi qui viennes, a-t-elle répondu. Je te connais depuis assez longtemps pour te considérer comme un ami. »

Le week-end suivant, j'ai retrouvé Julia à New York, et nous avons pris le train pour la campagne. Son père avait une magnifique propriété. On m'a installé dans une grande maison d'amis. Près de mon lit, il y avait une grande bibliothèque avec des traductions de ses livres dans toutes sortes de langues.

Au bout d'un moment, le père de Julia s'est mis à me traiter comme un fils retrouvé. Le matin, au petit déjeuner, il m'a préparé lui-même mon oatmeal. Apparemment, c'était un rite qu'il n'avait jamais accompli pour personne. Il avait une petite amie de l'âge de Julia. Toutes deux ont été très frappées par ce geste.

Puis j'ai fait avec lui un tour en bicyclette à travers les bois. De retour, nous sommes allés dans son bureau, pour voir un match de base-ball à la télé. Il m'a interrogé sur mon travail. Et il a déclaré : « C'est sûrement très difficile de transformer une nouvelle en roman. Je n'ai jamais essayé. Ta nouvelle n'est peut-être pas faite pour être développée. »

Cela m'a inquiété, parce que je soupçonnais que c'était vrai. Puis il a ajouté : « Mais tu dois le faire et tu peux le faire. Ne te soucie pas de l'intrigue. Occupe-toi du personnage. Débrouille-toi pour qu'il ait des ennuis. »

Durant les deux jours que j'ai passés là-bas, il y

a eu des invités intéressants aux dîners, dont un célèbre scénariste. Pour briller, j'ai raconté une bagarre à Paris, où j'avais eu le nez cassé. Le scénariste a dit à l'écrivain : « D'où vient ce gosse ? D'où sort-il toutes ces histoires ? »

Le père de Julia a répondu d'un air facétieux : « Il les invente. » Puis il m'a souri. Sa fille n'a rien dit.

Le jour de mon départ, il m'a offert des premières éditions de tous ses romans écrits à la première personne, parce que c'était ainsi que j'écrivais le mien. Et il m'a dit : « Ça devrait t'aider. »

Je l'ai quitté en ayant meilleure opinion de moi-même. J'avais plu à un célèbre écrivain, et il m'avait plu.

Dans le train de retour, Julia m'a déclaré : « Mon père a eu une conversation avec moi ce soir. Tu sais ce qu'il m'a dit ?

— Comment veux-tu que je le sache ? » ai-je fait. Mais ma vanité me faisait supposer qu'il lui avait fait des compliments sur moi.

« Il m'a dit : "Pourquoi n'épouses-tu pas un garçon comme Jonathan ? Il est solide. Tu n'amènes jamais des types comme lui ici. Ton dernier petit ami était anorexique." »

— Et qu'as-tu répondu ?

— Rien. Ce n'est pas son affaire. Il est tellement

brutal et grossier. Mais, avant notre départ, il m'a répété : « Épouse-le. »

— Tu aurais pu lui expliquer que nous étions seulement amis.

— Pourquoi je lui aurais dit ça ?

— Pour qu'il ne t'embête plus.

— Tu ne connais pas mon père », a-t-elle répliqué en tournant les yeux pour regarder le paysage par la vitre. Et la conversation est retombée.

Le trajet était long, et j'ai ouvert mon journal pour y écrire : « Je suis fou. Julia est folle. Tous mes amis sont fous. »

Je ne m'en étais pas aperçu, mais elle a vu ce que j'étais en train d'écrire, et elle m'a demandé : « Tu crois que je suis folle ?

— Je crois que tu es folle dans le bon sens du terme. Regarde, j'ai écrit que je suis fou et que tous mes amis sont fous. »

Elle s'est tue un instant puis elle a dit : « Tu sais, je t'ai emmené là-bas pour que tu passes du temps avec moi, pas avec mon père.

— Pardon, mais c'est lui qui m'a demandé de faire des choses.

— Tu aurais pu dire non.

— Je regrette... je ne voulais pas être mal élevé.

— Tu as été mal élevé avec moi. Tu étais *mon* invité. »

Je n'ai rien dit. J'en avais par-dessus la tête. Je regrettais de l'avoir accompagnée. Nous gardions tous deux le silence. Puis elle a dit : « Je ne suis pas en colère contre toi. Je suis en colère contre lui. Je ne peux pas supporter cet homme, mais je lui rends visite une fois par an parce que c'est mon père. »

Je l'ai quittée à la gare de New York, en faisant le vœu de ne plus jamais avoir à faire à elle. Seul dans le train pour le New Jersey, j'ai écrit dans mon journal : « Julia me tuerait si elle le savait, mais son père me plaît beaucoup plus qu'elle. Elle me hérisse. C'est terrible à dire, mais elle me fait songer à une araignée qui broie du noir. »

En octobre, Julia est allée passer huit jours en Californie, et elle m'a envoyé un colis avec huit cadeaux. Je devais en ouvrir un par jour durant son absence. Je les ai tous ouverts d'un coup. C'étaient des cadeaux bizarres : une cassette de Jackie Mason, des crayons fantaisie, du chocolat de luxe, un pot-pourri, un petit réveil de voyage, de belles gommes assorties aux crayons, un thermomètre extérieur, et un petit ornement de bureau : une minuscule mappemonde. Et il y avait une lettre où elle me remerciait de l'avoir accompagnée chez son père, mais terminait par un reproche : « Tu n'avais pas besoin de te montrer aussi froid dans le train de retour. Tu n'avais pas besoin de me dire que nous étions seulement amis. Ne sois pas aussi prétentieux. Pour qui te prends-tu ? »

J'ai eu envie de jeter les cadeaux, mais j'ai eu peur que ça me porte malheur. Je les ai donc rangés dans mon placard, et j'ai essayé de me remettre à mon livre.

La mère de mon fils m'a envoyé d'autres photos. Nous nous étions quelquefois parlé au téléphone. Je lui ai annoncé que j'irais les voir dans peu de temps. Je continuais d'espérer un torrent d'inspiration, à la façon de Kerouac, pour achever mon livre. Mais le torrent n'est pas venu.

À la fin octobre, j'ai reçu un appel d'une femme m'informant qu'elle participait à l'organisation d'un colloque de jeunes écrivains américains, devant se tenir à l'université de Gothenburg, en Suède, au mois de mars. Ce colloque était sponsorisé par l'université et par une revue littéraire suédoise appelée *Nista.* La femme avait un léger accent. Elle se nommait Sara Sundstrom. Elle téléphonait de New York.

Elle m'a annoncé que j'étais un des douze candidats retenus. La sélection finale devait se fonder sur les textes et sur un entretien. Elle voulait donc me rencontrer. Si j'étais choisi, tous mes frais de voyage et de séjour en Suède seraient payés. J'ai aussitôt accepté. Et nous avons pris rendez-vous pour le surlendemain, à New York.

Le soir-même, Julia m'a appelé. Sa voix était excitée. Elle rentrait à peine de Californie. Elle m'a demandé : « As-tu reçu mon colis ?

— Oui », ai-je répondu. J'ai pensé faire une remarque sur ses reproches à la fin de sa lettre, mais je me suis abstenu. Elle avait un ton amical. Je ne voulais pas faire de scène.

« As-tu ouvert un cadeau par jour ? Je voulais que tu penses à moi chaque jour pendant mon absence.

— J'en ai ouvert un par jour. J'ai commencé par la cassette de Jackie Mason. » Je n'aimais pas mentir, mais ce n'était qu'un demi-mensonge. J'avais en effet commencé par ouvrir le paquet de Jackie Mason. « C'était un joli assortiment, merci... Comment était ton voyage ?

— Affreux. J'ai été pratiquement aveugle tout le temps. J'ai eu un problème avec mes lentilles de contact. Elles m'irritaient les yeux. J'ai dû consulter un ophtalmo. Je n'aime pas aller voir des médecins que je ne connais pas. »

Nous avons continué de bavarder. Je lui ai parlé du colloque en Suède. Et puis nous avons raccroché. Alors je me suis dit que nous nous entendions bien, au téléphone. Face à face, c'était un désastre.

Sara Sundstrom m'a rappelé le lendemain. Comme je n'étais pas là, elle m'a laissé un message sur mon répondeur. Elle me demandait d'apporter une photo de moi pour notre entretien. Elle ne me laissait aucun numéro où la joindre.

Le lendemain soir, nous nous sommes retrouvés comme prévu à neuf heures, près de Columbia, au Birdland de Broadway. Elle était attablée près de la grande vitre qui donne sur la rue. C'était une petite femme blonde d'une trentaine d'années, avec de beaux traits, mais une peau abîmée par le soleil. Elle avait un air très européen, adulte et froid. Elle s'est levée pour me serrer la main. Et, une fois que nous nous sommes assis, elle m'a déclaré : « Je n'ai pas beaucoup de temps. Il va falloir faire vite.

— Très bien », ai-je dit. Elle se comportait comme si c'était moi qui avais réclamé cet entretien. Elle s'était déjà fait servir un verre. Je n'ai pas eu envie d'en commander un.

« Est-ce que vous avez apporté un de vos textes, et une photo ?

— Oui », ai-je répondu avec un sourire. Et je les ai sortis de mon sac à dos. Je voulais paraître aimable et ouvert, pour obtenir un voyage gratuit en Suède. Je lui ai tendu deux chapitres de mon roman, avec ma photo. Elle les a glissés dans son sac, et puis elle a posé sur la table un petit magnétophone. Elle l'a mis en marche, et s'est mise à me questionner : Qu'allez-vous proposer au colloque ? Que pourriez-vous dire de neuf sur la littérature américaine d'aujourd'hui ? Avez-vous l'habitude de vous adresser à un public nombreux, et de répondre à des questions ?

Elle parlait d'un ton sévère, presque méchant. Je me suis efforcé de donner des réponses intelligentes et concises, mais je me suis empêtré. J'ai dit des choses comme : « J'adorerais aller en Suède pour parler de la littérature américaine. Il y a tellement d'écrivains américains que j'adore. Ce serait trop long de les nommer. »

Alors le téléphone du bar a sonné, le barman a répondu, puis il s'est approché de nous en disant : « On demande le docteur Sundstrom.

— C'est moi », a-t-elle répondu. Et elle s'est absentée une minute pour répondre au bar.

Quand elle est revenue, je lui ai demandé : « Vous êtes docteur ?

— J'ai soutenu une thèse, a-t-elle répondu.

— Sur quel sujet ?

— La langue russe. » C'était la toute fin de la guerre froide, et il y avait quelque chose d'inquiétant dans l'idée qu'elle soit spécialiste de russe. J'ai eu envie de lui demander qui l'avait appelée au téléphone, mais elle a enchaîné en me demandant : « Donc ça vous plairait d'aller en Suède ? » Et elle m'a souri pour la première fois. Elle semblait s'adoucir.

« Oui, beaucoup », ai-je répondu.

Puis elle m'a dit qu'elle avait besoin de cigarettes. Elle a tourné les yeux vers la vitre. J'ai suivi son regard. De l'autre côté de Broadway, il y avait un petit marchand de journaux qui vendait du tabac.

Elle a ramassé le magnétophone et son sac en disant : « Je reviens tout de suite. » Elle m'a de nouveau souri. Je l'ai regardée sortir du Birdland. Il faisait nuit, mais je la voyais très bien, à la lueur des réverbères et des phares de voitures.

Il y avait quelque chose de bizarre. Elle m'avait dit qu'elle n'avait pas de temps, et voilà qu'elle traversait Broadway pour acheter des cigarettes. Je me suis demandé si je devais la suivre. Mais je me suis dit que je devenais paranoïaque. Et puis, si je la suivais, elle verrait que je n'avais pas confiance en elle, et je gâcherais ma chance de voyager gratuitement en Suède.

Elle est entrée chez le marchand de journaux. Les feux sur Broadway sont passés au vert, les voitures ont redémarré, m'empêchant de la voir. Les feux sont de nouveau passés au rouge, dégageant la perspective, et je ne l'ai pas vue revenir. J'ai commencé à m'inquiéter. J'ai interrogé le barman, et il m'a répondu qu'elle avait payé son verre.

Alors j'ai traversé Broadway pour aller voir chez le marchand de journaux. Elle n'y était pas. J'ai demandé au marchand si une petite femme blonde, d'une trentaine d'années, n'était pas passée, et il m'a répondu oui, et qu'elle était repartie depuis plusieurs minutes.

« Elle n'est pas aux toilettes ? Vous avez des toilettes ? »

Il m'a regardé comme si j'étais fou. Je suis retourné en courant au Birdland. « La femme qui était avec moi, est-ce qu'elle est revenue ? » ai-je demandé au barman.

Elle n'était pas revenue. Elle avait emporté ma photo et mes deux chapitres. J'en avais des copies, mais l'idée de ce rapt me rendait malade. Il se passait quelque chose d'insensé. Elle ne m'avait donné ni téléphone ni adresse. Je n'avais aucun moyen de la retrouver.

Je suis allé dans une cabine pour téléphoner à mon agente. Je ne savais pas qui appeler d'autre. Et je lui ai raconté : « Cette femme que je devais voir pour le colloque en Suède... Je sais que ça paraît dingue, mais elle vient de me voler deux chapitres de mon roman.

— Vous êtes sûr ? » me demanda mon agente. Elle me croyait sans doute ivre. Je lui ai donné des détails, et elle m'a conseillé : « Allez faire une déclaration à la police. Comme cela, nous aurons un papier officiel, si jamais ces chapitres sont publiés quelque part. »

Je suis retourné au Birdland pour demander au

barman quel était le commissariat le plus proche. C'était celui de la 24e circonscription, sur Amsterdam Avenue, au milieu de HLM sinistres.

Le commissariat paraissait désert. À l'entrée, il y avait seulement un gros policier chauve, avec l'air stupide derrière ses lunettes, et perché sur une estrade. J'ai levé les yeux vers lui pour lui dire : « Pardon monsieur l'agent, mais je voudrais faire une déclaration de vol...

— De quoi ?

— Ça peut paraître bizarre. Je suis écrivain... et quelqu'un vient de me voler deux chapitres de mon manuscrit.

— Un roman ?

— Oui.

— C'est vrai ?

— C'est vrai. »

Il m'a fait un large sourire. « Ça tombe bien, c'est mon domaine, je suis un fana de romans. J'adore lire. J'aimerais écrire un livre, un de ces jours... Quand on est flic, on entend des tas d'histoires... Mais je dois dire que c'est la première fois que j'entends un écrivain se plaindre qu'on lui a volé son texte. »

Il a passé un coup de fil, et une policière obèse est arrivée, pour taper ma déposition, et m'en donner un double. Et j'ai pris le train de retour pour le New Jersey.

Le lendemain, la première chose que j'ai faite a été de me rendre à la bibliothèque Firestone de Princeton pour faire des recherches sur la revue *Nista*. Aucune publication de ce nom n'était répertoriée. Cependant, j'ai trouvé les coordonnées de l'université de Gothenburg.

Je suis vite rentré chez moi, pour appeler là-bas le département d'anglais. C'était tard dans l'après-midi en Suède. La secrétaire m'a passé le chef du département, qui parlait l'anglais avec un parfait accent britannique. Je lui ai expliqué que j'étais un écrivain américain attaché à Princeton et je lui ai demandé si son département organisait un colloque de jeunes écrivains américains en mars prochain.

« Non, aucun colloque, m'a-t-il répondu.

— Mais on m'a dit qu'il y aurait d'autres organisateurs. Peut-être dans un autre département ?

— Seul notre département peut s'intéresser à des écrivains américains.

— Avez-vous entendu parler d'une revue littéraire appelée *Nista* ?

— Non, jamais.

— Est-ce que *nista* est un mot qui existe, en suédois ?

— Non.

— Merci de votre aide. Il a dû y avoir un malentendu.

— Tout le plaisir est pour moi », a-t-il répondu en riant. Et il a raccroché.

Je ne savais pas ce que ce professeur pouvait penser de ce curieux appel transatlantique, mais j'étais dans tous mes états. C'était un incroyable canular. Ça me rendait malade. Qui pouvait bien me détester au point de me jouer un tour pareil ?

Le lendemain, j'ai trouvé sur mon répondeur un message d'un homme avec un accent étranger qui semblait feint. Il parlait d'une voix très pressée : « Ici le docteur Bohanson. Je suis le directeur de la revue *Nista*. J'ai reçu votre texte. Il faut absolument que je parle avec vous. Je suis à l'aéroport de Boston. Appelez-moi ! »

C'était tout ce qu'il disait. Il n'avait pas indiqué de numéro de téléphone. L'aéroport de Boston. Sans même préciser l'aéroport Logan. En quoi ça me concernait ?

Le lendemain matin, après être sorti acheter le journal, j'ai trouvé un message de Sara Sundstrom : « Le docteur Bohanson veut vous parler de votre texte. Pourquoi ne rappelez-vous pas ? » Et, encore une fois, elle ne me laissait pas de numéro.

Leur façon de me tourmenter était étrange et absurde. La femme avait une voix haineuse. Il n'était plus question de pouvoir écrire. Je n'étais pas près de finir mon roman et de voir mon fils.

J'avais besoin de m'éclaircir les idées. Et donc je suis allé en voiture au bord de l'océan.

Je me suis rendu à Asbury Park, endroit qui m'attire pour la beauté de sa dégradation : la grande roue toute rouillée avec ses cabines portant des noms de villes du New Jersey ; les chemins de planches déserts ; les confiseries fermées ; l'énorme casino de bois délabré, qui a l'air prêt à se renverser dans l'océan ; et bien sûr l'Atlantique, gris, immense et indifférent.

Il m'a fallu une heure de route, à partir de Princeton. Une fois arrivé, je me suis assis sur le sable. C'était une froide journée de novembre, mais le soleil brillait. J'étais seul, à part quelques rares promeneurs sur les planches, et je contemplais l'océan. Puis je me suis agenouillé et j'ai penché ma tête sur le sable, en m'appuyant sur les mains. Et je me suis mis à prier. J'étais agnostique, mais j'ai supplié Dieu de venir à mon secours. Je me sentais écrasé de tous côtés. J'avais besoin d'aide. J'ai enfoncé mes mains dans le sable. Elle se sont empêtrées dans quelque chose d'humide. Je les ai sorties. Collés à mes doigts, il y avait des lambeaux de papier hygiénique mouillé, avec des bestioles noires. J'ai hurlé, en frottant mes mains dans le sable, pour me débarrasser du papier et des bestioles.

Et j'ai couru me réfugier au bar de l'hôtel

Empress, de l'autre côté des planches. J'étais jeune, mais j'avais renoncé à l'alcool l'année précédente, et je savais que la sobriété m'avait aidé à écrire ma nouvelle et à obtenir mon diplôme. Mais je m'en moquais, maintenant. J'ai commandé une bière et un whisky.

L'Empress était un hôtel de passage. Comme le reste d'Asbury Park, il avait sans doute connu des heures de gloire dans les années cinquante. Il avait l'air d'un hôtel de Miami égaré là. Le bar était encore en fonction, et les consommations n'étaient pas chères. C'était l'après-midi quand j'y suis arrivé, et j'ai bu pendant des heures. À un moment donné, j'ai emprunté un stylo et du papier, et je me suis installé à une table pour écrire une longue lettre d'ivrogne à mon fils. Je lui donnais des tas de conseils, et je lui demandais pardon de ne pas avoir pu aller le voir plus tôt.

Je me souviens d'avoir levé les yeux et de m'être aperçu qu'une vieille femme s'était assise en face de moi. Elle devait avoir soixante-dix ans, ses cheveux étaient gris et elle avait des yeux de folle.

Elle m'a déclaré qu'Abraham Lincoln était juif, comme le prouvait son prénom, et qu'elle avait pris des cours de comptabilité avec Frank Sinatra à Jersey City dans les années trente. Puis elle m'a dit qu'elle voulait faire l'amour avec moi, à condition que je mette un préservatif. Elle a ajouté qu'elle n'avait pas fait l'amour depuis des années.

J'étais complètement ivre et donc j'ai été d'accord pour lui faire l'amour. Nous nous sommes levés, et alors j'ai vu qu'elle était incroyablement petite. Elle devait mesurer un mètre trente et elle utilisait un vieux manche à balai comme canne. Elle portait un peignoir. Alors j'ai compris que j'avais perdu la tête, et qu'il était hors de question que j'aille au lit avec cette femme. Je lui ai dit que je buvais depuis des heures, et que je mourais de faim. Je lui ai proposé d'aller dîner au restaurant, au lieu de monter dans sa chambre. Et elle m'a répondu : « On ne m'acceptera pas au restaurant, habillée comme je suis. Allez-y, et revenez. Je vous attend. »

Je suis allé dans un autre bar, j'ai dépensé ce qu'il me restait d'argent, j'ai pris la voiture, et puis, *black-out*... plus rien.

J'ai repris connaissance sur une des voies réglementaires de la base militaire de Fort Dix. Je ne sais pas du tout comment j'ai pu arriver là. Je suis reparti, encore à demi conscient, et j'ai repris la route pour Princeton. J'ai eu une chance inouïe de ne tuer personne. J'avais perdu quelque part la lettre que j'avais écrite à mon fils.

J'ai bu durant toute une semaine. Je suis allé voir un psychologue, et je lui ai parlé de la lettre que j'avais reçue, avec une photo de mon fils, de la revue *Nista*, de la vieille femme minuscule avec qui j'avais presque couché, et de tout le reste. Je lui ai demandé de m'envoyer me dessoûler quelque part. Il m'a répondu qu'il ne savait pas si j'avais un problème d'alcool ou de déséquilibre chimique.

Il m'a envoyé dans un hôpital psychiatrique équipé pour tous les problèmes possibles, avec un service pour les alcooliques. Après une semaine humiliante dans la section de confinement, on m'a transféré dans l'aile des alcooliques.

J'ai raconté toute l'histoire de ma vie au groupe de psychiatres, à la suite de quoi le médecin-chef m'a déclaré : « Vous êtes un alcoolique et un maniaco-dépressif. Un de ces jours, vous aurez une crise psychotique majeure, et vous finirez à Bellevue. Vous êtes intelligent, et donc, en sortant d'ici, vous donnerez le change. Mais vous allez recommencer. Si vous ne faites pas une cure de lithium, vous allez perdre l'esprit, et vous ne parviendrez jamais à écrire ce livre. »

En me condamnant ainsi, le médecin mâchait une gomme à la nicotine. J'ai refusé de prendre du lithium.

Le lendemain, le médecin est passé dans ma

chambre pour me donner à lire des articles sur des artistes alcooliques et maniaco-dépressifs qui s'étaient suicidés parce qu'ils n'avaient pas pris de lithium. Il a essayé de me convaincre en me disant : « Je veux vous aider à être un écrivain capable d'écrire. »

Mais j'ai continué à refuser de prendre des drogues. Il m'a fait subir plusieurs examens, de mon système nerveux, de mon cerveau, de mon sang. Il faisait cela sur de nombreux patients, en obtenant de leurs compagnies d'assurances toutes les autorisations qu'il pouvait.

Je ne m'étais jamais autant senti près d'être en prison. Je ne pouvais pas m'en aller sans l'autorisation des médecins, à moins de rembourser intégralement mes frais d'hospitalisation, qui s'élevaient à quelque chose comme mille dollars par jour. J'étais coincé là jusqu'à ce que mon assurance ne me couvre plus.

Le lendemain de Thanksgiving, mon père, à qui j'avais tout raconté sur Sara Sundstrom et *Nista*, m'a appelé à l'hôpital, pour m'annoncer : « Je sais qui est impliqué dans le vol de ton texte.

— Qui ?

— Julia.

— Comment le sais-tu ?

— Hier, une femme a téléphoné ici. Elle te cherchait. Elle a dit qu'elle travaillait pour la revue *Nista*. Et je lui ai demandé un numéro de téléphone où la joindre, sans lui laisser supposer que tu m'avais mis au courant. Alors, je l'ai entendue chuchoter : “ Julia, le père veut un numéro. ” Elle m'a donné un numéro en Californie. J'ai senti qu'il était faux. J'ai appelé pour toi. C'était un cabinet d'ophtalmo. J'ai demandé où il se trouvait. C'était à Berkeley. Pourquoi a-t-elle donné le numéro d'un ophtalmo de Berkeley ? Quelques heures plus tard, Julia a appelé pour te souhaiter un bon Thanksgiving. Je ne lui ai rien dit. »

Je me suis senti incroyablement reconnaissant envers mon père. « Merci pour t'être occupé de ça, ai-je dit. Julia a consulté un ophtalmo quand elle était en Californie.

— Ne fais rien à cause de ça, surtout de là où tu es. Tu n'as pas besoin de la provoquer. Cette femme est folle.

— Je ne ferai rien.

— Comment était le repas de Thanksgiving qu'ils t'ont servi, là-bas ?

— Infect.

— Tu sortiras bientôt.

— J'espère », ai-je dit.

J'ai raccroché. Le téléphone à jetons était dans la salle de repos. L'heure de détente avant le dîner était le seul moment où l'on pouvait recevoir et donner des coups de téléphone.

Je suis retourné m'allonger. Mon compagnon de chambre, qui travaillait au péage de la Garden State Parkway, ronflait bruyamment. Son septum nasal était gravement endommagé par l'abus de cocaïne.

J'ai récapitulé tout ce qui s'était passé entre Julia et moi. Quand quelque chose de ce genre vous arrive, vous ne voyez pas les indices à mesure qu'ils s'accumulent, mais, après coup, ils vous apparaissent tous, comme une constellation. Sa remarque sur le marin suédois, la première fois que nous nous sommes vus. L'histoire du professeur de musique. Le baiser à la porte. Les coups de téléphone anonymes. Le week-end raté chez son père. Mais qui était Sara Sundstrom ? Qui était l'homme qui m'avait appelé en se présentant comme le docteur Bohanson ? Quelle sorte de gens pouvaient bien s'entendre avec Julia ?

J'éprouvais une rage impuissante. Comment réagir ? J'ai bondi de mon lit, pour téléphoner à Julia. Elle m'a répondu, et nous avons échangé les banalités d'usage. Je voulais me comporter comme si rien ne m'était arrivé, pour lui montrer qu'elle n'était pas parvenue à m'atteindre.

« Je viens simplement te remercier pour ton appel, ai-je dit. Comment s'est passé ton Thanksgiving ?

— Rien de spécial. Et le tien ?

— Très bien », ai-je répondu, alors qu'on nous avait servi une tarte au parfum artificiel de potiron. « Et ta soirée avec Woody Allen ?

— Il l'a annulée, cette année. Ton livre avance ?

— Et comment ! Je l'ai presque terminé. Et toi, tu écris ? »

Elle m'a dit deux mots sur son livre, et puis soudain, comme si l'idée lui venait tout d'un coup : « Et ton voyage en Norvège ?

— Ah, tu veux dire en Suède ? » ai-je rectifié. La Norvège ! C'était bien la manière féminine de feindre l'ignorance. Julia était une virtuose en la matière. Je tenais ma petite occasion de vengeance, en répondant comme si ça n'avait aucune importance pour moi. Elle mourait sûrement d'envie de m'entendre lui avouer mon étonnement, mes craintes et ma déception. « Eh bien, le voyage n'a pas lieu, ai-je dit en riant. C'était seulement un canular stupide. »

Stupide. Je voulais que ce mot lui entre comme un poignard dans le cœur. Et puis je me suis dit qu'elle m'avait probablement épié, et qu'elle m'avait vu me précipiter chez ce marchand de journaux, en face du Birdland. Elle avait dû se poster sur Broadway, et appeler Sara Sundstrom à partir d'une cabine. C'était elle sûrement qui avait choisi le Birdland, à cause de ses grandes vitres, afin de pouvoir m'observer en train de répondre aux questions comme un idiot. Et je supposais qu'elle avait écouté l'enregistrement.

« Oh, c'est dommage, a-t-elle dit. Tu méritais de faire un voyage comme ça.

— Eh bien, c'était seulement un canular stupide », ai-je répété. Malgré ma comédie, j'avais terriblement peur de lui parler. C'était moi qui étais enfermé, mais c'était elle qui était folle. Mon père avait raison. Je n'avais pas besoin de la provoquer. Elle avait déjà prouvé qu'elle était capable de me tourmenter, et il ne fallait pas l'inciter à faire pire. Alors j'ai déclaré : « Il faut que je te quitte. Maman m'appelle pour dîner. » Quelques patients en survêtement commençaient à s'entasser près de la porte verrouillée du pavillon. Dans quelques minutes, on nous conduirait tous à la cafétéria.

« Très bien, Jonathan, a-t-elle dit. Appelle-moi. Viens en ville, pour qu'on se rencontre.

— D'accord », ai-je dit. Et j'ai raccroché avec l'envie d'étrangler Julia. Je voyais mes mains autour de son cou. Elle aurait plongé son regard dans le mien, en sentant son châtiment, et en comprenant qu'elle avait tout raté. Mais l'idée de lui faire du mal ne me faisait pas du bien. Je n'avais pas l'habitude de me sentir violent, et de vouloir blesser quiconque.

Au bout de quarante jours, on m'a laissé partir de l'hôpital. Je n'avais plus de nouvelles de Julia, et je ne l'avais pas rappelée. On m'avait dit que la meilleure façon de traiter les obsédés était de couper les ponts, de ne plus leur donner prise sur vous, jusqu'à ce qu'ils soient obsédés par quelqu'un d'autre.

J'ai essayé de me remettre à écrire, mais encore une fois je n'ai abouti à rien. J'avais en tête les paroles du célèbre écrivain : « Ta nouvelle n'est peut-être pas faite pour être développée. » Le fait qu'il était le père de Julia rendait encore plus inquiétante sa remarque. La date limite pour rendre mon livre était passée. Il me manquait toujours trente mille mots.

Et puis le Nouvel An est arrivé. Le 23 janvier, j'ai écrit une lettre désespérée à mon professeur, Joyce Carol Oates. Je lui demandais essentiellement de m'aider à écrire mon roman, requête ridicule. Je ne savais pas si j'aurais le culot de poster cette lettre, mais je ne voyais pas quoi faire d'autre. J'avais besoin d'aide. Je devais terminer mon livre, afin d'aller voir mon fils.

Mais, avant d'envoyer la lettre, j'ai ouvert le manuel Hazelden sur les méditations quotidiennes, qu'un patient m'avait recommandé à l'hôpital. Il y avait une citation au début de chaque méditation. Pour le 23 janvier, c'était : « Nul ne peut sauver autrui. »

L'auteur cité était Joyce Carol Oates.

Je n'avais pas besoin de lui envoyer ma lettre. Elle m'avait répondu.

À partir de là, je me suis mis à écrire, et je ne me suis pas arrêté avant d'avoir terminé. Cependant, Julia a tenté le coup une fois de plus avec moi. Le 22 février, j'ai reçu une lettre postée à Berkeley.

Nista
Nonnensgatan 32
Stockholm, Sweden

Berkeley
15 janvier

Cher Mr Ames,

Le docteur Bonhanson m'a priée de vous écrire que nous avons fait notre choix pour les invités au colloque de mars.

J'ai peur que vous manquiez tristement de qualification pour notre programme. Nous reconnaissons tous deux que vos écrits ne manquent pas d'un certain charme juvénile, mais nous avons le devoir de proposer quelque chose de plus solide.

Entre nous, puis-je vous donner un conseil amical pour vos futurs entretiens ? Quand on vous demandera pour quel motif vous souhaitez participer à un colloque littéraire, ne vous contentez pas de répondre : « J'adorerais y aller. » Votre désir de faire un séjour gratuit en Europe risque fort de ne pas être considéré comme une contribution suffisante à des conférences sérieuses.

Merci quand même de votre intérêt pour Nista et, comme on dit à Gothenburg, « Manga Hälsninger » !

Meilleures pensées

Sara Sundstrom

C'est du moins ainsi que j'ai déchiffré la signature, qui était presque illisible. C'était une lettre d'une revue littéraire fictive, signée d'un nom inventé, écrite ou dictée par une folle, et pourtant j'ai été blessé par ses critiques sur mes écrits.

J'avais cru avoir complètement oublié Julia mais, avec cette lettre en main, j'étais effondré.

Il fallait en finir d'une façon ou d'une autre. Je voulais me venger, mais j'ai pensé que le pardon était préférable. Mon projet était de pardonner et de demander pardon. Mon goût de la vengeance serait satisfait par le sentiment de supériorité morale que me donnerait le fait de pardonner. Mais j'ai réprimé cette envie de me montrer supérieur. Il fallait que je prenne un ton très simple, si je voulais qu'elle cesse de me tourmenter.

J'ai appelé Julia à son bureau. Et, après nos échanges d'amabilités, je lui ai déclaré : « Je sais que ça va te paraître bizarre que je te dise ça tout d'un coup, mais je voudrais m'excuser si je t'ai blessée et si tu as eu l'impression que je te faisais marcher. »

Elle m'a répondu à voix basse, profondément émue : « Merci... Ça a beaucoup d'importance pour moi... Je voudrais bien te parler maintenant, mais j'ai beaucoup à faire. Est-ce que je peux te rappeler dans une demi-heure ?

— Ce n'est pas la peine... Je voulais seulement te dire que je regrette...

— Est-ce que tu es en train d'essayer de me dire que tu ne veux plus me voir ? » Sa voix avait brusquement changé. Elle avait pris un ton dur et furieux.

« Non, je veux simplement te dire que je regrette...

— Je te rappelle dans une demi-heure.

— Très bien », ai-je dit lâchement. Et nous avons raccroché.

Une demi-heure plus tard, elle m'a en effet rappelé. Elle m'a demandé où en était mon livre, en m'annonçant qu'elle avait presque fini le sien. J'en avais assez de ses minauderies, et d'avoir peur d'elle, et finalement je lui ai demandé : « Qu'est-ce qui t'a pris ?

— Que veux-tu dire ? a-t-elle fait d'un ton bizarre, sur la défensive.

— Je sais que tu es impliquée dans cette

histoire de revue *Nista.* » J'étais tellement soulagé d'avoir enfin pu le dire, et lui montrer que je savais la vérité.

« De quoi parles-tu ? Tu es vraiment bizarre ! » Elle criait, maintenant.

« Je sais que tu es impliquée.

— Tu es malade... Je ne sais pas de quoi tu parles... De quoi es-tu en train de m'accuser ?

— Je sais que tu es impliquée dans cette histoire de revue *Nista* », ai-je répété d'une voix calme. Elle tendait la corde pour se faire pendre.

« Tu es malade... Je déteste ça... Je te déteste... Pourquoi tu inventes des choses pareilles ? »

Et elle a raccroché.

J'étais lessivé, anéanti. Je me suis allongé sur mon lit. Cinq minutes plus tard, le téléphone a de nouveau sonné. J'ai laissé le répondeur se déclencher. La voix de Julia était accablée, c'était presque un chuchotement : « Jonathan, je te comprends, si tu ne veux pas être mon ami, mais moi j'aimerais que nous soyons amis. Je veux te parler. Appelle-moi, s'il te plaît... Je pense que tu es vraiment un bon écrivain... Si tu n'appelles pas, je comprendrai... Mais, s'il te plaît, rappelle-moi. »

Je n'ai plus revu Julia. Je ne lui ai plus parlé.

Épilogue

J'ai terminé mon roman et j'ai vu mon fils. Je me suis attaché à lui. Je suis devenu son papa. Il a maintenant quinze ans. Il a pris mon nom de famille. C'est un garçon merveilleux.

Durant plusieurs années, j'ai attendu ma crise psychotique majeure, que j'appelais ma CPM. Un soir, je dînais seul au restaurant dans le New Jersey, et un homme très obèse s'est approché de moi, pour me déclarer : « J'ai lu votre livre, il m'a beaucoup plu. »

Il me semblait l'avoir déjà vu. Et puis je l'ai reconnu. C'était le médecin-chef de mon hôpital psychiatrique. Il s'adressait à moi comme si j'étais encore son patient. Mais il n'était plus le même. Je l'avais connu gros. Maintenant, il était énorme.

« Merci de l'avoir lu, ai-je simplement dit. Vous travaillez toujours à l'hôpital ?

— Non, c'est fini », m'a-t-il répondu avec un étrange sourire. J'ai senti qu'il avait perdu son droit d'exercer. Et alors, j'ai cessé d'attendre ma CPM.

En 1989, quelques mois avant la sortie de mon livre, Julia a vendu le sien au même éditeur. Ça m'a semblé incroyable, mais logique. J'avais raconté toute sa folie à mon directeur littéraire, et, une fois, alors que j'allais le voir, il m'a annoncé qu'elle rendait visite à son propre directeur littéraire, pour discuter de quelques problèmes avec son manuscrit. Il m'a indiqué le bureau où elle se trouvait. La porte était légèrement entrouverte. J'ai essayé de jeter un coup d'œil discret, mais je n'ai pas réussi à la voir. On a craint que je fasse des histoires. Et donc je suis parti sans la croiser.

Son livre est paru un an après le mien. Tous les critiques ont signalé que c'était la fille du célèbre écrivain. L'ombre de son père continuait de planer sur elle. J'ai vu son roman sur une table de librairie. Je l'ai ouvert. L'exergue était de Balzac : « Avec quelle tendresse les escrocs cajolent leurs victimes ! » J'ai feuilleté la suite. Je ne m'attendais pas à trouver mes deux chapitres. Et qui sait ce qu'elle avait fait avec ma photographie ? Ajouté des cornes ? Ou des moustaches ? Ou l'avait-t-elle coupée en morceaux ?

Son roman se termine par la scène d'un homme voyageant seul dans un avion pour Stockholm. Il y va pour recevoir le prix Nobel. Le siège vide à côté de lui aurait dû être occupé par son ancienne femme, mais elle n'est pas venue à l'aéroport. Ça ne l'ennuie pas vraiment, parce qu'ils se disputent toujours terriblement. En fait, il est soulagé d'aller à Stockholm sans elle. Il a glissé sa serviette sous son siège, et il suppose que s'y trouve son discours de réception, qui lui a donné un mal de chien. Mais le discours ne s'y trouve pas. Il a été volé par son ancienne femme. Elle lui vole ses écrits.

Et le dernier mot de la dernière phrase est Suède.

NOTES

1. À propos de la lettre supposée provenir de *Nista* : Il n'y a pas de rue appelée Nonnensgatan à Stockholm. Je pense que la signification cachée pourrait être quelque chose comme : la rue Ineptie. « Manga Hälsningar » signifie « meilleures salutations », mais les Suédois ne l'utilisent pas comme formule de politesse dans leur correspondance. De plus, Gothenburg est mal orthographié.

2. Les noms des personnages réels ont été changés, sauf quand ils étaient faux dès le départ.

La folie Banvard

(ou *Comment perdre un tableau de trois miles)*

PAUL COLLINS

> Depuis l'invention de la peinture, Mister Banvard a fait plus qu'aucun artiste pour élever le goût pour les beaux-arts parmi les gens qui s'occupent peu de ces choses-là. On lui doit beaucoup d'éloges pour cela.
>
> *The London Times*

La vie de John Banvard est une parfaite illustration d'un des plus grands gâchis imaginables. Dans les années 1850, Banvard était le peintre vivant le plus célèbre de son époque, et sans doute le premier artiste millionnaire de l'histoire. Reconnus par les multitudes, et par des contemporains comme Dickens, Longfellow, et la reine Victoria, son talent, sa richesse et son renom semblaient inébranlables. Trente-cinq ans plus tard, le même homme gisait dans le pauvre cimetière d'une ville frontalière perdue du territoire du Dakota. Ses œuvres les plus célèbres étaient détruites, et on aurait cherché en vain son nom dans les manuels de référence. John Banvard, le plus grand artiste de son temps, avait été complètement gommé par l'histoire.

Que s'était-il passé ?

En 1830, un collégien new-yorkais de quinze ans fit passer à ses camarades de classe une note écrite, que nous reproduisons ici avec sa curieuse omission d'un cinquième amusement :

LES AMUSEMENTS DE BANVARD
(visibles au 68, Centre Street, entre White et Walker)

1. Microscope solaire
2. Camera obscura
3. Marionnettes
4. Scène marine
6. Lanterne magique

Entrée (pour voir le tout) : 6 cents.
Horaire des spectacles :
les lundis, jeudis et samedis à 13 h 30

JOHN BANVARD, *propriétaire*

Même s'ils l'ignoraient encore, ces collégiens devaient être les premiers parmi les plus de deux millions de personnes qui vinrent assister aux spectacles de John Banvard. En se présentant au musée et diorama de leur camarade Banvard, ils furent sans doute accueillis par son père Daniel, prospère entrepreneur immobilier qui était aussi un amateur d'art. Le fils intrépide montrait du goût pour le dessin, l'écriture, et les sciences, qu'il abandonna cependant avec éclat, quand une expérience d'hydrogène lui explosa au visage en lui blessant gravement les yeux.

De pires désastres l'attendaient. Daniel Banvard eut une attaque en 1831, et son associé prit la fuite avec les avoirs de la société. Sa mort mit sa famille en faillite. Après avoir vu tous leurs biens vendus aux enchères, le jeune John Banvard décida de « partir pour l'Ouest », ce qui, plus précisément, signifiait le Kentucky. Il trouva à Louisville un emploi dans un drugstore, où il affûta ses talents artistiques en dessinant à la craie des caricatures des clients, au fond du magasin. Son patron, peu enclin à soutenir la jeune peinture, le congédia. Et Banvard essaya de survivre en offrant ses services sur les quais, pour peindre des pancartes et des portraits.

Ce fut là qu'il fit la connaissance de William Chapman, propriétaire du premier showboat du pays. Chapman lui proposa de peindre les décors des spectacles de son bateau. C'était un bâtiment assez rudimentaire en comparaison des showboats ultérieurs, ainsi que Banvard devait par la suite se le rappeler :

> Ce bateau n'était pas très grand, et si le public se rassemblait trop d'un seul côté, l'eau pénétrait par les plats-bords dans la salle de spectacle. Les acteurs de la troupe devaient alors, à tour de rôle, se livrer à l'exercice peu artistique du pompage, afin d'empêcher le bâtiment de sombrer. Parfois, les remous causés par le passage d'un vapeur giclaient par les interstices des bordages en éclaboussant le public. On ne faisait pas payer de supplément pour cet ajout au spectacle.

La paie n'était pas versée régulièrement. Mais le showboat de Chapman permit à Banvard d'acquérir très rapidement, dans le dessin et la peinture de grands décors, une habilité qui par la suite se révéla inestimable.

Et puis, se disant qu'il valait mieux être mal payé par soi-même que par un autre, Banvard décida de ne pas assurer la saison suivante, et de travailler pour son compte. Il débarqua à New Harmony, dans l'Ohio, où il entreprit de lancer son propre showboat, lui-même pouvant être tout à la fois acteur, décorateur, metteur en scène et, à l'occasion, magicien. Il commença l'aventure en dupant un boulanger qui lui confia toutes ses économies. Ce système de financement ne devait cesser de le hanter tout au long de sa vie.

À cette époque, le fleuve Ohio n'était pas pollué, et il n'était pas sans danger. Mais la troupe subsista durant deux saisons, en jouant Shakespeare ou des comédies populaires de port en port. Peu de villes alors avaient les moyens d'entretenir un théâtre, mais nombreuses étaient celles qui ne regardaient pas à la dépense pour jouir d'une scène flottante amarrée à leurs quais. Certains spectateurs faisaient du troc, et payaient leur place à bord avec des poules ou des sacs de pommes de terre, qui permettaient de remplir les fréquentes lacunes des repas de l'équipage. Mais finalement l'argent, la nourriture et la bonne humeur se réduisirent à tel point que Banvard, épuisé de surcroît par des accès de fièvre malarienne, se trouva réduit à mendier sur les quais de Paducah, dans le Kentucky. C'était devenu un homme de spectacle endurci, avec des années d'expérience, mais c'était encore un tout jeune homme rieur, intelligent et sympathique. Un imprésario de théâtre se prit de pitié pour ce garçon dépenaillé, et il l'engagea comme décorateur. Banvard abandonna le showboat avec soulagement.

Ce fut une bonne chose pour lui : plus bas sur le fleuve, un combat au couteau sanglant éclata entre acteurs désespérés. La loi intervint sous la forme d'un malheureux gendarme, qui trébucha sur une trappe, y disparut, et mourut en se rompant le cou. Prise de panique, la troupe s'enfuit du navire. Et Banvard n'en entendit plus parler.

À Paducah, il fit ses premières expériences de « panoramas animés ». Le panorama, ouvrage circulaire entourant le spectateur, avec un habile emploi de la perspective, était une invention relativement nouvelle, qui apparut à la fin du XVIIe siècle. Vers 1800, l'Institut de France le déclara art officiel. Louis Daguerre, l'inventeur de la photographie, mit au point le « diorama », qui était un panorama avec des toiles mobiles soumises à des effets d'éclairage. Enfant, à Manhattan, Banvard avait pu admirer, à quelques rues de chez lui, ces rouleaux de toile peinte qui représentaient des ports ou « Un voyage aux chutes du Niagara ».

À Paducah, alors qu'il n'avait pas encore vingt ans, mais qu'il avait des souvenirs de maladie et de famine, il se mit à peindre ses propres panoramas animés, avec des vues de Venise ou de Jérusalem : tendues entre deux rouleaux, et actionnées par une manivelle, elles défilaient sous les yeux ébahis de spectateurs. Cependant, Banvard ne pouvait pas rester bien longtemps loin des fleuves, et il se remit à sillonner l'Ohio, le Mississippi et le Missouri comme vendeur de mercerie et peintre itinérant. Il visait également à un grand projet. Un diorama des « Rives infernales » avait été exhibé avec succès dans les États frontaliers, et il pensa pouvoir faire mieux encore. Durant une escale à Louisville, il exécuta un panorama animé qu'il annonça comme « les RIVES INFERNALES, un tableau de près de cent pieds de long ». Il l'acheva et le vendit en 1841, avec un succès qui dépassa ceux de ses panoramas de Venise et de Jérusalem.

Il n'est pas facile de se figurer l'effet de ces panoramas sur les spectateurs de l'époque. C'était l'origine du cinéma : la première véritable conjonction entre les mécanismes de la vision et la réalité du mouvement. Sans doute le public était-il fasciné, et Banvard aussi : il avait l'intrépidité d'un artiste découvrant les possibilités d'une nouvelle technique. Enhardi par ses premiers succès, il conçut à vingt-sept ans un spectacle absurdement ambitieux, aux dimensions énormes, qui devait éclipser toute tentative passée, ou à venir : un portrait du Mississippi.

Lorsque nous regardons une carte des frontières aujourd'hui, nous pouvons nettement distinguer la Californie du Nevada. Mais, à l'époque de Banvard, « la frontière » voulait dire le Mississippi. Un homme qui s'aventurait dans ses immenses détours ne trouvait que rarement l'accueil d'une ville; il devait très longuement affronter les intempéries et les moustiques et, s'il s'arrêtait sur la rive, les ours. Banvard avait plusieurs fois parcouru le fleuve, et il avait au moins une fois voyagé seul comme vendeur ambulant. Ces trajets avaient toutefois leurs charmes et leurs surprises, comme il s'en souvint plus tard :

> Les peines, les dangers, les intempéries et tous les accidents perturbants de ce long et périlleux voyage sont cependant cachés aux habitants, qui contemplent les bateaux flottant devant leurs maisons et par de magnifiques matinées de printemps, quand la forêt verdoyante, la douce et délicieuse température de l'air, le ravissant azur du ciel de ce pays, la plaine admirable d'un côté, les falaises romantiques de l'autre, les eaux larges et plates se déroulant majestueusement au milieu de la forêt, et poussant tranquillement le bateau en avant, offrent des images frappantes et des rêves prenants aux participants. À cette époque, il n'y a pas de danger visible ni de problème de main-d'œuvre. Le bateau avance tout seul ; et les observateurs ne peuvent guère imaginer à quel point les conditions changent en une demi-heure. Entre-temps, un homme d'équipage gratte un violon, les autres dansent. Des saluts, des provocations grossières, des mots d'esprit, des déclarations d'amour aux filles sur la rive, des messages égrillards s'échangent avec les spectateurs sur la rive.

Banvard savait que c'était un défi physique, et il était prêt à le relever. Mais il ne pouvait guère imaginer quel défi artistique se présenterait à lui.

Au printemps de 1842, après avoir acheté une barque, des provisions, et une mallette de crayons de papier à dessin, il descendit le Mississippi. Son but était de faire des croquis du fleuve entre Saint Louis et La Nouvelle-Orléans.

Pendant deux ans, il passa ses journées sur l'eau à prendre des vues des rives. La nuit, il dormait avec sa mallette pour oreiller. Il s'arrêtait parfois dans un port, pour colporter des cigares, de la viande, des ustensiles, et tout ce qu'il pouvait vendre aux riverains. Voici de quelle façon il évoqua plus tard en public, avec une tendance à la dramatisation, évidemment, les moments difficiles d'un navigateur solitaire sur le Mississippi :

> Ses mains se durcirent à force de manier les rames, sa peau, exposée au soleil et aux intempéries, devint brune comme celle d'un Indien. Il lui arrivait de rester des semaines sans parler à quiconque, sans autre compagnie que son fusil, qui lui fournissait la viande du gibier des bois et de la volaille des eaux. À la fin de l'été, il parvint à La Nouvelle-Orléans, où la fièvre jaune faisait rage. Mais il ne s'en inquiéta pas, et fit des dessins de la ville. Le soleil était si violent qu'il lui brûlait la peau. Son visage et le dos de ses mains se mirent à peler. Ses efforts extraordinaires et constants lui causèrent une inflammation des yeux dont il ressent aujourd'hui encore les effets.

Mais, dans son autobiographie inédite, il présente ses souvenirs sous un jour moins rude :

> Le fleuve avait une vitesse moyenne entre quatre et six miles par heure. Donc j'avançais bien en me laissant porter par le courant, et j'emplis vite mon carton à dessin de croquis des rives. Au début, je me sentais seul à dériver ainsi dans mon petit bateau, mais finalement je m'y habituai.

Quand il fut de retour à Louisville, en 1844, l'aventureux Banvard avait accumulé tous les dessins, toutes les descriptions et tout l'argent nécessaires à la réalisation du projet fantastique que lui avait inspiré le fleuve. Ce devait être, par les dimensions, le plus grand tableau que le monde eût jamais connu.

Il entreprit de faire le portrait des trois mille miles du Mississippi, depuis ses sources du Missouri et de l'Ohio. Sa conception était sans doute grandiose, mais elle était à l'image des ambitions de l'époque. Ralph Waldo Emerson, dans sa tournée de conférences en Nouvelle-Angleterre, n'avait-il pas annoncé : « Nos pêcheurs, nos Noirs, nos Indiens, nos titres de fierté... le commerce au Nord, les plantations au Sud, le défrichement à l'Ouest, l'Oregon, le Texas n'ont pas encore été chantés par le poète. Et pourtant l'Amérique est un poème qui se déroule sous nos yeux, son immense géographie éblouit l'imagination... » Cette idée avait été promue avant lui par des romanciers comme Fenimore Cooper, et elle fut reprise après lui par des poètes comme Walt Whitman. En bâtissant une grange dans les faubourgs de Louisville pour abriter les énormes rouleaux de toile qu'il avait commandés sur mesure, Banvard ne faisait que partager cette vision grandiloquente de l'art américain.

Sa première étape fut de concevoir un système d'œillets à chenilles afin d'empêcher l'énorme surface des toiles d'onduler. Son invention fut brevetée et décrite quelques années plus tard dans un article de *Scientific American*. Et puis, durant des mois, il travailla fébrilement à sa création, en peignant à grands coups de pinceaux. Les connaisseurs auraient sans doute trouvé à redire sur les détails et sur les perspectives, mais, exercé à la confection de grands décors, Banvard savait donner l'illusion de vastes paysages, et puis le mouvement donnait une présence magique aux cabanes de bois, aux rives boueuses, aux champs de coton en fleur, aux villes frontalières, et aux bateaux plats des bonimenteurs.

En même temps, il faisait de petits travaux en ville, et s'il lui arriva de parler de ses peintures en cours, rien n'en a transpiré. Par bonheur, il subsiste une lettre d'un visiteur inattendu de l'atelier de Banvard. Le lieutenant Selin Woodworth avait grandi dans une maison voisine de celle de Banvard, or cela faisait plus de seize ans qu'il ne l'avait vu, et il ne pouvait donc pas franchir le Mississippi sans aller le saluer. Arrivant à l'improviste, il fut saisi par ce que la maturité avait fait de son ami d'enfance :

> Je me présentai à l'atelier de l'artiste, une immense bâtisse de bois... L'artiste en personne, dans son bonnet et sa blouse de travail, vint nous accueillir à la porte... dans l'atelier, tout semblait désordre et chaos, mais une partie de son grand tableau, exposée contre un mur, avait un aspect de naturel et de vie, malgré son inachèvement... La toile était enroulée sur un tambour vertical, au fond de l'atelier, et l'artiste la peignait à mesure qu'il la déroulait.
>
> On ne pouvait avoir qu'une très faible idée de cette gigantesque entreprise, quand elle serait terminée. La remarquable vérité des plus petits détails de la rive, la qualité artistique de l'exécution feront de cette œuvre la plus prodigieuse peinture documentaire du monde, surpassant, pour la diversité et pour les dimensions, toute œuvre connue depuis les origines de la peinture.

Telle était la création que Banvard s'apprêtait à dévoiler au monde.

C'était avec de grands espoirs qu'il voyait approcher son jour d'inauguration. Et ce fut en lisant le *Morning Courier* du 29 juin 1846 que les habitants de Louisville apprirent que leur concitoyen exposait son œuvre : « John Banvard présente son Grand Panorama Animé du Mississippi le lundi 29 juin 1846 au soir dans la Salle Apollon. Représentation tous les soirs jusqu'au 4 juillet. » Un article dans le même journal annonçait : « Cette grande peinture de trois miles est destinée à devenir l'une des œuvres les plus célèbres du siècle. » L'auteur de cet article ne pouvait pas savoir que cette annonce ne serait nullement contraire à la vérité : ce fut en effet une des œuvres les plus célèbres de son siècle, même si elle ne devait pas durer des siècles.

Le soir de l'inauguration se déroula sous de mauvais auspices. Banvard fit les cent pas en attendant que des spectateurs viennent en foule payer leur écot de cinquante cents. Le soir tombait, il commençait à pleuvoir. Sur la scène illuminée, le panorama restait enroulé, prêt pour le premier tour de manivelle. Le soleil se coucha, la pluie tambourina sur le toit.

Banvard attendit et attendit.

Personne ne vint.

C'était un début humiliant, pouvant inciter à plier bagage. Mais dès le lendemain, John Banvard se défit de son génie de peintre pour endosser son génie commercial. Il passa la matinée sur les quais à aller de bateau en bateau, et à distribuer aux hommes d'équipage des entrées gratuites pour l'après-midi, en leur parlant comme quelqu'un qui connaissait le Mississippi aussi bien qu'eux.

Ces hommes qui vinrent en auraient eu pour leur argent, s'ils avaient payé leur billet. Devant le déroulement des vues étonnantes du fleuve, Banvard décrivit ses voyages avec des récits d'aventures excentriques, d'attaques de pirates, de fuites de dernière minute, un rien exagérés, sans doute, mais capables d'emporter l'adhésion d'une salle pleine de spectateurs qui auraient pu le conspuer d'une seule voix. Si bien que des passagers attirés par les comptes rendus de l'équipage vinrent à la représentation du soir en nombre suffisant pour que la recette s'élève à dix dollars, somme non négligeable à l'époque. Le public augmenta à chaque nouvelle représentation et, au bout de quelques jours, Banvard se produisit devant des salles combles.

Encouragé par le succès et l'argent gagné, Banvard se remit au travail dans son atelier pour agrandir son œuvre. Le public continua de venir en foule, arrivant parfois par bateaux entiers des villes voisines. Avec les parties ajoutées au panorama, le spectacle durait maintenant plus de deux heures, la toile étant déroulée plus vite ou plus lentement selon les réactions des spectateurs. Chaque représentation était unique. On pouvait en voir deux de suite sans assister à la même chose, d'autant plus que la toile défilait en sens contraire lors de la séance suivante : par exemple, on avait l'impression d'abord de descendre le fleuve, et ensuite de le remonter.

Après une saison très fructueuse, Banvard se sentit prêt à exhiber sa « Peinture de Trois Miles » dans une grande métropole. Il donna son dernier spectacle à Louisville le 31 octobre, et partit pour l'épicentre de la culture intellectuelle américaine : Boston.

Il installa son panorama dans la salle de l'arsenal de Boston à temps pour la période de Noël. Dans son spectacle, il avait maintenant porté à la perfection un mélange de souvenirs réels, d'improvisation audacieuse et de terribles anecdotes sur les infâmes brigands des frontières, avec au piano un accompagnement de valses qu'il avait spécialement commandées. Le système de manivelles était désormais invisible, les effets de lumière faisaient scintiller les toiles peintes, l'illusion paraissait complète aux yeux du public, qui fut conquis.

Selon les propres comptes de Banvard, en six

mois 251 702 Bostoniens assistèrent à son étonnant spectacle ; à cinquante cents l'entrée, cela lui assurait une recette brute de plus de cent mille dollars. En un an, le modeste peintre décorateur d'une ville frontalière était devenu un homme riche et célèbre dans une métropole, et probablement l'artiste le plus riche d'Amérique. La publication, en 1847, de ses souvenirs, *Description par John Banvard de son panorama du Mississippi*, avec les partitions des musiques de son spectacle, lui rapporta encore plus d'argent. Mais cette introduction de la musique eut un effet encore plus heureux : la jeune pianiste qu'il avait engagée, Elizabeth Goodman, devint bientôt sa fiancée, puis son épouse.

Puis vinrent les honneurs. À la suite d'une dernière représentation, le gouverneur, le président de la Chambre, et les représentants locaux décidèrent à l'unanimité de décorer Banvard. Ses succès furent commentés dans les salons de l'élite intellectuelle. Ils inspirèrent John Greenleaf Whittier, qui publia en 1856 *Le panorama et autres poèmes*, et, avant cela, l'*Evangeline* de Henry Wadsworth Longfellow, qui parut en 1847. Longfellow n'avait jamais vu le Mississippi, le spectacle de Banvard lui ayant suffi. Et dans son roman *Kavanaugh*, publié deux ans plus tard, il cita le panorama comme un critère auquel devait se mesurer la future littérature américaine : « Nous avons besoin d'une poésie nationale qui corresponde à la taille du pays ; ce sera à toutes les autres poésies ce que le panorama du Mississippi de Banvard est à toutes les autres peintures : la plus vaste du monde. »

Il y a peu de doute que la « Peinture de Trois Miles » de Banvard ait été la plus vaste du monde. Mais son titre était trompeur. John Hanners, chercheur qui a presque à lui seul maintenu le souvenir de John Banvard à notre époque, fait remarquer : « Banvard a toujours déclaré que c'étaient d'autres que lui qui avaient intitulé son panorama le tableau de trois miles. Dans sa forme d'origine, il avait une surface de 15 840 pieds carrés, et ne faisait pas trois miles de long. »

Mais sans doute Banvard ne s'était-il pas empressé de corriger l'erreur du public. Sa célébrité le précédait, et lorsqu'il se produisit à New York, en 1847, ce fut devant des foules et avec des gains encore plus considérables. On le salua comme un « monument de talent original et de génie américain ». La recette de chaque soirée était apportée dans de solides coffrets verrouillés, où on l'évaluait au poids, sans faire de compte précis.

Avec le succès et la richesse apparurent les hommages moins honnêtes de ses collègues peintres. L'artiste qui le suivait de plus près était John Rowson Smith, qui était censé avoir peint un « panorama de quatre miles ». Il est peu probable que Smith ait fait mieux que Banvard pour les dimensions de sa toile, mais il l'a sûrement surpassé en vantardise. C'était malgré tout une mode embarrassante. Banvard entendit parler de promoteurs peu scrupuleux faisant exécuter des contrefaçons qu'ils présentaient en Europe comme « l'authentique panorama de Banvard ». Il décida alors de s'embarquer pour Liverpool.

Il passa l'été de 1848 à préparer sa première londonienne en présentant son spectacle à Liverpool, Manchester et autres villes moins importantes. Une fois à Londres, il loua l'énorme Egyptian Hall. Il commença habilement par donner une avant-première pour les journalistes de Fleet Street. Le *Morning Advertiser* s'émerveilla : « Il est impossible de donner une idée juste des splendeurs de ce spectacle. » Le *London Observer* se montra tout autant impressionné dans un article du 27 novembre 1848 : « C'est vraiment une œuvre extraordinaire. Nous n'avons jamais rien vu de semblable, rien d'aussi grandiose dans son caractère d'ensemble. » Ainsi, la presse assura rapidement à Banvard une sorte de consécration artistique.

La foule et l'argent suivirent. Mais pour attirer vraiment les élites à son spectacle, Banvard avait besoin d'une chose qui n'avait pas cours au États-Unis : l'approbation d'un membre de la famille royale. Après avoir beaucoup intrigué, il obtint d'être convoqué le 11 avril 1849 au château de Windsor pour se produire devant la reine Victoria et toute la famille royale. Il avait déjà un immense succès, mais c'était pour lui la seule façon de passer de l'état d'homme de spectacle à celui de peintre officiellement reconnu. Dans Saint George's Hall, à la fin de la représentation, quand il vint s'incliner avec sa femme devant son public royal, il sentit qu'il avait accompli la meilleure performance de sa vie, et que la partie était gagnée : il était devenu artiste aux yeux de tous.

La foule vint alors de plus belle, et, en vingt mois, son panorama attira plus de 600 000 spectateurs à Londres. Il publia en 1849, sous le titre de *Banvard, ou les aventures d'un artiste*, une édition augmentée de ses souvenirs, qui fit de grosses ventes à Londres. Et dans plus d'un salon on entendait retentir les valses de son spectacle. Il était maintenant partout reçu en société. Charles Dickens lui écrivit une lettre admirative : « Votre tableau m'a intéressé et ravi au plus haut point. » Pour ce peuple d'insulaires, habitué aux récits des périls de la mer, Banvard avait adapté ses descriptions des charmes et des dangers des rives du Mississippi :

> On ne peut évidemment pas comparer à un voyage en mer un confortable trajet fluvial en vapeur entre Cincinnati et La Nouvelle-Orléans. L'étendue vide et infinie des eaux lasse vite tous les regards, sauf ceux du marin. Et puis il y a les tempêtes, les meubles qui roulent dans les cabines, la nécessité de s'accrocher pour ne pas tomber du lit. Il y a les insupportables nausées du mal de mer, et il y a le danger. Sur le fleuve, vous êtes toujours proche des rives, vous ne perdez pas de vue une terre verdoyante, vous pouvez manger sans nausée et vous allonger sans vous accrocher. Le rivage vous fournit sans cesse des fruits, des légumes, du laitage, de la volaille, de la viande, et du gibier, selon la saison.

Vers la fin des représentations londoniennes, Banvard se trouva de plus en plus talonné par des imitateurs : il y eut cinquante panoramas concurrents dans la seule saison 1849-1850. Cela ne se limitait plus à son vieil adversaire John Rowson Smith. Des étudiants des Beaux-Arts, engagés comme espions par des rivaux, venaient prendre des croquis au cours de ses spectacles. De surcroît, il eut lui-même à subir une accusation calomnieuse de plagiat, de la part de son compatriote George Caitlin, portraitiste expatrié comme lui, qui l'avait approché afin de lui emprunter de l'argent.

On s'aperçoit qu'une nouvelle forme a imprégné une culture lorsqu'elle donne lieu à de vulgaires imitations, et plus encore lorsque ces imitations inspirent des parodies. Il existe, dans cette veine, un ouvrage depuis longtemps oublié de l'humoriste américain Artemus Ward, publié en 1869, après sa mort, sous le titre d'*Artemus Ward et son panorama*. Ward passa les dernières années de sa vie à Londres, où il assista certainement à quelques-unes des nombreuses conférences ou représentations avec panorama qui apparurent dans le sillage de Banvard. Ses panoramas de San Francisco et de Salt Lake City, tels que les révèlent les illustrations de son livre, sont censés avoir été commentés dans le public par des grognements et des jurons, à quoi il aurait répondu :

> Si quelque chose vous déplaît, venez me le dire en face, et je vous laisserai entrer gratuitement quand je serai en Nouvelle-Zélande.

> Je sais que ce que je raconte n'a apparemment rien à voir avec ce que je montre, mais une des caractéristiques de ce que je montre est que cela contient une foule de choses qui n'ont rien à voir.

Le livre comporte des reproductions de publicités où Ward annonce solennellement que sa salle de conférences a été somptueusement équipée de « poignées de porte neuves ». Mais les rivaux de Banvard n'étaient pas tous des plaisantins de ce genre, il y en avait de sérieux, et il dut se remettre à l'ouvrage. S'enfermant de nouveau dans son atelier, il créa un nouveau panorama du Mississippi, qui représentait la rive orientale, alors que le précédent montrait la rive occidentale. Il confia le spectacle de Londres à un autre présentateur, et fit quant à lui, avec sa nouvelle peinture, une tournée de deux ans en Grande-Bretagne, qui attira près de cent mille spectateurs.

Qu'aurait pu faire Banvard avec ces deux tableaux s'il les avait montrés dans une même salle ? On peut les imaginer se déroulant de part et d'autre du public, avec des effets de lumière produisant une illusion stéréoscopique et donnant au spectateur la sensation de naviguer véritablement sur le Mississippi. Cela aurait été la première tentative de « *surround* ». Mais, malgré l'inlassable inventivité de Banvard, rien de semblable n'a été rapporté dans les récits de ses exploits.

À Londres, Banvard ne passait pas tout son temps à s'occuper uniquement de son art. Il fréquentait assidûment le Royal Museum, en étant particulièrement fasciné par les collections exceptionnelles des salles égyptiennes. Il devint un familier des égyptologues du musée, auprès de qui il apprit à déchiffrer les hiéroglyphes : seul Américain de son temps, paraît-il, à posséder ce talent. Et durant des dizaines d'années, il sut attirer un public considérable à ses conférences sur la lecture des hiéroglyphes.

Banvard transporta son spectacle à Paris, où il connut un succès continu pendant deux ans. Et il était maintenant père de famille : sa fille aînée, Gertrude, naquit à Londres, et son fils, John Jr., à Paris. Mais la paternité ne le dissuada pas de voyager, bien au contraire : l'année suivante, il partit en Terre sainte pour un pèlerinage artistique. Comme il l'avait fait avec le Mississippi, il descendit le Nil pour prendre des croquis. Mais, cette fois-ci, il ne dormait plus en plein air avec son carnet d'esquisses pour oreiller. Il était désormais assez riche pour s'offrir tout le confort possible, et pour acheter en chemin des milliers d'objets, avec le discernement que lui donnait sa capacité de lire les hiéroglyphes.

Ce voyage lui inspira deux nouveaux panoramas : un des rives du Nil, et un de la Palestine. Mais aucun d'eux ne devait être aussi lucratif que celui du Mississippi. Le marché avait été inondé par les imitations, et le public commençait à se lasser des panoramas. Cependant, la dextérité de Banvard était plus grande que jamais, ainsi qu'en témoigne un article du *Ballou's Picturial Drawing Room Companion*, datant de 1854 :

> Mr Banvard s'est fait un nom et a acquis une fortune avec son panorama de trois miles. C'est un des rares cas où le goût des contemporains consacre un véritable mérite... Son seul professeur d'art est la Nature ; il y a très peu de conventions dans son style. Sa grande œuvre la plus récente est artistiquement supérieure à sa peinture du Mississippi. Le progrès est manifeste, et l'effet est accentué par les dimensions plus importantes.

Huit ans seulement après son voyage sur le Mississippi, Banvard pouvait se vanter d'être l'artiste vivant le plus célèbre au monde, et le peintre le plus riche qu'ait connu l'histoire.

En 1852, il rentra aux États-Unis avec sa famille. Sa fortune était considérable. Elle lui permettait de se retirer dans un château pour y pratiquer l'art en dilettante. Et c'est ce qu'il fit.

Il lui fallait pour cela une demeure à la mesure de sa renommée. Il acheta donc un domaine de soixante acres dans Long Island, et il y fit bâtir une réplique du château de Windsor, avec un réseau de routes qui y conduisait. Il baptisa sa propriété *Glenada*, en l'honneur de sa fille Ada.

Le voisinage, à la fois ébloui et scandalisé par les sommes inouïes engagées dans cette construction, l'appelèrent plus couramment *La folie Banvard*.

Un journaliste en visite fut plus aimable dans son évocation du domaine :

> L'aspect est magnifique, et fait irrésistiblement songer à certains châteaux anciens et pittoresques nichés dans les glens de la vieille Écosse... Le premier niveau, où l'on pénètre à partir de l'allée d'honneur, comporte neuf salles : le grand salon, la serre, plusieurs salons, les antichambres, et les chambres des domestiques. L'étage se compose de la nursery, de la salle d'étude, de la bibliothèque, des chambres d'invités, avec salles de bains. Le sous-sol est occupé par les cuisines, les réserves, l'office, etc. La façade s'étend sur une longueur de cent quinze pieds, mais Mr Banvard déclare qu'elle n'est pas achevée, et qu'il a le projet d'y adjoindre un grand donjon où seront installés son atelier, et un musée pour abriter le nombre considérable d'objets de valeur qu'il a collectionnés au cours de ses voyages dans le monde entier... Il est question de changer le nom du village voisin [Cold Spring Harbor] pour le rebaptiser BANVARD.

Bien naturellement, les gens du voisinage ne virent pas la nécessité de ce changement.

La décennie suivante fut cependant pour Banvard une période de relative prospérité de continuation de ses succès. En fait, son horizon artistique s'élargit chaque année. En 1861, il confia aux autorités militaires ses relevés hydrographiques du Mississippi. Le général Fremont lui écrivit en personne pour le féliciter et le remercier. La même année, Banvard fournit l'illustration originale, intitulée *L'Orison*, de la première chromolithographie réussie aux États-Unis. Le procédé, qui consistait à reproduire à la fois l'image en couleur et la texture de la toile, était une grande nouveauté. Le résultat eut un énorme succès, et renforça sa renommée de technicien inventif.

Mais il revint aussi à son premier amour : le théâtre. En 1864, il produisit un « drame biblique » intitulé *Amasis, ou le dernier des pharaons*, avec une nombreuse distribution, et des décors gigantesques. L'accueil critique fut enthousiaste. Banvard semblait devoir réussir tout ce qu'il entreprenait.

À l'époque où Banvard montrait ses objets égyptiens aux visiteurs de Glenada, le statut des musées était en train de changer rapidement en Amérique. Le « cabinet des merveilles », cher aux riches dilettantes, avait déjà engendré, dès 1780, à Philadelphie, le premier musée américain digne de ce nom, dirigé par Charles Peale. L'activité y était centrée sur des expositions et conférences éducatives, sur la nature aussi bien que sur l'art, comme ensuite à l'American Museum de John Scudder, à New York.

Les choses changèrent quand Phineas Taylor Barnum acheta le musée Scudder, en 1841. Barnum mit au point un type de spectacle mêlant l'authenticité et l'imposture, composé saisissant et hautement lucratif de défilés de monstres, de tours de magie, de dioramas, et de purs défis à la vérité comme des actes mettant en scène Tom Pouce ou « la nourrice de Washington ». Ce n'était pas un entrepreneur infaillible, mais c'était l'homme de spectacle le plus habile qu'ait jamais connu l'Amérique. Il écrasait vite ses imitateurs possibles par son despotisme et son inépuisable capacité de publicité hyperbolique.

Durant l'année 1866, il vendit plus de billets que l'Amérique ne comptait alors d'habitants, c'est-à-dire trente-cinq millions. John Banvard, avec sa collection d'objets authentiques, ne pouvait ignorer le succès colossal que Barnum, à si peu de distance de Glenada, obtenait avec des éléments frauduleux. Sentant le défi, il décida de le relever, en faisant appel à la collaboration de William Lillienthal, qui l'avait accompagné dans sa croisière sur le Nil, quinze ans auparavant, en l'aidant à constituer sa collection.

Mais leur entreprise fut précaire dès le début.

Le succès des tournées de ses panoramas avait convaincu Banvard qu'il était capable de diriger un musée, mais en fait il ignorait comment gérer un bâtiment conventionnel avec un personnel fixe. Il avait su gagner des millions avec l'aide d'un unique secrétaire, qu'il avait finalement chassé à cause du vol de quelques dollars.

Il finança la construction du Banvard Museum en émettant pour 300 000 dollars de titres, pour lesquels il trouva quelques riches acquéreurs. Et il paya les entrepreneurs, artisans et ouvriers, avec ces titres, et non pas avec de l'argent. Mais il négligea de faire enregistrer auprès de l'État de New-York son affaire et ses titres, lesquels n'eurent ainsi aucune valeur légale.

Mais enfin, stimulé par l'argent de l'imprudence, le Banvard Museum fut rapidement achevé.

L'imposant bâtiment de quarante mille pieds carrés fut inauguré le 17 juin 1867. C'était tout simplement le meilleur musée de Manhattan. Le célèbre panorama du Mississippi était exposé dans un auditorium de deux mille places. Les collections d'antiques étaient exposées dans une série de salles de plus petite dimension. Les salles de conférences occupaient une place importante, car Banvard tenait à s'opposer au sensationnalisme mercantile de Barnum et à offrir aux étudiants un accès facile à la culture. Et il y avait dans tout le musée une authentique commodité populaire : la ventilation. L'atmosphère étouffante était un inconvénient bien connu des spectacles de panorama, et Banvard mit un point d'honneur à doter son auditorium de vasistas et de bouches d'aération.

Barnum, sentant le danger de cette concurrence, fit paraître dans le *New York Times*, une semaine après l'inauguration du Banvard Museum, une publicité clamant : « SYSTÈME COMPLET D'AÉRATION ! Salles élégantes, spacieuses, fraîches et aérées ! » Ce n'était évidemment pas l'exacte vérité. L'auditorium de Banvard était bien plus confortable, et Barnum le savait. Mais il avait un don pour la publicité avec lequel Banvard ne pouvait pas rivaliser. Durant tout l'été, les premiers millionnaires du spectacle qu'ait produits l'Amérique se livrèrent à un combat sans merci pour attirer le public, l'un avec l'arme de la nouveauté, l'autre avec l'arme de la réclame.

Banvard montrait le panorama du Mississippi ; Barnum annonçait un panorama du Nil. Banvard montrait l'authentique squelette du géant de Cardiff ; Barnum prétendait avoir le véritable. Les journaux se faisaient l'écho de cette bataille, qui s'acheva avec une rapidité imprévue.

Harcelé par des créanciers, et par des actionnaires furieux de découvrir que leurs titres ne valaient rien, Banvard se vit contraint de fermer les portes de son musée, le 1er septembre, dix semaines à peine après l'inauguration.

Mais cela ne fit que déchaîner son imagination. Un mois plus tard, il rouvrit son musée sous le nom de Grand Opéra Banvard. Les spectacles s'y succédèrent pendant six mois, d'abord un ballet « osé », puis des adaptations comme celle de *L'ami commun* ou de *La case de l'oncle Tom*. Rien de cela ne rencontra le succès. Banvard fut alors obligé de céder le bâtiment à un groupe de promoteurs parmi lesquels se trouvait Barnum, ce qui dut le chagriner.

Pendant les dix années suivantes, Banvard n'évita la banqueroute qu'en s'appropriant placidement l'argent prêté qui aurait dû être restitué aux actionnaires et aux créanciers. Il écrivit deux nouvelles pièces, qui ne trouvèrent aucun producteur. Plus personne à New York n'était prêt à investir dans une de ses entreprises. Il vivait seul avec sa femme dans sa propriété de soixante acres, avec un unique domestique à leur service.

Ses procédés artistiques étaient devenus aussi suspects que ses procédés financiers. Car le novateur se trouvait maintenant réduit au plagiat. Son premier livre d'histoire, *La cour et l'époque de George IV, roi d'Angleterre*, publié en 1875, était calqué sur un ouvrage paru en 1831. L'année suivante, il parvint à produire dans son ancien musée, rebaptisé New Broadway Theatre, une pièce, *Corrina, Un conte de Sicile*, plagiée sur un auteur vivant, qui fit connaître son mécontentement.

Humilié, harcelé par les créanciers, Banvard cherchait désespérément à vendre son théâtre. Il sollicita Barnum, qui lui envoya une réponse cinglante : « Non, monsieur ! Je ne relèverai pas votre théâtre, même si vous me le proposiez gratuitement ! » Il parvint finalement à se défaire de son immeuble délabré en 1879. Et les nouveaux propriétaires réussirent exactement là où il avait échoué. Sous le nouveau nom de Daly's Theatre, la salle alla de succès en succès jusqu'en 1920, date de sa démolition.

Le château de Banvard ne survécut pas aussi longtemps que son théâtre. Sa femme et lui s'accrochèrent autant qu'ils purent à Glenada, mais l'accumulation de leurs dettes les força à le vendre en 1883. Presque tous leurs biens furent vendus à la demande des créanciers, et la bâtisse fut finalement démolie. Mais le panorama du Mississippi échappa à la mise aux enchères. Usé par presque quarante ans de service, et pratiquement oublié du public, il fut sans doute jugé sans valeur.

À soixante ans passés, Banvard et sa femme se retrouvaient sans argent. Ils empaquetèrent leurs quelques affaires restantes, et quittèrent tranquillement New York pour le seul endroit qui pouvait les accueillir : les confins de l'Ouest, où vivait leur fils. Après tant d'années, le peintre y retournait dans l'état où il y était allé pour la première fois : pauvre et obscur.

C'est un Banvard vieilli et profondément abattu qui arriva dans la ville frontalière de Watertown, située dans l'actuel Dakota. Sa femme et lui, anciens châtelains, devaient maintenant se contenter de la chambre d'amis de la maison de leur fils. Eugene Banvard était un avocat intéressé aux constructions publiques ou privées de la région. À l'occasion, il permettait à son père de retrouver son énergie d'autrefois en l'associant à ses affaires.

Mais la plupart du temps John Banvard écrivait. Il devait composer près de 1 700 poèmes durant sa vie, autant qu'Emily Dickinson, et, comme elle, il n'en publia que très peu. Contrairement aux livres et aux pièces qu'il avait signés selon des procédés douteux, ses poésies semblent avoir été des œuvres originales et sincères, à défaut d'être novatrices. Durant son séjour à Watertown, il en écrivit des centaines sous le nom de plume de Peter Pallette, devenant ainsi le premier poète publié de la région. Une de ses œuvres les plus ambitieuses, parue à Boston dans les années 1880 sous le titre de *L'origine de la construction du temple de Salomon*, était d'inspiration biblique et se centrait sur les frères Ornan et Araunah. Elle commence par une invocation romantique conventionnelle :

Je vais vous réciter une légende, une magnifique légende
Une légende que m'a racontée un Arabe.
Nous étions assis près d'une fontaine au pied d'une grande montagne,
Une montagne qui s'élevait au-dessus de la mer de Syrie
Tandis que la pleine lune répandait une lumière argentée
Qui ranimait les souvenirs de l'Arabe.

Le poème se perd par la suite dans d'infinis détails sur les églises anglaises et les obélisques égyptiens, et des spéculations farfelues sur les serments maçonniques, sujet présentant apparemment un intérêt inépuisable aux yeux de l'auteur.

Il fit aussi paraître, en 1886, un traité de poche

sur *Le système Banvard de sténographie*, un des premiers ouvrages publiés sur le territoire du Dakota. Il affirmait que son système pouvait être appris en une semaine, et qu'il l'appliquait depuis des années, en notant discrètement des conversations dans les bus et les ferryboats, pour s'exercer. « C'est exactement de cette façon que l'auteur, dans sa jeunesse, a acquis sa maîtrise de la sténographie. Il a ainsi quotidiennement rempli de très nombreux petits carnets qui sont devenus de précieux documents d'époque. »

Comme exercice de transcription, Banvard proposait ses propres poèmes, et des maximes de sagesse telles que « Il se rit des cicatrices, celui qui ne sent pas les blessures ». Banvard lui-même avait déjà reçu de très nombreuses blessures, et il devait en subir quelques-unes encore avant la fin de son étrange voyage. Cependant, cette année-là, alors qu'il avait atteint ses soixante-dix ans, il s'enferma une dernière fois dans son atelier, prêt à produire un ultime chef-d'œuvre.

Les dioramas et panoramas n'étaient plus une nouveauté en 1886, et la mise au point du miraculeux kinétoscope par Edison était à l'horizon. L'inventeur vieillissait aussi mal que ses inventions : le délabrement de son corps suivait celui de ses finances, et il perdait la vue. Ses yeux avaient toujours été fragiles depuis son accident de laboratoire, dans son enfance. Mais il conservait malgré tout une certaine vigueur. « Il avait dans ses vieux jours l'aspect de beaucoup de navigateurs du Mississippi, écrit un contemporain. Un corps épais, des traits lourds, des cheveux noirs en broussaille et une barbe taillée en rond. »

Néanmoins, ses projets de faire une dernière fois une tournée de spectacles inquiétèrent ses proches, comme en témoigna sa fille : « Ma mère et les autres membres de la famille, sentant que son état de santé ne lui en donnait pas les moyens, étaient très hostiles à son idée de reprendre ses activités. » Mais on peut se figurer que Banvard invoqua ses petits-enfants, qui n'avaient encore jamais assisté aux spectacles qui avaient fait la célébrité et la richesse de leur grand-père.

Pour son dernier exploit, Banvard choisit une catastrophe encore vivace dans la mémoire des Américains, l'incendie de la ville de Columbia, que les troupes du général pilonnèrent durant toute la journée du 17 février 1865. Les témoignages s'accordent pour dire que l'évocation était saisissante, d'autant plus que Banvard, retrouvant les humbles conditions de ses débuts, était seul sur scène à régler les effets spéciaux. Un spectateur se rappelle :

> Des toiles peintes, des cordes, des treuils, des barils de kérosène, les lycopodes, des écrans, des volets, des barils tournants étaient ses accessoires. Des bataillons en marche, des charges de cavalerie, des coups de canon, des rafales de fusil, des bâtiments en flamme, tout le vacarme des combats en étaient le produit, résultant en un spectacle inouï, quand on considère que c'était le fait d'un seul homme.
>
> On dépense paraît-il des millions pour certains films modernes, mais quand je me souviens de l'illusion spectaculaire que pouvait produire John Banvard à Watertown, dans le Dakota, il y a plus de cinquante ans, pour une mise de fonds d'une dizaine de dollars, j'ai vraiment honte pour Hollywood.

Malgré cette réussite, le temps de Banvard était bien passé. Le Dakota n'était pas assez peuplé pour assurer de bonnes recettes à un spectacle itinérant, et l'artiste dut remballer ses toiles, ses écrans et ses barils, pour ne plus jamais les utiliser.

Quelques années plus tard, en 1889, sa femme Elizabeth mourut. Ils étaient mariés depuis plus de quarante ans ; et comme c'est souvent le cas dans les vieux couples, l'époux la suivit de près. Un visiteur du cimetière de Watertown, lisant l'inscription de sa tombe, aurait de la peine à deviner qu'elle rappelle la mémoire de celui qui fut un temps l'homme de spectacle le plus riche au monde :

JOHN BANVARD
né le 15 novembre 1815
mort le 16 mai 1891

Quelques notices nécrologiques parurent dans les journaux de la côte Est, et en Europe, avec partout le même étonnement : comment ce millionnaire avait-il pu mourir sans le sou dans une région perdue ? Mais si des journalistes étaient allés chercher une réponse auprès des siens, ils seraient rentrés bredouille : car toute la famille avait quitté Watertown après les obsèques, pour fuir les créanciers.

Dans leur hâte d'abandonner la maison du 513 Northwest Second Street, ils avaient laissé suffisamment de choses derrière eux pour que les créanciers puissent organiser une vente aux enchères. Parmi les papiers jaunis de John Banvard se trouvait une facture impayée de 15,51 dollars, établie pour les obsèques de son propre père, en 1831. John Junior fut pendant le reste de ses jours hanté par la banqueroute humiliante et la fin obscure de son père. Soixante ans plus tard, il connut le même sort, en ayant lui aussi conservé une semblable facture impayée.

Mais qu'étaient devenues les peintures de John Banvard ?

Ses premiers panoramas des « Rives infernales », de Venise et de Jérusalem avaient disparu en 1841 dans un naufrage en mer. Quelques petits panneaux subsistent encore dans le Dakota du Sud : il y en a trois au Robinson Museum de Pierre. À Watertown, on trouve une vue de Glenada au Kampeska Heritage Museum, et un morceau du fameux panorama de trois miles, un panneau représentant des bateaux dans le brouillard, à la Mellette Memorial Association.

Mais qu'en est-il du reste de ces ingénieux panoramas qui lui avaient assuré gloire et fortune ? Ils subsistèrent un temps dans les souvenirs d'un de ses petits-fils, qui, interrogé bien des années plus tard, se rappelait avoir actionné des manivelles quand il était enfant. Et, en 1948, Edith Banvard déclarait dans une interview : « Je crois qu'une partie a été utilisée pour des décors à l'opéra de Watertown. » Puis, selon elle, on les avait découpés pour les vendre comme toiles de fond à des théâtres. Mais on ignore naturellement ce que ces théâtres ont bien pu faire de ces lambeaux usés arrachés à leur contexte d'origine.

Une rumeur persistante veut cependant que les chefs-d'œuvre de Banvard n'aient pas quitté Watertown. Ils auraient servi à l'isolation de plusieurs maisons, et ils seraient donc toujours là, emprisonnés dans les murs.

À propos des auteurs

ENCORE UN EXEMPLE DE LA POROSITÉ DE CERTAINES LIMITES

David Foster Wallace, Revue n° 1, © 1998.

Le dernier ouvrage de David Foster Wallace est un recueil de nouvelles intitulé *Oblivion*. Il a obtenu plusieurs prix littéraires, notamment le prix Aga Khan de la fiction, remis par *The Paris Review*. Il vit en Californie.

QUATRE MONOLOGUES OFFICIELS

George Saunders, Revue n° 4, © 2000.

George Sanders est l'auteur de recueils de nouvelles, *Grandeur et décadence d'un parc d'attractions* (Gallimard), *Pastoralia* (Gallimard) et *In Persuasion Nation*, ainsi que d'un livre pour enfants, *The Very Persistent Gappers of Frip*, illustré par Lane Smith.

LA CARAVANE DE L'HYPNOTISEUR

Anne Cummins, Revue n° 5, © 2000.

Anne Cummins partage son temps entre l'université d'Arizona à Flagstaff et Oakland en Californie. Elle est l'auteur d'un recueil de nouvelles, *Red Ant House*, et d'un roman, *Yellowcake*.

TROIS MÉDITATIONS SUR LA MORT

William T. Vollmann, Revue n° 9, © 2002.

Parmi les derniers titres de William T. Vollmann figurent *Riding toward Everywhere, Poor People, Central Europe,* et *La famille royale*. En 2003, McSweeney's a publié *Rising up and Rising down*, son traité sur la violence en sept volume. Il vit à Sacramento en Californie.

HAOLE GO HOME! PETITE GESTE DU MOUVEMENT SÉCESSIONNISTE HAWAÏEN

Zev Borow, Revue n° 1, © 1998.

Zev Borow vit à New York. Ses écrits paraissent régulièrement dans *Spin, ESPN Magazine* et *New York*.

DES GROSSES DAMES FLOTTAIENT DANS LE CIEL COMME DES MONTGOLFIÈRES

Amanda Davis, Revue n° 2, © 1999.

Amanda Davis a grandi en Caroline du Nord. Elle a publié un recueil de nouvelles, *Circling the Drain*, et un roman, *Wonder When You'll Miss Me*.

LA RÉPUBLIQUE DE MARFA

Sean Wilsey, Revue n° 2, © 1999.

Sean Wilsey est l'auteur de *Oh the Glory of It All*, récit autobiographique.

LE DOUBLE ZÉRO

Rick Moody, Revue n° 4, © 2000.

Rick Moody est l'auteur de plusieurs romans : *Le*

script, À la recherche du voile noir, Tempête de glace, Démonologie ainsi que d'un recueil de nouvelles, *The Ring of Brightest Angels around Heaven.*

LE PLAFOND

Kevin Brockmeier, Revue n° 7, © 2002.

Kevin Brockmeier est l'auteur de *The View from the Seventh Layer, The Brief History of the Dead, The Truth about Celia, Things that Fall from the Sky*. Il a obtenu de nombreux prix littéraires, dont le prix Italo Calvino de la nouvelle et deux fois le prix O'Henry, et une bourse du National Endowment for the Arts.

L'AFFAIRE NISTA

Jonathan Ames, Revue n° 8, © 2002.

Parmi les romans de Jonathan Ames citons *Réveillez-vous Monsieur !, L'homme de compagnie, Je vais comme la nuit.* Il a également publié des essais : *I Love You More than You Know, My Less Than Secret Life, What's Not to Love ?*

LA FOLIE BANVARD

Paul Collins, Revue n° 3, © 1999.

Paul Collins est le fondateur et directeur de la collection Collins Library, qui republie des textes classiques rares et oubliés. Il est l'auteur de *La folie de Banvard* (Le Promeneur, Gallimard), *The Trouble with Tom : The Strange Afterlife and Times of Thomas Paine, Not Even Wrong : Adventures in Autism, Sixpence House.*

Composé par Firmin-Didot et imprimé
par Novoprint à Barcelone
le 15 septembre 2008.
Dépôt légal : septembre 2008.

ISBN 978-2-07-035935-6/Imprimé en Espagne.

161129